*DAS BUCH
DER LÄCHERLICHEN LIEBE*

MILAN KUNDERA

DAS BUCH DER LÄCHERLICHEN LIEBE

*AUS DEM TSCHECHISCHEN
VON SUSANNA ROTH*

BÜCHERGILDE GUTENBERG

Originaltitel: Směšné lásky. – Die Texte wurden zwischen 1960 und 1968 geschrieben und erschienen erstmals in Prag zwischen 1963 und 1968. Übersetzung nach der letzten, vom Autor überarbeiteten Fassung: Směšné lásky, Sixty-Eight Publishers Corp., Toronto 1981

Gestaltung Claus Seitz, München
Umschlagbild und Zeichnungen
Herbert Adam, München

Erster Teil

Niemand wird lachen

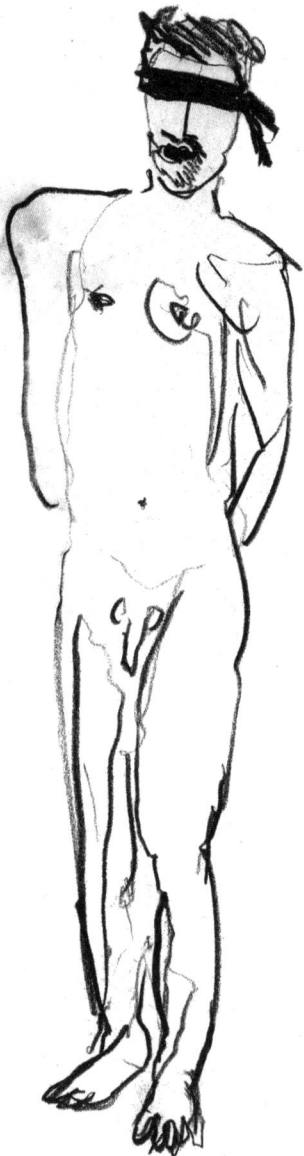

1. »Schenk mir noch einen Sliwowitz ein«, sagte Klara, und ich hatte nichts dagegen. Der Vorwand zum Öffnen der Flasche war zwar nicht außergewöhnlich, aber er war vorhanden: ich hatte an diesem Tag ein recht anständiges Honorar erhalten für eine Studie, die eine Fachzeitschrift für bildende Kunst veröffentlicht hatte.

Es war gar nicht so einfach gewesen, die Studie überhaupt zu veröffentlichen. Was ich geschrieben hatte, war widerborstig und polemisch. Deswegen war die Arbeit zunächst einmal von der Zeitschrift ›Die bildende Kunst‹ abgelehnt worden, deren Redaktion eher vergreist und vorsichtig war, und erst später dann wurde die Studie von einem kleineren Konkurrenzorgan mit jüngeren und wagemutigeren Redakteuren veröffentlicht.

Der Postbote hatte mir das Honorar in die Fakultät gebracht, zusammen mit irgendeinem Brief; mit einem belanglosen Brief, den ich in meiner göttergleichen Glückseligkeit am Morgen überhaupt nicht beachtet hatte. Als nun aber zu Hause die Zeit auf Mitternacht und die Flasche zur Neige ging, nahm ich ihn, um uns zu belustigen, vom Tisch.

»Verehrter Genosse und – so Sie mir die Anrede erlauben – lieber Kollege!« las ich Klara vor. »Entschuldigen Sie bitte, daß ich, ein Mensch, mit dem Sie noch nie im Leben gesprochen haben, Ihnen schreibe. Ich wende mich mit der Bitte an Sie, beiligende Abhandlung liebenswürdigerweise lesen zu wollen. Ich kenne Sie zwar nicht persönlich, doch schätze ich Sie als Mann, dessen Urteile, Ansichten und Schlußfolgerungen mich dermaßen verblüfft haben durch die Übereinstimmung mit den Resultaten meiner eigenen Forschungsarbeit, daß ich darüber völlig konsterniert bin . . .« Es folgten ein Loblied auf meine Vortrefflichkeit und sodann die Bitte, ob ich nicht die Freundlichkeit hätte, für die Zeitschrift ›Die bildende Kunst‹ eine Rezension über seine Abhandlung zu schreiben; man würde seine Arbeit dort völlig verkennen und schon über ein halbes Jahr lang ablehnen. Man habe ihm mitgeteilt, daß eine Beurteilung von mir ausschlaggebend sei, so daß ich seine einzige Hoffnung, sein einziger Lichtblick in dieser nicht enden wollenden Finsternis geworden sei.

Wir machten uns über Herrn Zaturecky, dessen vornehmer Name uns faszinierte, lustig, allerdings auf eine sehr wohlwollende Weise, denn das Lob, mit dem er mich überschüttete, stimmte mich milde, insbesondere in Verbindung mit dem vorzüglichen Sliwowitz. Es stimmte mich so milde, daß ich in jenem unvergeßlichen Augenblick die ganze Welt liebte. Und weil ich nichts besaß, womit ich diese Welt hätte beschenken können, beschenkte ich Klara. Zumindest mit Versprechungen.

Klara war ein zwanzigjähriges Mädchen aus gutem Hause. Was sage ich da? Aus einem sehr guten sogar! Der Herr Papa war Bankdirektor gewesen und irgendwann in den fünfziger Jahren als Vertreter der Großbourgeoisie in das Dorf Čelakovice umgesiedelt worden, ziemlich weit von Prag entfernt. Das Töchterchen hatte seither eine schlechte Kaderakte und arbeitete in einem großen Atelier der Prager Modebetriebe als Schneiderin an der Nähmaschine. Wir saßen einander gegenüber, und ich versuchte, sie mir noch gewogener zu stimmen, indem ich leichtfertig von den Vorzügen einer Anstellung schwärmte, die ich ihr mit Hilfe von Freunden zu verschaffen versprach. Ich behauptete, es sei unhaltbar, daß ein so anmutiges Mädchen seine Schönheit hinter einer Nähmaschine vergeuden müsse und entschied, daß aus ihr ein Mannequin werden solle.

Klara erhob keinen Widerspruch, und wir verbrachten die Nacht in seliger Eintracht.

2. Der Mensch durchschreitet die Gegenwart mit verbundenen Augen. Er darf nur ahnen und raten, was er eigentlich erlebt. Erst später wird ihm die Binde abgenommen, und wenn er dann auf die Vergangenheit zurückschaut, stellt er fest, *was* er wirklich erlebt und welche Bedeutung das Erlebte gehabt hat.

An jenem Abend hatte ich geglaubt, meine Erfolge zu begießen, und nicht im geringsten geahnt, daß dies das feierliche Vorspiel meines Untergangs war.

Und weil ich nichts ahnte, erwachte ich am nächsten Tag in guter Stimmung. Während Klara neben mir noch tief und glücklich atmete, nahm ich die Abhandlung, die mit dem Brief gekommen war, mit ins Bett und las sie amüsiert und gleichgültig durch.

Sie war überschrieben mit »Mikoláš Aleš, Meister der tschechischen Zeichnung« und wahrhaftig nicht einmal die halbe Stunde Unaufmerksamkeit wert, die ich ihr widmete. Es handelte sich um eine Anhäufung von Gemeinplätzen, die ohne den geringsten Sinn für Zusammenhänge aneinandergereiht waren, ohne den leisesten Ehrgeiz, einen eigenständigen Gedanken zu entwickeln.

Es lag auf der Hand, daß die Arbeit der blanke Unsinn war. Herr Kalousek, Redakteur der ›Bildenden Kunst‹ (und sonst ein ungewöhnlich antipathischer Mensch), hatte mir das übrigens noch am selben Tag telefonisch bestätigt; er hatte mich in der Fakultät angerufen: »Ich bitte dich, hast du das Traktat von diesem Zaturecky erhalten? . . . Dann schreib das mal. Schon fünf Lektoren haben es ihm verrissen, er aber rennt uns immer noch das Haus ein; jetzt hat er sich in den Kopf gesetzt, du wärst die einzige wirkliche Autorität. Schreib in ein paar Worten, daß die Arbeit idiotisch ist; schwerfallen wird dir das nicht, denn giftig sein kannst du ja, und wir alle werden unsere Ruhe haben.«

Aber etwas in mir sträubte sich: Warum muß ausgerechnet *ich* Herrn Zatureckys Henker sein? Bekomme vielleicht *ich* ein Redakteursgehalt dafür? Im übrigen erinnerte ich mich sehr gut daran, daß man meinen Artikel in der ›Bildenden Kunst‹ aus Vorsicht abgelehnt hatte, während der Name Zaturecky für mich fest mit der Erinnerung an Klara, Sliwowitz und einen schönen Abend verknüpft war. Und schließlich – es ist menschlich, und ich will es nicht abstreiten – konnte ich die Leute, die mich für eine ›wirkliche Autorität‹ hielten, an einem Finger abzählen: warum also sollte ich diesen einzigen Verehrer verlieren?

Ich beendete das Gespräch mit Kalousek mit einem unverbindlichen Witz, was er als Zusage und ich als Ausrede interpretieren konnte, und legte den Hörer auf in der festen Überzeugung, die Rezension über diesen Herrn Zaturecky nie zu schreiben.

Dafür nahm ich Briefpapier aus der Schublade und schrieb Herrn Zaturecky einen Brief, in dem ich einer Beurteilung seiner Arbeit auswich und mich herausredete: Meine Ansichten über die Malerei des neunzehnten Jahrhunderts seien allgemein als abwegig und extravagant verschrien, und mein Eintreten für ihn werde deshalb – vor allem bei der Redaktion der ›Bildenden Kunst‹ – seiner Sache mehr schaden als nützen; zugleich überhäufte ich Herrn Zaturecky mit einem freundschaftlichen Geplauder, aus dem man nur Wohlwollen herauslesen konnte.

Kaum hatte ich den Brief in den Kasten geworfen, vergaß ich Herrn Zaturecky. Aber Herr Zaturecky vergaß *mich* nicht.

3. Eines Tages, als ich gerade meine Vorlesung über die Geschichte der Malerei beendete, klopfte unsere Sekretärin, Frau Marie, an die Tür, eine zuvorkommende ältere Dame, die mir hin und wieder Kaffee kocht und mich unerwünschten Frauenstimmen gegenüber am Telefon verleugnet. Sie steckte den Kopf

in den Hörsaal und sagte, ein Herr würde auf mich warten.

Vor Herren fürchte ich mich nicht, und so verabschiedete ich mich von meinen Studenten und ging wohlgemut hinaus auf den Flur. Dort verneigte sich ein kleineres Männchen in abgetragenem, schwarzem Anzug und weißem Hemd vor mir. Sehr ehrerbietig teilte er mir mit, er sei Zaturecky.

Ich bat den Gast in ein freies Zimmer, bot ihm einen Stuhl an und begann jovial über alles mögliche zu schwatzen, wie schlecht doch dieser Sommer sei und was für Ausstellungen in Prag stattfänden. Herr Zaturecky pflichtete meinem Geschwätz höflich bei, versuchte jedoch schon bald, jede meiner Bemerkungen auf seine Abhandlung über Mikoláš Aleš zu lenken, der plötzlich in seiner unsichtbaren Substanz zwischen uns stand wie ein Magnet, den man nicht entfernen kann.

»Nichts würde ich lieber tun, als eine Rezension über Ihre Arbeit zu schreiben«, sagte ich schließlich, »aber ich habe Ihnen ja schon in meinem Brief erklärt, daß ich nirgends als Spezialist für die tschechische Malerei des neunzehnten Jahrhunderts gelte und zudem mit der Redaktion der ›Bildenden Kunst‹ gewissermaßen auf Kriegsfuß stehe; man hält mich dort für einen unbeirrbaren Modernisten, so daß eine positive Beurteilung Ihnen nur schaden könnte.«

»Oh, Sie sind aber sehr bescheiden«, sagte Herr Zaturecky, »Sie, ein solcher Kenner. Wie können Sie Ihre Position bloß so schwarz sehen! Man hat mir in der Redaktion gesagt, alles würde nur von Ihrer Rezension abhängen. Wenn Sie sich dafür einsetzen, wird man sie drucken. Sie sind meine einzige Rettung. Diese Abhandlung ist das Ergebnis von dreijährigem Studium und dreijähriger Arbeit. Alles liegt jetzt in Ihren Händen.«

Wie leichtsinnig und wie dürftig zimmert man sich doch seine Ausreden zurecht! Ich wußte nicht, was ich Herrn Zaturecky antworten sollte. Ich sah ihm unwillkürlich ins Gesicht und bemerkte, daß mich nicht nur eine kleine, altmodische Brille unschuldig anschaute, sondern auch eine scharfe, senkrechte Falte auf der Stirn. In einem Augenblick der Klarsicht lief es mir kalt über den Rücken: diese angestrengte, konzentrierte Falte verriet nämlich nicht nur die Denkerqualen, die ihr Eigentümer über den Zeichnungen von Aleš durchgemacht hatte, sondern auch außergewöhnliche Willenskraft. Ich verlor meine Geistesgegenwart und fand keine kluge Ausrede. Ich wußte, diese Rezension würde ich nie schreiben, doch ebensogut wußte ich, daß ich nicht die Kraft hatte, dies dem flehenden Männchen ins Gesicht zu sagen.

Ich lächelte und machte unklare Versprechungen. Herr Zaturecky bedankte sich und sagte, er werde bald wiederkommen, um nachzufragen. Ich verabschiedete mich von ihm, immer noch lächelnd.

Nach einigen Tagen kam er tatsächlich. Ich ging ihm geschickt aus dem Weg, aber am Tag darauf war er anscheinend wieder in der Fakultät gewesen und hatte mich gesucht. Ich begriff den Ernst der Lage. Ich eilte zu Frau Marie, um die entsprechenden Maßnahmen in die Wege zu leiten.

»Liebe Marie, ich bitte Sie, sollte mich dieser Herr da jemals wieder suchen, so sagen Sie ihm, ich sei auf einer Studienreise in Deutschland und käme erst in einem Monat wieder zurück. Und damit auch Sie es wissen: offiziell halte ich alle meine Vorlesungen dienstags und mittwochs. Ich werde sie von nun an heimlich auf Donnerstag und Freitag verlegen. Nur die Studenten werden informiert. Sagen Sie niemandem etwas davon, und lassen Sie das Vorlesungsverzeichnis unverändert. Ich muß in die Illegalität untertauchen.«

4. Herr Zaturecky kam tatsächlich bald wieder in die Fakultät, um mich zu suchen, und war verzweifelt, als die Sekretärin ihm sagte, ich sei überraschend nach Deutschland verreist. »Das ist doch nicht möglich! Der Herr Assistent muß doch eine Rezension schreiben über mich! Wie konnte er da einfach wegfahren?« »Das weiß ich nicht«, sagte Frau Marie, »aber in einem Monat ist er ja wieder da.« »Nochmals ein Monat...«, jammerte Herr Zaturecky. »Kennen Sie seine Adresse in Deutschland nicht?« »Nein«, sagte Frau Marie.

Und so hatte ich einen Monat lang Ruhe.

Der Monat verging jedoch schneller, als ich gedacht hatte, und Herr Zaturecky stand wieder im Sekretariat. »Nein, er ist noch nicht zurück«, sagte Frau Marie, und als sie mich etwas später antraf, bat sie inständig: »Ihr Männchen war schon wieder hier, was soll ich ihm um Himmels willen bloß sagen?« »Gute Marie, sagen Sie ihm, ich sei in Deutschland an Gelbsucht erkrankt und läge in Jena im Krankenhaus.« »Im Krankenhaus!« schrie Herr Zaturecky, als Frau Marie ihm dies einige Tage später mitteilte. »Das ist doch nicht möglich! Der Herr Assistent muß doch eine Rezension schreiben über mich!« »Herr Zaturecky«, sagte die Sekretärin vorwurfsvoll, »der Herr Assistent liegt irgendwo im Ausland schwerkrank danieder, und Sie denken nur an Ihre Rezension!« Herr Zaturecky sank in sich zusammen und ging fort, doch vierzehn Tage später stand er wieder im Sekretariat: »Ich habe dem Herrn Assistenten einen eingeschriebenen Brief an die Adresse des Krankenhauses in Jena geschickt – der Brief ist wieder zurückgekommen!« »Ihr Männchen wird mich noch in den Wahnsinn treiben«, sagte Frau Marie am folgenden Tag zu mir. »Sie dürfen mir nicht böse sein. Was hätte ich denn sagen sollen? Ich habe ihm gesagt, Sie seien zurück. Sie müssen selber mit ihm zurechtkommen.«

Ich war Frau Marie nicht böse. Sie hatte getan, was sie

konnte. Im übrigen gab ich mich bei weitem nicht geschlagen. Ich wußte, daß ich nicht zu fassen war. Ich lebte ausschließlich im geheimen. Heimlich unterrichtete ich donnerstags und freitags, und heimlich drückte ich mich dienstags und mittwochs gegenüber der Fakultät in den Eingang eines Hauses und weidete mich am Anblick eines Herrn Zaturecky, der Wache stand und darauf wartete, daß ich das Gebäude verließ. Ich hatte Lust, eine Melone aufzusetzen und einen Vollbart anzukleben. Ich kam mir vor wie Sherlock Holmes, Jack the Ripper oder der Unsichtbare, der durch die Stadt streicht. Wie ein Lausbub kam ich mir vor.

Eines Tages wurde Herrn Zaturecky das Wachestehen dann aber zu bunt, und er ging zum Angriff auf Frau Marie über: »Wann unterrichtet der Herr Assistent denn eigentlich?« »Dort hängt das Vorlesungsverzeichnis.« Frau Marie wies auf die Wand, wo alle Unterrichtsstunden fein säuberlich und übersichtlich an einem großen Anschlagbrett aufgezeichnet waren.

»Das weiß ich auch«, ließ Herr Zaturecky sich nicht abfertigen. »Nur unterrichtet der Genosse Assistent hier weder am Dienstag noch am Mittwoch. Ist er etwa krank gemeldet?«

»Nein«, sagte Frau Marie verlegen.

Und nun fauchte das Männchen sie an. Er warf ihr vor, sie habe in ihrem Lehrplan keine Ordnung. Er fragte ironisch, wie es möglich sei, daß sie nicht wisse, wann welcher Dozent wo sei. Er teilte ihr mit, daß er sich über sie beschweren werde. Er schrie. Er verkündete, er werde sich auch über den Genossen Assistenten beschweren, der nicht unterrichte, obwohl er zu unterrichten habe. Er fragte sie, ob der Rektor im Hause sei.

Unglücklicherweise war der Rektor im Hause.

Herr Zaturecky klopfte an dessen Tür und trat ein. Nach etwa zehn Minuten kehrte er in Frau Maries Sekretariat zurück und fragte sie schroff nach meiner Anschrift.

»Litomyšl, Skalnikova 20«, sagte Frau Marie.

»Wieso denn Litomyšl?«

»In Prag hat der Herr Assistent nur eine provisorische Unterkunft, und er wünscht nicht, daß die Adresse bekanntgegeben wird ...«

»Ich verlange die Adresse der Prager Wohnung des Herrn Assistenten«, schrie das Männchen mit sich überschlagender Stimme.

Frau Marie verlor ihre Fassung. Sie gab die Adresse meiner Mansarde heraus, meiner armseligen Zufluchtsstätte, meiner süßen Höhle, in der ich jetzt aufgegriffen werden sollte.

5. Ja, mein ständiger Wohnsitz ist Litomyšl; dort habe ich meine Mutter und Erinnerungen an meinen Vater; wann immer es mir möglich ist, fahre ich weg von Prag und studiere und schreibe zu Hause, in der kleinen Wohnung meiner Mutter. So kam es, daß ich diese formal als ständigen Wohnsitz beibehielt; in Prag hatte ich mich nicht aufraffen können, mir eine anständige Wohnung zu suchen, wie es sich für mich geziemt hätte; ich wohnte an der Peripherie der Stadt in Untermiete, in einer winzigen, aber separaten Mansarde, deren Existenz ich so gut es ging verheimlichte, und dies allein schon deshalb, weil ich so unerwartete Begegnungen zwischen unerwünschten Gästen und meinen verschiedenen zeitweiligen Besucherinnen oder Mitbewohnerinnen vermeiden konnte.

Ich will nicht leugnen, daß ich aus diesen Gründen im Haus nicht gerade den besten Ruf genoß. Ich hatte mein Zimmer auch mehrmals Freunden zur Verfügung gestellt, während ich in Litomyšl war, und diese hatten sich dort so glänzend amüsiert, daß kein Mieter in der Nacht ein Auge hatte zutun können. Einige Hausbewohner nahmen an diesen Dingen Anstoß und führten einen stillen Kampf mit mir, der sich ab und zu in Rapporten des Straßenkomitees niederschlug, und einmal sogar in einer Beschwerde beim Wohnungsamt.

Zu der Zeit, von der ich erzähle, empfand es Klara bereits als Zumutung, von Čelakovice aus zur Arbeit fahren zu müssen, und so begann sie, bei mir auch zu übernachten. Zunächst nur zaghaft und ausnahmsweise, dann ließ sie ein Kleid bei mir, dann mehrere Kleider, und es dauerte nicht lange, da drückten sich meine beiden Anzüge in eine Ecke des Schrankes, und mein Zimmer hatte sich in ein Damenboudoir verwandelt.

Ich mochte Klara sehr; sie war schön; es machte mir Freude, daß die Leute sich nach uns umdrehten, wenn wir zusammen durch die Straßen spazierten; sie war dreizehn Jahre jünger als ich, was mein Ansehen bei den Studenten noch vergrößerte; ich hatte ganz einfach tausend Gründe, sie zu halten. Eines jedoch wollte ich nicht: es sollte nicht bekannt werden, daß sie bei mir wohnte. Ich fürchtete, jemand könnte meinen gutmütigen alten Hauswirt angreifen, der diskret war und sich nicht um mich kümmerte; ich fürchtete, er könnte, ungern zwar und schweren Herzens, eines Tages kommen und mich bitten, mit Rücksicht auf seinen guten Ruf das Fräulein aus meinem Zimmer zu weisen.

Klara hatte deshalb die strikte Anweisung, niemandem zu öffnen.

An jenem Tag war sie allein zu Hause. Es war ein sonniger Sommertag, und in der Mansarde war es fast schwül. Klara rekelte sich nackt auf meinem Bett und befaßte sich mit der Beobachtung der Zimmerdecke.

Und da klopfte es plötzlich an die Tür.

Das war nicht weiter beunruhigend. Ich hatte keine Klingel, und so mußte jeder, der kam, anklopfen. Klara ließ sich folglich durch den Lärm nicht aus der Ruhe bringen und gedachte keineswegs, die Beobachtung der Decke abzubrechen. Das Klopfen jedoch hörte nicht auf, es ging im Gegenteil mit ruhiger und unverständlicher

Beharrlichkeit weiter. Klara wurde nervös; sie begann sich vorzustellen, daß vor der Tür ein Mann stünde, der gemächlich und bedeutungsvoll seine Legitimation hervorholen und sie schließlich barsch anfahren würde, warum sie nicht öffne, was sie zu verheimlichen habe, was sie verstecke und ob sie hier überhaupt gemeldet sei. Sie wurde von Schuldgefühlen ergriffen, riß den Blick von der Decke los und begann, hastig ihre Kleidungsstücke zusammenzusuchen. Das Hämmern klang mittlerweile so nachdrücklich, daß sei in ihrer Aufregung nur meinen Regenmantel fand. Sie warf ihn über und öffnete die Tür.

Statt eines grimmigen Verhörergesichts erblickte sie aber nur ein kleines Männchen, das sich verbeugte: »Ist der Herr Assistent zu Hause?« »Nein, er ist nicht da . . .« »Das ist aber schade«, sagte das Männchen und entschuldigte sich höflich für die Störung. »Der Herr Assistent sollte nämlich eine Rezension über mich schreiben. Er hat es mir versprochen, und die Sache eilt jetzt sehr. Wenn Sie erlauben, würde ich ihm gerne wenigstens eine Nachricht hinterlassen.«

Klara gab dem Männchen Papier und Bleistift, und ich konnte am Abend lesen, daß das Schicksal der Abhandlung über Mikoláš Aleš einzig und allein in meinen Händen liege und Herr Zaturecky voller Hochachtung auf meine Rezension warten und wiederum versuchen werde, mich in der Fakultät zu erreichen.

6. Am nächsten Tag erzählte mir Frau Marie, wie Herr Zaturecky ihr gedroht, wie er geschrien und über die Beschwerde geführt hatte; ihre Stimme bebte, und sie war den Tränen nah; ich wurde wütend. Ich verstand sehr gut, daß die Sekretärin, die bislang über mein Versteckspiel gelacht hatte (obwohl sicher mehr aus Liebenswürdigkeit als aus aufrichtiger

Freude), sich nun verletzt fühlte und die Ursache ihrer Unannehmlichkeiten verständlicherweise in mir sah. Und als ich den Verrat meiner Mansarde, das minutenlange Hämmern an der Tür und Klaras Schrecken noch dazuzählte, verwandelte sich meine Wut in Raserei.

Und während ich in Frau Maries Sekretariat auf und ab gehe, mir in die Lippen beiße, während ich koche und auf Rache sinne, öffnet sich die Tür, und Herr Zaturecky steht vor mir.

Wie er mich sieht, huscht ein Strahl von Glück über sein Gesicht. Er verneigt sich und grüßt.

Er war etwas zu früh gekommen, er war gekommen, ehe ich meine Rachepläne hatte zu Ende schmieden können.

Er fragte mich, ob ich seine Nachricht von gestern bekommen hätte.

Ich schwieg.

Er wiederholte seine Frage.

»Ja«, sagte ich.

»Und werden Sie, bitte schön, die Rezension jetzt schreiben?«

Ich sah ihn vor mir: gebrechlich, unbeirrbar, flehend; ich sah die senkrechte Falte, welche seine einzige Leidenschaft auf seine Stirn gezeichnet hatte; ich betrachtete diese einfache Linie und begriff: es war eine Gerade, bestimmt durch zwei Punkte: mein Gutachten und seine Abhandlung; und es existierte neben dem Laster dieser manischen Geraden in seinem Leben nur noch eine Askese, die einem Heiligen Ehre gemacht hätte. Da fiel mir eine rettende Bosheit ein.

»Ich hoffe, Sie verstehen, daß ich Ihnen nach dem gestrigen Vorfall nichts mehr zu sagen habe«, sagte ich.

»Ich verstehe nicht.«

»Verstellen Sie sich nicht. Sie hat mir alles gesagt. Lügen ist zwecklos.«

»Ich verstehe nicht« wiederholte, diesmal schon beherzter, das kleine Männchen.

Ich schlug einen jovialen, fast freundschaftlichen Ton an: »Sehen Sie, Herr Zaturecky, ich will Ihnen ja nichts vorwerfen. Ich bin schließlich auch ein Schürzenjäger und verstehe Sie. Ich hätte mich an Ihrer Stelle ebenfalls an ein so schönes Mädchen herangemacht, wenn ich mit ihr allein in der Wohnung gewesen wäre und sie zudem auch noch nackt unter einem Männermantel.«

»Das ist eine Beleidigung.« Der kleine Mann erblaßte.

»Nein, es ist die Wahrheit, Herr Zaturecky.«

»Das hat Ihnen diese Dame gesagt?«

»Sie hat keine Geheimnisse vor mir.«

»Genosse Assistent, das nenne ich Beleidigung! Ich bin verheiratet. Ich habe eine Frau! Ich habe Kinder!« Der kleine Mann machte einen Schritt vorwärts, so daß ich zurückweichen mußte.

»Um so schlimmer, Herr Zaturecky.«

»Was heißt da um so schlimmer?«

»Das heißt: wenn Sie verheiratet sind, so ist Ihre Schürzenjägerei ein belastender Umstand.«

»Das nehmen Sie zurück!« sagte Herr Zaturecky drohend.

»Also gut«, ließ ich gelten, »der Ehestand muß für einen Schürzenjäger nicht zwingend ein belastender Umstand sein. Aber darum geht es ja nicht. Ich habe Ihnen gesagt, daß ich Ihnen keineswegs böse bin und Sie ganz gut begreife. Nur eines begreife ich nicht. Wie Sie von einem Mann, auf dessen Frau Sie es abgesehen haben, eine Rezension verlangen können.«

»Genosse Assistent! Um diese Rezension bittet Sie Herr Doktor Kalousek, Redakteur einer Zeitschrift der Akademie der Wissenschaften! Und Sie müssen diese Rezension schreiben!«

»Rezension oder Frau. Beides können Sie nicht verlangen.«

»Wie führen Sie sich bloß auf, Genosse!« schrie Herr Zaturecky mich in verzweifelter Wut an.

Merkwürdig, mit einem Mal hatte ich das Gefühl, als

hätte Herr Zaturecky meine Klara tatsächlich verführen wollen. Ich brauste auf und schrie ihn an: »Sie wagen es, mich zurechtzuweisen? Sie, der Sie sich in Gegenwart unserer Sekretärin bei mir in aller Form zu entschuldigen hätten?« Ich kehrte Herr Zaturecky den Rücken zu, und er taumelte fassungslos hinaus.

»Na endlich«, atmete ich auf, wie nach einem schweren, siegreichen Kampf, und sagte zu Frau Marie: »Jetzt wird er wohl kaum mehr eine Rezension von mir wollen.«

Frau Marie fragte mich nach einer Weile schüchtern: »Und warum wollen Sie dieses Gutachten eigentlich nicht für ihn schreiben?«

»Weil das, was er da zusammengeschustert hat, ein schrecklicher Mist ist, gute Marie.«

»Und warum schreiben Sie in diesem Gutachten nicht, daß es ein Mist ist?«

»Warum sollte ich? Warum soll ich mir Feinde machen?«

Frau Marie sah mich mit nachsichtigem Lächeln an. Da flog die Tür auf, und Herr Zaturecky erschien mit erhobener Hand: »Nicht ich! Sie werden sich zu entschuldigen haben!«

Er rief es mit bebender Stimme und verschwand.

7. Ich kann mich nicht mehr genau erinnern, vielleicht noch am selben Tag, vielleicht ein paar Tage später fanden wir in meinem Briefkasten einen unadressierten Brief. Er war mit schwerfälliger, fast ungelenker Schrift geschrieben: Verehrte! Stellen Sie sich am Sonntag bei mir ein, betreffend Beleidigung meines Mannes. Ich werde den ganzen Tag zu Hause sein. Sollten Sie nicht erscheinen, sähe ich mich gezwungen, Maßnahmen zu ergreifen. Anna Zaturecky, Prag 3, Dalimilova 14.

Klara war entsetzt und begann von meiner Schuld zu reden. Ich winkte ab und verkündete, der Sinn des Lebens liege darin, sich zu amüsieren, und wenn das Leben selbst zu träge sei, bleibe einem nichts anderes übrig, als ein wenig nachzuhelfen. Man müsse seine Geschichten stets von neuem satteln, diese pfeilschnellen Stuten, ohne die man sich im Staube dahinschleppen würde, wie ein erschöpfter Wandersmann. Als Klara darauf erwiderte, sie selbst wolle aber keine Geschichten satteln, versicherte ich ihr, daß sie weder mit Frau noch mit Herrn Zaturecky je zusammentreffen und ich die Geschichte, in deren Sattel ich gesprungen war, spielend selber meistern würde.

Als wir am nächsten Morgen das Haus verließen, hielt uns der Hauswart an. Der Hauswart ist nicht gegen uns. Ich hatte ihn gleich am Anfang klugerweise mit einem Fünfzigkronenschein bestochen und lebte seither in der angenehmen Gewißheit, daß er es verstand, nichts über mich zu wissen und nicht noch Öl in das Feuer zu gießen, das meine Feinde gegen mich schürten.

»Gestern haben zwei Leute Sie hier gesucht«, sagte er.

»Was für zwei Leute?«

»So ein Kleiner mit einer Frau.«

»Wie hat die Frau ausgesehen?«

»Zwei Köpfe größer. Fürchterlich energisch. Eine strenge Frau. Alles wollte die wissen.« Er wandte sich an Klara: »Vor allem über Sie. Wer Sie sind und wie Sie heißen.«

»Mein Gott, was haben Sie ihr gesagt?« schrie Klara auf.

»Was sollte ich schon sagen. Was weiß ich, wer den Herrn Assistenten alles besucht? Ich habe ihr gesagt, daß jeden Abend eine andere kommt.«

»Ausgezeichnet!« Ich zog einen Zehnkronenschein aus der Tasche: »Machen Sie nur so weiter.«

»Keine Angst«, sagte ich dann zu Klara, »am Sonntag bleibst du zu Hause, und niemand wird dich finden.«

Und der Sonntag kam, und nach dem Sonntag der Montag, der Dienstag, der Mittwoch; nichts passierte. »Siehst du«, sagte ich zu Klara.

Dann aber kam der Donnerstag. Ich erzählte meinen Studenten in einer der üblichen Geheimvorlesungen gerade, wie die jungen Fauves fieberhaft und in geselliger Hingabe die Farben von ihrer früheren, impressionistisch beschreibenden Funktion befreiten, als Frau Marie die Tür öffnete und mir zuflüsterte: »Die Frau von diesem Zaturecky ist da.« »Ich bin doch gar nicht im Hause«, sagte ich, »zeigen Sie Ihr einfach das Vorlesungsverzeichnis!« Aber Frau Marie schüttelte den Kopf: »Ich habe Sie verleugnet, aber sie hat in Ihr Arbeitszimmer geschaut und Ihren Regenmantel am Haken hängen sehen. Und jetzt sitzt sie draußen im Flur und wartet.«

Eine Sackgasse ist für mich immer ein Ort bester Inspiration. Ich sagte zu einem meiner Lieblingsschüler: »Seien Sie so nett und tun Sie mir einen Gefallen. Laufen Sie in mein Arbeitszimmer, ziehen Sie meinen Regenmantel an und verlassen Sie das Gebäude. Irgendeine Frau wird zu beweisen versuchen, daß Sie ich sind, und Ihre Aufgabe wird darin bestehen, dies auf keinen Fall zuzugeben.«

Der Student ging weg und kam nach etwa einer Viertelstunde wieder. Er meldete, der Auftrag sei erfüllt, die Luft rein und die Frau außerhalb des Gebäudes.

Für diesmal hatte ich gesiegt.

Doch dann kam der Freitag, und Klara kehrte am Nachmittag fast zitternd von der Arbeit zurück:

Der höfliche Herr, der im netten Salon der Modebetriebe die Kundinnen empfängt, hatte an jenem Tag plötzlich die Türe zum Atelier geöffnet, wo neben fünfzehn anderen Näherinnen auch meine Klara hinter der Nähmaschine sitzt, und mit lauter Stimme gerufen: »Wohnt eine von euch in der Schloßstraße 5?«

Klara wußte genau, daß sie gemeint war; Schloßstraße 5 ist meine Adresse. Sie hatte sich die Vorsicht aber derart angewöhnt, daß sie sich nicht meldete, weil sie wußte, daß sie illegal bei mir wohnte und dies niemanden etwas anging. »Ich habe es ja gleich gesagt«, bemerkte der elegante Herr, als keine der Näherinnen reagierte, und verschwand wieder. Hinterher erfuhr Klara dann, daß irgendeine herrische Frauenstimme am Telefon den Geschäftsführer genötigt hatte, das Adreßverzeichnis aller Angestellten durchzusehen und ihn eine volle Viertelstunde lang zu überzeugen versucht hatte, daß in seinem Betrieb eine Frau aus der Schloßstraße 5 beschäftigt sein müsse.

Frau Zatureckys Schatten legte sich über unsere idyllische Mansarde. »Wie hat die bloß herausgekriegt, wo du arbeitest? Hier im Haus weiß doch niemand etwas von dir!« schrie ich.

Ja, ich war tatsächlich überzeugt, daß niemand von uns wußte. Ich lebte wie ein Kauz, der meint, unbeobachtet hinter einem hohen Schutzwall zu hausen, wobei ihm die ganze Zeit nur eine Kleinigkeit entgeht: daß dieser Wall aus durchsichtigem Glas gebaut ist.

Ich hatte den Hauswart bestochen, damit er nicht verriet, daß Klara bei mir wohnte, ich hatte Klara zu einer äußerst anstrengenden Unauffälligkeit und Geheimhaltung genötigt, und dabei wußte es das ganze Haus. Es genügte, das Klara einmal unvorsichtig mit Mietern des zweiten Stockes geplaudert hatte – und schon war bekannt, wo sie arbeitete.

Ohne es zu ahnen, waren wir längst schon entdeckt. Verborgen geblieben war unseren Verfolgern nur Klaras Name und eine weitere Kleinigkeit: daß sie ungemeldet bei mir wohnte. Diese beiden Geheimnisse waren unsere einzige und letzte Deckung, dank derer wir Frau Zaturecky vorläufig entkommen waren. Sie hatte ihren Kampf mit einer konsequenten Methodik eröffnet, die mir Grauen einflößte.

Ich begriff, daß es hart auf hart zugehen würde; das Pferd meiner Geschichte war verflixt gut gesattelt.

8. Das war am Freitag. Und als Klara am Samstag von der Arbeit kam, zitterte sie wirklich. Es hatte sich folgendes zugetragen:

Frau Zaturecky war mit ihrem Mann in den Modebetrieb gekommen, nachdem sie am Vortag angerufen und den Geschäftsführer gebeten hatte, gemeinsam mit ihrem Mann das Atelier besuchen und sich die Gesichter aller anwesenden Schneiderinnen ansehen zu dürfen. Dieser Wunsch erstaunte den Genossen Geschäftsführer zwar, doch gebärdete sich Frau Zaturecky so gebieterisch, daß es unmöglich war, sie nicht gewähren zu lassen. Sie sprach vage von Beleidigung, vernichteter Existenz und Gericht. Herr Zaturecky stand neben ihr, machte eine finstere Miene und schwieg.

Sie wurden also ins Atelier geführt. Die Schneiderinnen hoben gleichgültig ihre Köpfe, und Klara erkannte das kleine Männchen; sie erblaßte und nähte schnell und auffallend unauffällig weiter.

»Bitte sehr«, nickte der Direktor mit ironischer Höflichkeit dem steif dastehenden Paar zu. Frau Zaturecky begriff, daß sie die Initiative ergreifen mußte, und spornte ihren Mann an: »So schau doch!« Herr Zaturecky ließ seinen düsteren Blick in die Runde schweifen. »Ist es eine von ihnen?« fragte Frau Zaturecky flüsternd.

Herr Zaturecky sah offensichtlich auch mit Brille nicht scharf genug, um den großen Raum zu überblicken, der überdies einigermaßen unübersichtlich war, vollgestopft mit aufeinandergestapeltem Kram und Kleidern, die an langen, waagerechten Stangen hingen, mit Schneiderinnen ohne Sitzfleisch, die nicht schön ausgerichtet mit dem Gesicht zum Eingang dasaßen, sondern kreuz und quer: sich drehten, sich setzten, wieder aufstanden und unwillkürlich ihre Köpfe wandten. Herr Zaturecky mußte also an sie herantreten und versuchen, keine auszulassen.

Als die Frauen begriffen, daß sie gemustert wurden, und noch dazu von einem so unscheinbaren und lästigen

Männchen, fühlten sie sich gedemütigt und begannen, sich mit Gespött und Gemurre leise aufzulehnen. Eine von ihnen, ein junges, stattliches Mädchen, platzte vorwitzig heraus: »Der sucht wohl in ganz Prag das Luder, das ihn in andere Umstände gebracht hat!«

Ein lautes, derbes Frauengelächter ergoß sich über das Ehepaar, aber die beiden standen aufrecht da: schüchtern, störrisch und mit einer sonderbaren Art von Würde.

»Frau Mama«, rief das vorwitzige Mädchen wieder Frau Zaturecky zu, »Sie geben aber schlecht auf Ihr Söhnchen acht! Ein so hübsches Kerlchen würde ich gar nicht erst aus dem Haus gehen lassen!«

»Schau weiter«, flüsterte die Frau ihrem Mann zu, und er ging voran, finster und verschüchtert, Schritt für Schritt, als würde er Spießruten laufen, doch ging er mit sicherem Schritt und ließ kein Gesicht aus.

Der Direktor lächelte verhalten; er kannte seine Frauen und wußte, daß da nichts auszurichten war; er tat deshalb, als höre er den ganzen Rummel nicht, und fragte Herrn Zaturecky: »Und wie soll diese Frau denn aussehen, bitte schön?«

Herr Zaturecky wandte sich an den Geschäftsführer und sagte langsam und ernst: »Sie war schön . . . sie war sehr schön . . .«

Klara duckte sich währenddessen in eine Ecke des Raumes und unterschied sich von all den übermütigen Frauen durch ihre Unruhe, ihren gesenkten Kopf und ihre verbissene Emsigkeit. Ach, wie schlecht sie doch Unauffälligkeit und Bedeutungslosigkeit vortäuschte! Und Herr Zaturecky war nur noch ein kleines Stück von ihr entfernt und mußte ihr jeden Moment ins Gesicht sehen.

»Das ist wenig, wenn Sie sich nur daran erinnern, daß sie schön war«, sagte der höfliche Geschäftsführer zu Herrn Zaturecky. »Es gibt viele schöne Frauen. War sie klein oder groß?«

»Groß«, sagte Herr Zaturecky.

»War sie schwarz oder blond?«

Herr Zaturecky dachte nach und sagte dann: »Sie war blond.«

Dieser Teil der Geschichte könnte als Gleichnis für die Kraft der Schönheit dienen. Als Herr Zaturecky Klara in meiner Wohnung zum ersten Mal sah, war er so geblendet, daß er sie nicht wirklich sah. Die Schönheit hatte eine Art undurchsichtiger Hülle um Klara ausgebreitet. Eine Lichthülle, hinter der sie verborgen blieb wie hinter einem Schleier.

Klara ist nämlich weder groß noch blond. Es war einzig die innere Größe ihrer Schönheit, die ihr in Herrn Zatureckys Augen den Anschein von physischer Größe verliehen hatte. Und der Glanz, den die Schönheit ausstrahlte, hatte einen Hauch von Gold über ihr Haar gelegt.

Und als der kleine Mann zum Schluß in der Ecke des Raumes stand, wo Klara sich im braunen Berufsmantel verkrampft über einen zugeschnittenen Rock beugte, da erkannte er sie nicht. Er erkannte sie nicht, weil er sie nie gesehen hatte.

9. Als Klara diese Geschichte zusammenhanglos und nicht besonders verständlich zu Ende erzählt hatte, sagte ich zu ihr: »Siehst du, wir haben eben Glück.«

Sie aber fuhr mich schluchzend an: »Was heißt da Glück! Hat man mich heute nicht erwischt, so wird man es morgen tun.«

»Wie denn? Das würde ich gern wissen.«

»Sie werden hierher zu dir kommen, um mich zu holen.«

»Ich lasse niemanden herein.«

»Und wenn sie die Polizei schicken? Oder wenn sie

dich ins Gebet nehmen und aus dir herauskriegen, wer ich bin? Die Frau hat etwas von Gericht gesagt; sie will mich wegen Beleidigung ihres Mannes anzeigen.«

»Ich bitte dich, das wäre ja zum Lachen: das war doch alles nur ein Scherz, ein Spaß.«

»Heute verstehen die aber keinen Spaß mehr; heute nehmen sie alles ernst. Sie werden sagen, ich hätte den Mann vorsätzlich verleumden wollen. Man muß ihn ja bloß anschauen! Wer glaubt denn im Ernst, daß er eine Frau tatsächlich belästigen könnte?«

»Du hast recht, Klara«, sagte ich, »wahrscheinlich wird man dich verhaften.«

»Red keinen Unsinn«, sagte Klara, »du weißt, daß die Sache schlecht für mich aussieht. Vergiß nicht, wer mein Vater ist. Es genügt, daß ich vor einer Untersuchungskommission erscheinen muß, dann steht das in meinen Papieren, und ich sitze für immer in diesem Atelier hier fest; überhaupt würde ich gern wissen, wie das mit der Anstellung als Mannequin aussieht, die du mir versprochen hast; und bei dir übernachten kann ich jetzt auch nicht mehr. Ich hätte hier immer Angst, daß man mich holen kommt, von heute an fahre ich wieder nach Čelakovice.«

Das war das erste Gespräch.

Und am Nachmittag desselben Tages folgte nach der Seminarkonferenz ein zweites.

Der Leiter des Seminars, ein grauhaariger Kunsthistoriker und ein weiser Mann, bat mich in sein Arbeitszimmer.

»Daß Sie sich mit Ihrer kürzlich publizierten Studie keinen Dienst erwiesen haben, wissen Sie hoffentlich«, sagte er zu mir.

»Ja, ich weiß«, antwortete ich.

»Jeder unserer Professoren fühlt sich betroffen, und der Rektor meint, es handle sich um einen Angriff gegen seine Ansichten.«

»Und was soll ich machen?« sagte ich.

»Nichts«, sagte der Professor, »aber die dreijährige Frist Ihrer wissenschaftlichen Assistenz läuft ab, und die Stelle wird neu ausgeschrieben. Allerdings bevorzugt die Kommission normalerweise Leute, die an der Fakultät schon unterrichtet haben. Sind Sie ganz sicher, daß es auch bei Ihnen so sein wird? Aber darüber wollte ich nicht reden. Für Sie hat bisher immer gesprochen, daß Sie Ihre Vorlesungen ordentlich abhalten, bei den Studenten beliebt sind und ihnen etwas beibringen. Nun können Sie sich nicht einmal mehr darauf berufen. Der Rektor hat mir mitgeteilt, daß Sie das letzte Vierteljahr überhaupt nicht gelesen haben. Und das ohne Entschuldigung. Was allein schon genügen würde, um Sie fristlos zu entlassen.«

Ich erklärte dem Professor, daß ich keine einzige Vorlesung hatte ausfallen lassen und alles nur ein Scherz war, und ich erzählte ihm die ganze Geschichte von Herrn Zaturecky und Klara.

»Gut, ich glaube Ihnen«, sagte er, »aber was heißt das schon, wenn ich Ihnen glaube? Heute redet die ganze Fakultät davon, daß Sie weder unterrichten noch sonst etwas tun. Die Sache wurde schon im Personalrat behandelt, und gestern ist Ihr Fall ans Rektorenkollegium verwiesen worden.«

»Und warum hat man nicht zuerst einmal mit mir gesprochen?«

»Worüber sollte man mit Ihnen sprechen? Den anderen ist alles klar. Jetzt schaut man nur noch rückblickend auf ihr bisheriges Wirken an der Fakultät und sucht Zusammenhänge zwischen Ihrer Vergangenheit und Ihrem gegenwärtigen Verhalten.«

»Was kann man in meiner Vergangenheit schon finden? Sie wissen doch selbst, wie sehr ich meine Arbeit liebe! Ich habe mich nie vor etwas gedrückt! Ich habe ein reines Gewissen.«

»Jedes Menschenleben läßt sich verschieden deuten«, sagte der Professor. »Die Vergangenheit von jedem von

28

uns läßt sich ebenso gut zur Biographie eines beliebten Staatsmannes wie zur Vita eines Verbrechers zurechtbiegen. Schauen Sie sich selbst an. Niemand stellt in Abrede, daß Sie Ihre Arbeit lieben. Aber auf den Versammlungen waren Sie nicht gerade häufig zu sehen, und wenn Sie sich doch einmal blicken ließen, haben Sie meistens geschwiegen. Niemand weiß eigentlich, was Sie wirklich denken. Ich selbst kann mich erinnern, wie Sie, wenn ernste Dinge verhandelt wurden, ein paarmal aus heiterem Himmel einen Witz machten und damit Empörung hervorriefen. Diese Empörung verlor sich dann jeweils rasch, wird sie aber heute wieder aus der Vergangenheit hervorgekramt, so bekommt sie plötzlich eine andere, klare Bedeutung. Oder denken Sie daran, wie die verschiedensten Frauen Sie in der Fakultät gesucht haben und Sie sich stets haben verleugnen lassen. Oder nehmen wir Ihren letzten Artikel, von dem jedermann behaupten kann, er sei aus einer ideologisch verdächtigen Position heraus geschrieben. Das alles sind zwar nur Details; doch wenn man sie im Licht Ihres jetzigen Delikts interpretiert, wird alles zusammen ein Ganzes, das ein beredtes Zeugnis für Ihren Charakter und Ihre Einstellung ablegt.«

»Was für ein Delikt!« schrie ich. »Ich werde diese Angelegenheit vor allen so darstellen, wie sie sich abgespielt hat: wenn die Menschen noch Menschen sind, werden sie doch darüber lachen.«

»Wie Sie meinen. Sie werden aber sehen, daß die Menschen entweder keine Menschen sind oder Sie nicht wissen, was Menschen sind. Niemand wird lachen. Wenn Sie alles erklären, wie es sich zugetragen hat, wird sich herausstellen, daß Sie nicht nur Ihre Pflicht versäumt haben, wie der Vorlesungsplan sie vorschreibt, also nicht getan haben, was Sie hätten tun müssen, sondern darüber hinaus schwarz unterrichtet haben, also etwas getan haben, was Sie nicht hätten tun dürfen. Weiter wird sich herausstellen, daß Sie einen Menschen beleidigt haben, der Sie um Hilfe gebeten hat. Es wird sich herausstellen, daß Ihr Privatleben nicht in Ordnung ist, daß irgendein junges Mädchen ungemeldet bei Ihnen wohnt, was einen denkbar ungünstigen Eindruck auf die Vorsitzende des Personalrats machen wird. Man wird die Sache breittreten, und wer weiß, was für Gerüchte darüber noch entstehen können, die gewiß all denen gelegen kommen werden, die sich zwar über Ihre Ansichten erhitzen, aber nicht den Mut haben, gegen Sie aufzutreten.«

Ich wußte, daß der Professor mir weder einen Schreck einjagen noch mich hinters Licht führen wollte, ich hielt ihn jedoch für einen Sonderling und wollte seinen Skeptizismus nicht wahrhaben. Die Affäre mit Herrn Zaturecky war mir in die Knochen gefahren, aber sie hatte mich vorläufig noch nicht erschöpft: Schließlich hatte *ich* dieses Pferd gesattelt; ich konnte also nicht zulassen, daß es mir die Zügel aus den Händen riß und mich führte, wohin es ihm beliebte! Ich war gerüstet, den Kampf mit ihm aufzunehmen.

Und das Pferd stellte sich dem Kampf. Als ich nach Hause kam, wartete im Briefkasten eine Vorladung zur Versammlung des Straßenkomitees auf mich.

10. Das Straßenkomitee tagt an einem langen Tisch in einem kleinen Lokal, einem ehemaligen Laden. Ein ergrauter Mann mit kleiner Brille und fliehendem Kinn wies mir einen Stuhl zu. Ich sagte danke schön und setzte mich; dann ergriff der Mann das Wort. Er eröffnete mir, daß mich das Straßenkomitee bereits seit längerer Zeit überwache und in Erfahrung gebracht habe, daß mein Privatleben nicht in Ordnung sei; dies mache einen nicht gerade guten Eindruck auf meine Umgebung; meine Mitmieter hätten sich schon einmal über mich beschwert, weil sie wegen des Lärms aus meiner Wohnung die ganze Nacht nicht hätten schlafen können; all dies genüge dem Straßenkomitee, um sich ein Bild von mir zu machen. Und als Krönung des Ganzen habe sich jetzt die Genossin Zaturecky, die Frau eines wissenschaftlichen Mitarbeiters, an den Ausschuß gewandt. Ich hätte seit über einem halben Jahr eine Rezension über ein wissenschaftliches Werk ihres Mannes schreiben sollen und dies bis heute nicht getan, obwohl ich genau wüßte, daß das Schicksal des besagten Werkes von meiner Beurteilung abhänge.

»Was heißt da wissenschaftliches Werk!« unterbrach ich den Mann mit dem fliehenden Kinn, »es handelt sich um ein Machwerk aus abgeschriebenen Gedanken.«

»Das ist aber interessant, Genosse«, mischte sich jetzt eine mondän gekleidete Blondine von etwa dreißig Jahren, auf deren Gesicht (anscheinend ein für allemal) ein strahlendes Lächeln klebte, ins Gespräch. »Gestatten Sie mir eine Frage: was ist Ihr Spezialgebiet?«

»Ich bin Kunsttheoretiker.«

»Und Genosse Zaturecky?«

»Das weiß ich nicht. Vielleicht versucht er etwas Ähnliches.«

»Sehen Sie«, wandte sich die Blondine entzückt an die andern, »der Genosse sieht in einem Fachkollegen nicht etwa einen Genossen, sondern einen Konkurrenten.«

»Ich will fortfahren«, sagte der Mann mit dem fliehenden Kinn, »die Genossin Zaturecky hat uns gesagt, ihr Mann habe Sie in Ihrer Wohnung gesucht und dort irgendeine Frau angetroffen. Diese habe ihn dann bei Ihnen verleumdet und behauptet, er habe sie sexuell belästigen wollen. Die Genossin Zaturecky hat nun allerdings Beweise in der Hand, denen zufolge ihr Mann zu so etwas überhaupt nicht in der Lage ist. Sie möchte den Namen der Frau erfahren, die ihren Mann beschuldigt hat, und die Sache der Strafkommission des Bezirksausschusses übergeben, denn diese falsche Beschuldigung bedeutet für Herrn Zaturecky eine Schädigung seiner Existenz.«

31

Ich versuchte noch einmal, dieser lächerlichen Affäre die Spitze zu nehmen: »Schaut mal, Genossen«, sagte ich, »das ganz ist gar nicht der Rede wert. Die Abhandlung ist so schwach, daß sie ohnehin weder ich noch ein anderer empfehlen könnte. Und sollte es zwischen dieser Frau und Herrn Zaturecky zu irgendwelchen Mißverständnissen gekommen sein, so braucht man deswegen doch keine Versammlung einzuberufen.«

»Über unsere Versammlung hast zum Glück nicht du zu bestimmen, Genosse«, antwortet mir der Mann mit dem fliehenden Kinn. »Und wenn du jetzt behauptest, die Arbeit des Genossen Zaturecky sei schlecht, so müssen wir das als Racheakt auffassen. Die Genossin Zaturecky hat uns den Brief zu lesen gegeben, den du ihrem Mann nach der Lektüre seiner Arbeit geschrieben hast.«

»Gut. Nur sage ich in diesem Brief kein Wort über den Wert dieser Arbeit.«

»Das ist richtig. Aber du schreibst, du würdest dem Genossen Zaturecky gerne helfen; aus deinem Brief geht klar hervor, daß du seine Arbeit schätzt. Und nun verkündest du, sie sei ein Machwerk. Warum hast du ihm das nicht damals schon geschrieben? Warum hast du es ihm nicht offen gesagt?«

»Der Genosse hat zwei Gesichter«, sagte die Blondine.

In diesem Moment mischte sich eine ältere Frau mit Dauerwelle ins Gespräch; sie ging geradewegs auf den Kern der Sache zu: »Wir sollten von dir wissen, Genosse, wer die Frau war, die Herr Zaturecky bei dir angetroffen hat.«

Ich begriff, daß es offensichtlich nicht in meinen Kräften stand, dieser Affäre ihre absurde Wichtigkeit zu nehmen, und mir nur noch eines übrigblieb: die Spur zu verwischen, die Leute von Klara abzulenken, sie von ihr wegzuführen, wie ein Rebhuhn, das den Jagdhund von seinem Nest weglockt, indem es den eigenen Körper für den seiner Jungen opfert. »Das ist eine schlimme Sache, ich erinnere mich nicht an den Namen«, sagte ich.

»Du erinnerst dich nicht an den Namen der Frau, mit der du zusammenlebst?« fragte die Frau mit der Dauerwelle.

»Genosse, Sie haben vielleicht ein vorbildliches Verhältnis zu Frauen«, sagte die Blondine.

»Vielleicht könnte ich mich erinnern, aber ich müßte nachdenken. Wissen Sie nicht, an welchem Tag Herr Zaturecky mich besuchen wollte?«

»Das war, bitte sehr«, der Mann mit dem fliehenden Kinn schaute in seine Papiere, »am Vierzehnten, am Mittwoch nachmittag.«

»Am Mittwoch ... den Vierzehnten ... Moment mal ...«, ich stützte den Kopf in die Hand und überlegte: »Ich weiß schon. Es war Helena.« Ich sah, wie alle gespannt an meinen Lippen hingen.

»Helena – und wie weiter?«

»Wie weiter? Das weiß ich leider nicht. Ich wollte sie nicht danach fragen. Ehrlich gesagt bin ich nicht einmal sicher, ob sie wirklich Helena hieß. Ich habe sie nur so genannt, weil ihr Mann mir so rothaarig vorkam wie Menelaos. Das war am Dienstag abend, als ich sie in einer Weinstube kennenlernte und es mir gelang, ein paar Worte mit ihr zu wechseln, während ihr Menelaos an der Theke einen Cognac trank. Am nächsten Tag kam sie mich dann besuchen und blieb den ganzen Nachmittag bei mir. Nur mußte ich sie gegen Abend zwei Stunden alleinlassen, da ich Fakultätssitzung hatte. Als ich zurückkam, war sie vollkommen außer sich, weil irgendein Männchen sie belästigt hatte; sie hatte geglaubt, ich hätte das arrangiert, war beleidigt und wollte nichts mehr von mir wissen. Und so habe ich es, wie Sie sehen, nicht mehr geschafft, ihren richtigen Namen zu erfahren.«

»Genosse, ob das stimmt oder nicht, was Sie uns da erzählen«, sagte die Blondine, »es scheint mir absolut unbegreiflich, wie jemand wie Sie unsere Jugend erziehen kann. Inspiriert Sie denn das Leben in unserem

Land tatsächlich zu nichts anderem als dazu, zu saufen und Frauen zu mißbrauchen? Sie können sicher sein, daß wir den zuständigen Stellen unsere Meinung sagen werden.«

»Der Hauswart hat nichts von einer Helena gesagt«, griff die ältere Frau mit der Dauerwelle ein. »Aber er hat uns darüber informiert, daß schon einen Monat lang irgendein Mädchen aus den Modebetrieben ungemeldet bei dir wohnt. Vergiß nicht, Genosse, daß du in Untermiete bist! Wie stellst du dir das vor, daß jemand einfach so bei dir wohnt? Meinst du, euer Haus sei ein Bordell? Wenn du uns den Namen nicht sagen willst, wird die Polizei ihn in Erfahrung bringen.«

11. Der Boden war mir gehörig unter den Füßen weggerutscht. Ich begann die unfreundliche Stimmung an der Fakultät, von der der Professor gesprochen hatte, nun zu spüren. Vorläufig hatte mich zwar noch niemand zu einem Gespräch vorgeladen, aber hie und da kam mir eine Anspielung zu Ohren, und hie und da verriet mir Frau Marie, in deren Sekretariat die Dozenten beim Kaffeetrinken die Zunge nicht eben im Zaume hielten, aus Mitleid dies und das. In einigen Tagen sollte die Berufungskommission zusammentreten, die jetzt von allen Seiten Gutachten einholte; ich stellte mir vor, wie die Mitglieder den Bericht des Straßenkomitees lesen würden, diesen Bericht, von dem ich nur wußte, daß er vertraulich war und ich mich dazu nicht würde äußern können.

Es gibt Momente im Leben, in denen der Mensch zurückstecken muß. Momente, in denen er weniger wichtige Positionen räumen muß, um wichtigere zu halten. Mir schien, Klara war diese letzte und wichtigste Position. In diesen bewegten Tagen wurde mir plötzlich bewußt, daß ich meine Schneiderin liebte und an ihr hing.

An diesem Tag waren Klara und ich vor einer Kirche verabredet. Nein, nicht zu Hause. War denn mein Zuhause überhaupt noch ein Zuhause? Ist ein Raum mit Glaswänden ein Zuhause? Ein Raum, in dem man das, was man liebt, noch umsichtiger verstecken muß als Schmuggelware? Zu Hause war kein Zuhause mehr. Wir fühlten uns wie Leute, die in fremdes Territorium eingedrungen sind und dort jeden Augenblick entdeckt werden können; Schritte auf dem Flur machten uns nervös, wir rechneten ständig damit, daß jemand an die Tür klopfen und nicht locker lassen würde. Klara fuhr wieder nach Čelakovice, und in unserem fremdgewordenen Heim hatten wir nicht einmal mehr Lust, uns auch nur vorübergehend aufzuhalten. Deshalb bat ich einen Malerfreund, mir für abends jeweils die Schlüssel seines Ateliers zu leihen. An diesem Tag hatte ich sie zum ersten Mal bekommen.

Und so standen wir denn unter einem hohen Dach in Vinohrady, in einem riesigen Raum mit einer schmalen Couch und einem großen, abgeschrägten Fenster, von dem aus man das ganze abendliche Prag sehen konnte; inmitten all der Bilder, die an den Wänden lehnten, inmitten der sorglosen Unordnung des Ateliers kehrten mit einem Mal die alten Gefühle glückseliger Freiheit wieder. Ich machte es mir auf der Couch gemütlich, steckte den Korkenzieher in den Korken und öffnete eine Flasche Wein. Ich plauderte gelöst und gut gelaunt und freute mich auf einen schönen Abend und eine schöne Nacht.

Die Beklommenheit, die von mir abgefallen war, lastete nun jedoch in ihrer ganzen Schwere auf Klara.

Ich habe bereits erwähnt, wie Klara sich ohne jeden Skrupel, ja mit größter Ungezwungenheit in meiner Mansarde eingenistet hatte. Jetzt aber, da wir uns für eine Weile in einem fremden Atelier befanden, fühlte sie sich nicht wohl. Mehr als nur nicht wohl. »Es erniedrigt mich«, sagte sie zu mir.

»Was erniedrigt dich?« fragte ich.

»Daß wir uns eine Wohnung leihen mußten.«

»Warum erniedrigt es dich, daß wir uns eine Wohnung leihen mußten?«

»Weil darin etwas Erniedrigendes liegt«, gab sie zur Antwort.

»Wir konnten doch gar nicht anders.«

»Ja«, antwortete sie, »aber in einer geliehenen Wohnung komme ich mir vor wie ein leichtes Mädchen.«

»Mein Gott, warum solltest du dir in einer geliehenen Wohnung wie ein leichtes Mädchen vorkommen? Leichte Mädchen gehen ihrer Tätigkeit größtenteils in der eigenen Wohnung nach.«

Es ist zwecklos, mit dem Verstand gegen die feste Bastion irrationaler Gefühle anrennen zu wollen, aus denen die weibliche Seele angeblich geknetet ist. Unser Gespräch stand von Anfang an unter schlechten Vorzeichen.

Ich erzählte Klara also, was der Professor mir gesagt hatte, ich erzählte ihr, was im Straßenkomitee vor sich gegangen war, und ich versuchte sie zu überzeugen, daß wir zu guter Letzt als Sieger dastehen würden.

Klara schwieg eine Weile und sagte dann, ich sei an allem selber schuld. »Wirst du mich wenigstens von diesen Schneiderinnen befreien?«

Ich sagte ihr, sie würde sich jetzt möglicherweise eine Weile gedulden müssen.

»Siehst du«, sagte Klara, »das waren alles nur Versprechungen, und dann machst du nichts daraus. Und allein komme ich von dort nicht weg, selbst wenn jemand anderer mir helfen wollte, denn durch deine Schuld habe ich jetzt eine schlechte Kaderakte.«

Ich gab Klara mein Wort, daß die Geschichte mit Herrn Zaturecky ihr niemals schaden würde.

»Ich verstehe ohnehin nicht«, sagte sie, »warum du diese Rezension nicht schreibst. Würdest du sie schreiben, so hätten wir sofort Ruhe.«

»Dazu ist es zu spät, Klara«, sagte ich. »Wenn ich die

Rezension jetzt schreibe, wird man sagen, daß ich die Arbeit aus Rache schlecht beurteilt habe, und man wird noch wütender sein.«

»Und warum solltest du die Arbeit schlecht beurteilen? Dann schreib eben ein positives Gutachten!«

»Das kann ich nicht, Klara. Diese Arbeit ist vollkommen unmöglich.«

»Na und? Warum willst du plötzlich den Wahrheitsapostel spielen? War es etwa keine Lüge, als du diesem Männchen schriebst, man hielte in der Redaktion der ›Bildenden Kunst‹ nichts von deiner Meinung? Und war es keine Lüge, als du dem Männchen sagtest, er habe mich verführen wollen? Und war es keine Lüge, als du diese Helena erfandest? Wenn du schon so oft gelogen hast, warum macht es dir etwas aus, noch einmal zu lügen und das Männchen zu loben? Nur so kannst du alles wieder einrenken.«

»Weißt du, Klara«, sagte ich, »du meinst, eine Lüge sei eine Lüge, und es sieht so aus, als hättest du recht. Das hast du aber nicht. Ich kann mir weiß Gott was ausdenken, die Leute zum Narren halten, Mystifikationen in die Welt setzen und Lausbubenstreiche spielen – und ich habe dabei nicht das Gefühl, ein Lügner zu sein; diese Lügen, wenn du sie so nennen willst, das bin ich selbst, so, wie ich bin; eine solche Lüge spiele ich nicht, in einer solchen Lüge sage ich eigentlich die Wahrheit. Es gibt aber Dinge, die ich durchschaut habe, deren Sinn ich verstehe, Dinge, die ich liebe und ernst nehme. Und da kann ich nicht scherzen. Würde ich dabei lügen, so müßte ich mich vor mir selbst schämen, und das geht nicht, das kannst du von mir nicht verlangen, das werde ich nicht tun.«

Wir verstanden uns nicht. Doch ich liebte Klara sehr und war entschlossen, alles zu tun, damit sie mir nichts vorwerfen konnte. Am folgenden Tag schrieb ich Frau Zaturecky einen Brief. Daß ich sie übermorgen um zwei Uhr in meinem Arbeitszimmer erwartete.

12.

Getreu ihrer furchterregenden Methodik klopfte Frau Zaturecky zur vereinbarten Zeit und auf die Minute pünktlich an die Tür. Ich öffnete und forderte sie zum Eintreten auf.

Endlich sah ich sie also. Sie war eine große, eine sehr große Frau mit einem breiten Bauerngesicht, aus dem zwei blaßblaue Augen schauten. »Legen Sie ab«, sagte ich, und sie zog mit unbeholfenen Bewegungen ihren langen, dunklen Mantel aus, der eng tailliert und sehr seltsam geschnitten war, einen Mantel, der in mir, weiß Gott warum, die Vorstellung von altertümlichen Militär-mänteln wachrief.

Ich wollte nicht als erster angreifen; ich wollte, daß zuerst der Gegner die Karten auf den Tisch legte. Nach-dem Frau Zaturecky Platz genommen hatte, brachte ich sie nach ein paar einleitenden Sätzen zum Sprechen.

»Sie wissen, warum ich Sie gesucht habe«, sagte sie mit ernster Stimme und ohne jegliche Aggressivität. »Mein Mann hat Sie immer sehr geschätzt, als Fachmann wie auch als Charakter. Alles hängt von Ihrer Rezension ab. Und Sie wollen sie ihm nicht schreiben. Mein Mann hat an dieser Arbeit ganze drei Jahre lang geschrieben. Er hatte es im Leben schwerer als Sie. Er war Lehrer außer-halb von Prag und mußte täglich seine zweimal dreißig Kilometer zur Arbeit fahren. Ich selbst habe ihn letztes Jahr dazu gebracht, die Stelle aufzugeben und sich nur noch der Wissenschaft zu widmen.«

»Herr Zaturecky ist nirgends angestellt?« fragte ich.

»Nein . . .«

»Und wovon leben Sie?«

»Vorläufig muß ich allein für alles aufkommen. Die Wissenschaft, das ist die Leidenschaft meines Mannes. Wenn Sie wüßten, was er alles studiert hat. Wenn Sie wüßten, wie viele Blatt Papier er beschrieben hat. Er sagt immer, ein wirklicher Gelehrter müsse dreihundert Sei-ten schreiben, damit schließlich dreißig übrigbleiben. Und dann kam diese Frau dazwischen. Glauben Sie mir, ich kenne meinen Mann, er würde das bestimmt nie tun; das, was diese Frau ihm vorwirft, das glaube ich nicht, soll sie es vor mir und vor ihm wiederholen! Ich kenne die Frauen, vielleicht ist sie in Sie verliebt, und Sie sind es nicht. Vielleicht wollte sie Sie eifersüchtig machen. Aber eines können Sie mir glauben, mein Mann würde sich nicht unterstehen, so etwas zu tun!«

Ich hörte Frau Zaturecky zu, und plötzlich ging etwas Merkwürdiges in mir vor: ich verlor die Gewißheit, daß sie die Frau war, deretwegen ich die Fakultät würde verlassen müssen, daß sie die Frau war, deretwegen sich ein Schatten zwischen mich und Klara geschlichen und deretwegen ich so viele Tage mit Wut und Ärger vergeudet hatte. Der Zusammenhang zwischen ihr und der Geschichte, in der wir beide jetzt irgendeine traurige Rolle spielten, schien mir auf einmal unklar, diffus, zufällig und von niemandem verschuldet. Plötzlich begriff ich, daß es nichts anderes als meine Illusion gewesen war, als ich mir damals dachte, wir könnten unsere Geschichten selber satteln und deren Lauf lenken: vielleicht sind es gar nicht *unsere* Geschichten, vielleicht werden sie uns *von außen* untergeschoben; sie charakterisieren uns in keiner Weise, und wir können nichts für ihren mehr als seltsamen Lauf: sie tragen uns mit sich fort, da sie von irgenwelchen *fremden* Kräften gelenkt werden.

Übrigens: wenn ich Frau Zaturecky in die Augen sah, kam es mir vor, als könnten diese Augen nicht den Dingen auf den Grund sehen, es kam mir vor, als würden diese Augen gar nichts sehen; als schwämmen sie ihr nur so auf dem Gesicht herum; als würden sie einfach so daliegen.

»Vielleicht haben Sie recht, Frau Zaturecky«, sagte ich versöhnlich, »vielleicht hat meine Freundin wirklich nicht die Wahrheit gesagt, aber Sie kennen das ja, wenn ein Mann eifersüchtig ist; ich habe ihr geglaubt und die Nerven verloren. Das kann jedem einmal passieren.«

»Aber gewiß kann das passieren«, sagte Frau Zaturecky, und man konnte sehen, daß ihr ein Stein vom Herzen fiel: »Wenn Sie das selbst einsehen, ist es ja gut. Wir hatten Angst, Sie würden ihr glauben. Schließlich könnte diese Frau das ganze Leben meines Mannes ruinieren. Ich spreche dabei nicht von dem moralischen Licht, in dem er erschienen wäre. Das hätten wir schon irgendwie verkraftet. Aber von Ihrem Gutachten verspricht sich mein Mann alles. In der Redaktion hat man ihm versichert, alles würde einzig von Ihnen abhängen. Mein Mann ist davon überzeugt, daß man ihn endlich als wissenschaftlichen Mitarbeiter anerkennen würde, wenn seine Abhandlung erst einmal publiziert wäre. Ich bitte Sie, da sich jetzt alles geklärt hat, werden Sie dieses Gutachten für ihn schreiben? Und können Sie es schnell machen?«

Jetzt war der Moment da, sich für alles zu rächen und die Wut zu besänftigen; nur verspürte ich in diesem Moment keine Wut mehr, und was ich sagte, sagte ich nur, weil es keinen anderen Ausweg gab: »Frau Zaturecky, mit diesem Gutachten ist das so eine Sache. Ich will Ihnen gestehen, wie alles war. Ich sage den Menschen nicht gern unangenehme Dinge ins Gesicht. Das ist meine Schwäche. Ich habe mich vor Ihrem Mann versteckt und geglaubt, er würde selbst darauf kommen, weshalb ich ihm auswich. Seine Arbeit ist nämlich schwach. Sie hat keinen wissenschaftlichen Wert. Glauben Sie mir das?«

»Das kann ich Ihnen schwerlich glauben. Nein, das kann ich nicht glauben«, sagte Frau Zaturecky.

»Die Abhandlung ist vor allem überhaupt nicht originell. Verstehen Sie, ein Wissenschaftler muß immer etwas Neues entdecken; ein Wissenschaftler darf nicht einfach abschreiben, was schon bekannt ist, was andere vor ihm bereits geschrieben haben.«

»Mein Mann hat diese Arbeit bestimmt nicht abgeschrieben.«

»Frau Zaturecky, Sie haben die Arbeit sicher gelesen . . .«, wollte ich weiterfahren, aber sie unterbrach mich.

»Nein, das habe ich nicht.«

Ich war überrascht. »Dann lesen Sie sie.«

»Ich habe kranke, schlechte Augen«, sagte Frau Zaturecky, »ich habe seit fünf Jahren keine Zeile mehr gelesen, aber ich brauche nicht zu lesen, um zu wissen, ob mein Mann ehrenhaft ist oder nicht. Das kann man auch auf andere Weise als durch Lesen feststellen. Ich kenne meinen Mann wie eine Mutter ihr Kind, ich weiß alles von ihm. Und ich weiß, daß das, was er tut, immer ehrenhaft ist.«

Ich mußte zum schlimmsten Mittel greifen. Ich las Frau Zaturecky Abschnitte aus der Abhandlung ihres Mannes vor, und dazu die entsprechenden Stellen aus verschiedenen Autoren, von denen Herr Zaturecky Gedanken und Formulierungen übernommen hatte. Freilich handelte es sich nicht um ein bewußtes Plagiat, eher um einen bedingungslosen Tribut an die Autoritäten, die er grenzenlos verehrte. Wer immer die verglichenen Passagen aber hörte, mußte begreifen, daß keine ernsthafte wissenschaftliche Zeitschrift Herrn Zatureckys Arbeit publizieren konnte.

Ich weiß nicht, inwieweit Frau Zaturecky sich auf meine Darlegungen konzentrierte, inwieweit sie ihnen folgte und sie verstand. Sie saß demütig im Sessel, demütig und gehorsam wie ein Soldat, der weiß, daß er seine Stellung nicht verlassen darf. Es dauerte etwa eine halbe Stunde, bis ich damit fertig war. Frau Zaturecky erhob sich, heftete ihre durchsichtigen Augen auf mich und bat mich mit tonloser Stimme um Verzeihung; ich wußte jedoch, daß sie den Glauben an ihren Mann nicht verloren hatte, und wenn sie jemandem Vorwürfe machte, dann nur sich selbst, weil sie es nicht verstanden hatte, meinen dunklen, ihr unverständlichen Argumenten zu trotzen. Sie zog ihren Militärmantel an, und ich begriff, daß diese Frau ein Soldat war, ein trauriger, vom langen

Marschieren müder Soldat, ein Soldat, der den Sinn der Befehle nicht zu verstehen vermochte und sie dennoch immer widerspruchslos ausführen würde, ein Soldat, der nun zwar geschlagen, aber ohne Verlust seiner Soldatenehre abzog.

13.

»So, und jetzt brauchst du nichts mehr zu fürchten«, sagte ich zu Klara, als ich ihr in der Dalmatinischen Weinstube meine Unterredung mit Frau Zaturecky schilderte.

»Ich hatte schließlich nie etwas zu fürchten«, antwortete sie mit einer Selbstsicherheit, die mich verblüffte.

»Wieso denn nicht? Ohne dich hätte ich Frau Zaturecky nie empfangen!«

»Daß du sie getroffen hast, ist nicht mehr wie recht, weil das, was du den beiden angetan hast, peinlich war. Doktor Kalousek hat gesagt, ein intelligenter Mensch könne das nur schwer verstehen.«

»Wann hast du Kalousek getroffen?«

»Ich habe ihn getroffen«, sagte Klara.

»Und ihm alles erzählt?«

»Na und? Ist es vielleicht ein Geheimnis? Ich weiß heute sehr gut, was du bist.«

»Hm.«

»Soll ich dir sagen, was du bist?«

»Bitte.«

»Ein sprücheklopfender Zyniker.«

»Das hast du von Kalousek.«

»Wieso von Kalousek? Meinst du etwa, ich könnte mir keine eigene Meinung bilden? Du glaubst ohnehin, ich sei nicht imstande, dich zu durchschauen. Du führst einen gern an der Nase herum. Herrn Zaturecky hast du ein Gutachten versprochen–«

»Ich habe ihm kein Gutachten versprochen!«

»Das ist egal. Und mir hast du eine Stelle versprochen.

Bei Herrn Zaturecky hast du dich mit mir herausgeredet und bei mir mit Herrn Zaturecky. Aber nur damit du es weißt, ich werde diese Stelle bekommen.«

»Von Kalousek?« Ich versuchte, hämisch zu sein.

»Von dir jedenfalls nicht! Du kannst dir gar nicht vorstellen, wie haushoch du alles verspielt hast.«

»Und du kannst es dir vorstellen?«

»Ja. Ich weiß, daß dein Vertrag nicht verlängert wird und du froh sein mußt, wenn man dich in irgendeiner Provinzgalerie anstellt. Du mußt dir aber im klaren darüber sein, daß alles ganz allein deine Schuld ist. Wenn ich dir einen Ratschlag geben darf: sei in Zukunft ehrlicher und lüg nicht, denn eine Frau kann keinen Mann achten, der lügt.«

Dann stand sie auf, gab mir (offensichtlich zum letzten Mal) die Hand, drehte sich um und ging.

Erst nach einer Weile wurde mir bewußt, daß meine Geschichte (trotz der frostigen Stille, die mich umgab) nicht zu den tragischen, sondern eher zu den komischen Geschichten gehörte.

Das tröstete mich irgendwie.

ZWEITER TEIL

DER GOLDENE APFEL DER EWIGEN SEHNSUCHT

... sie wissen nicht, daß sie
nur die Jagd und nicht die
Beute suchen.

Blaise Pascal

MARTIN

Martin kann, was ich nicht kann. Jede beliebige Frau auf jeder beliebigen Straße ansprechen. Ich muß gestehen, daß ich in der langen Zeit, da ich Martin kenne, einiges von seinen Fähigkeiten profitiert habe; ich liebe die Frauen nicht weniger als er, doch fehlt mir seine draufgängerische Frechheit. Martin hingegen hat den Fehler, daß für ihn die sogenannte *Festnahme* der Frauen häufig virtuoser Selbstzweck ist, bei dem er es dann bewenden läßt. Deshalb sagt er oft, nicht ohne eine gewisse Bitterkeit, er gleiche einem Stürmer, der seinem Mitspieler uneigennützig die Bälle zuspiele, worauf dieser dann billige Tore schieße und billigen Ruhm ernte.

Letzten Montagnachmittag wartete ich nach der Arbeit in einem Kaffeehaus am Wenzelsplatz auf ihn und war dabei in ein dickes deutsches Buch über die alte etruskische Kultur vertieft. Es hatte Monate gedauert, bis die Universitätsbibliothek die Fernleihe aus Deutschland vermittelt hatte, und als ich das Buch nun endlich erhalten hatte, trug ich es wie eine Reliquie mit mir herum und war eigentlich ganz froh, daß Martin auf sich warten ließ und ich in dem langersehnten Band blättern konnte.

Wann immer ich an die alten, antiken Kulturen denke, werde ich von Wehmut überwältigt. Vielleicht ist es auch Melancholie und Neid auf die Muße und Langsamkeit der damaligen Geschichte: die Epoche der alten ägyptischen Kultur hatte einige Jahrtausende gedauert; die Epoche der griechischen Antike fast tausend Jahre lang. In diesem Sinn ahmt das einzelne Menschenleben die Geschichte der Menschheit nach; am Anfang verläuft es in regloser Langsamkeit, und erst später beschleunigt es sich dann immer mehr. Martin ist vor zwei Monaten vierzig Jahre alt geworden.

Die Geschichte beginnt

Er war es, der meine Meditationen unterbrach. Er war ganz plötzlich in der Glastür des Kaffeehauses aufgetaucht und kam auf mich zu, während er vielsagende Gebärden und Grimassen in Richtung eines Tisches machte, an dem eine junge Frau vor einer Kaffeetasse thronte. Er ließ sie nicht aus den Augen, setzte sich neben mich und sagte: »Was sagst du dazu?«

Ich fühlte mich beschämt; ich war tatsächlich so in mein dickes Werk versunken gewesen, daß ich die Frau erst jetzt bemerkte; ich mußte zugeben, daß sie hübsch war. Und in diesem Moment streckte sie ihre Brust vor und rief dem Herrn mit der schwarzen Fliege zu, sie wolle zahlen.

»Zahl auch!« befahl Martin.

Wir glaubten schon, wir müßten hinter der Frau herlaufen, zum Glück jedoch blieb sie an der Garderobe stehen. Sie hatte ihre Einkaufstasche abgegeben, und die Garderobiere mußte sie von weiß Gott wo hervorkramen, bevor sie sie vor die junge Frau auf den Tisch legte. Diese gab der Garderobiere einige Münzen, und da riß Martin mir mein deutsches Buch aus der Hand.

»Wir legen es lieber hierher«, sagte er mit bravouröser Selbstverständlichkeit und verstaute das Buch sorgfältig in der Tasche der Frau. Sie schien verwundert, wußte aber nicht, was sie sagen sollte.

»In der Hand trägt es sich schlecht«, sagte Martin, und als die Frau die Tasche selbst tragen wollte, beschimpfte er mich, ich hätte keine Manieren.

Das Fräulein war Krankenschwester in einem Kreiskrankenhaus, sie war angeblich nur auf einen Sprung

nach Prag gekommen und wollte nun zum Autobus-
bahnhof. Der kurze Weg zur Straßenbahnhaltestelle genügte, um alles Wesentliche in Erfahrung zu bringen
und zu vereinbaren, daß wir diese reizende junge Dame
am nächsten Samstag in B. besuchen würden; sie werde
dort sicher, wie Martin bedeutungsvoll hinzufügte, eine
hübsche Kollegin haben.

Die Straßenbahn kam angefahren, ich reichte der
Krankenschwester die Tasche, sie wollte das Buch her-
ausnehmen, aber Martin verhinderte das mit einer groß-
zügigen Geste; wir würden es am nächsten Samstag
abholen, das Fräulein möge sich inzwischen ruhig wei-
terbilden . . . Die junge Frau lachte verlegen, die Straßenbahn trug sie fort, und wir winkten ihr nach.

Es half nichts, das Buch, auf das ich mich so lange
gefreut hatte, befand sich nun plötzlich in unbestimmter
Ferne; eigentlich war das eher ärgerlich; aber irgendeine
verrückte Laune trug mich trotzdem selig auf ihren
prompt ausgebreiteten Schwingen davon. Martin überlegte augenblicklich, wie er sich für den Samstagnach-
mittag und die darauffolgende Nacht bei seiner Frau
herausreden könnte (denn es ist tatsächlich so: er hat zu
Hause eine ganz junge Frau; schlimmer: er liebt sie; noch
schlimmer: er hat Angst vor ihr; und am allerschlimm-
sten: er hat Angst um sie).

ERFOLGREICHE REGISTRAGE

Ich lieh mir für unseren Ausflug einen hübschen kleinen
Fiat und fuhr am Samstag um zwei Uhr bei Martin vor;
Martin wartete bereits vor dem Haus, und wir fuhren
los. Es war Juli und schrecklich heiß.

Wir wollten so schnell wie möglich in B. sein, als wir
aber in einem Dorf zwei Jungen in Shorts und mit vielversprechend nassen Haaren sahen, hielt ich den Wagen
an. Der Teich lag hinter ein paar Scheunen und war nur

einige Schritte entfernt. Ich hatte eine Erfrischung nötig; auch Martin war dafür zu haben.

Wir zogen die Badehosen an und sprangen ins Wasser. Ich schwamm schnell zum anderen Ufer. Martin hingegen ruderte nur ein paarmal mit den Armen, tauchte einmal unter und stieg dann wieder an Land. Als ich genug geschwommen war und zurückkam, sah ich ihn in einem Zustand angespannter Aufmerksamkeit. Am Ufer tobte ein Haufen Kinder herum, etwas weiter spielte die Dorfjugend Ball, aber Martin hatte den Blick auf eine stämmige Mädchengestalt geheftet, die in etwa fünfzehn Metern Entfernung dastand, uns den Rücken zukehrte und das Wasser beobachtete, ohne sich zu regen.

»Sieh mal«, sagte Martin.

»Ich sehe.«

»Und was sagst du?«

»Was soll ich sagen?«

»Du weißt nicht, was du dazu sagen sollst?«

»Wir müssen warten, bis sie sich umdreht«, meinte ich. »Wir müssen überhaupt nicht warten, bis sie sich umdreht. Was sie von dieser Seite zeigt, genügt mir völlig.«

»Na gut«, räumte ich ein, »leider haben wir aber keine Zeit, etwas mit ihr anzufangen.«

»Wenigstens registrieren, registrieren!« sagte Martin und wandte sich an einen kleinen Jungen, der ganz in der Nähe in seine Hose schlüpfte: »Sag mal, Kleiner, weißt du, wie das Mädchen dort heißt?« Er wies auf das Mädchen, das noch immer seltsam apathisch in derselben Haltung dastand.

»Die da?«

»Ja, die da.«

»Die ist nicht von hier«, sagte der kleine Junge.

Martin wandte sich an ein etwa zwölfjähriges Mädchen, das neben uns in der Sonne lag: »Kleines Fräulein, weißt du, wer das Mädchen ist, das dort am Ufer steht?«

Das Mädchen setzte sich gehorsam auf: »Die da?«
»Ja, die da.«
»Das ist die Manka ...«
»Manka? Und wie weiter?«
»Die Manka Panku ... aus Traplice ...«

Und das Mädchen stand noch immer am Wasser und wandte uns den Rücken zu. Jetzt bückte sie sich, um die Bademütze aufzuheben, und als sie sich wieder aufrichtete und die Mütze aufsetzte, war Martin auch schon wieder bei mir und sagte: »Es ist eine Manka Panku aus Traplice. Wir können fahren.«

Er war vollkommen beruhigt und zufrieden und dachte offensichtlich schon wieder nur noch an die weitere Reise.

Ein bisschen Theorie

Das nennt Martin *Registrage*. Ausgehend von seinen reichen Erfahrungen ist er zu der Ansicht gelangt, daß es für jemanden mit hohen quantitativen Ansprüchen auf diesem Gebiet nicht so schwierig ist, eine Frau zu *verführen*, als immer genügend Frauen zu *kennen*, die er noch nicht verführt hat.

Deshalb behauptet er, man müsse immer, überall und bei jeder Gelegenheit auf breiter Basis registrieren, daß heißt im Notizbuch oder im Gedächtnis die Namen der Frauen notieren, die unsere Aufmerksamkeit erregt haben und die wir später einmal kontaktieren könnten.

Die *Kontaktage* ist dann bereits eine höhere Stufe der Aktivität und heißt, daß man mit einer bestimmten Frau Kontakt aufnimmt, sie kennenlernt, sich Zugang verschafft zu ihr.

Wer gerne prahlerisch auf sein Leben zurückblickt, legt am meisten Gewicht auf die von ihm *eroberten* Frauen: wer aber vorwärts schaut in die Zukunft, der muß vor allem dafür Sorge tragen, genügend *registrierte* und *kontaktierte* Frauen zu kennen.

Über der Kontaktage gibt es dann nur noch eine letzte Aktivitätsstufe, und ich möchte bemerken, auch um Martin zu unterstützen, daß diejenigen, die nur nach dieser letzten Stufe streben, miserable und primitive Männer sind; sie erinnern an Fußballspieler vom Lande, die sich kopflos auf das gegnerische Tor stürzen und vergessen, daß es zu einem Treffer (und zu vielen weiteren Treffern) nicht nur die fanatische Lust zum Torschuß braucht, sondern vor allem ein aufbauendes und faires Spiel im Feld.

»Glaubst du, daß du es einmal bis zu ihr nach Traplice schaffst?« fragte ich Martin, als wir wieder fuhren.

»Man kann nie wissen...« sagte er.

»Auf alle Fälle«, sagte ich wieder, »hat der Tag für uns vielversprechend angefangen.«

SPIEL UND NOTWENDIGKEIT

Wir fuhren bestens gelaunt zum Krankenhaus in B. Es war ungefähr halb vier. Wir ließen unsere Schwester telefonisch in den Empfang rufen. Nach einer Weile kam sie herunter, im Schwesternhäubchen und in weißer Schürze; ich bemerkte, daß sie errötete und betrachtete dies als gutes Zeichen.

Martin ergriff redegewandt das Wort, und die junge Frau teilte uns mit, daß ihr Dienst um sieben zu Ende sei und wir dann vor der Klinik auf sie warten sollten.

»Haben Sie sich mit dem Fräulein Kollegin schon abgesprochen?« fragte Martin, und die Frau nickte: »Wir kommen zu zweit.«

»Gut«, sagte Martin, »wir können aber meinen Freund hier nicht einfach vor vollendete Tatsachen stellen.«

»Also gut«, sagte die junge Frau, »wir können sie anschauen gehen. Sie arbeitet auf der Inneren Medizin.«

Wir überquerten langsam den Hof des Krankenhauses, und ich fragte schüchtern: »Haben Sie das dicke Buch noch?«

52

Die Schwester nickte und sagte, sie habe es sogar hier im Krankenhaus. Mir fiel ein Stein vom Herzen, und ich bestand darauf, daß wir zuallererst das Buch holen müßten.

Martin schien es zwar unangebracht, so unverhohlen ein Buch der Frau vorzuziehen, die mir vorgeführt werden sollte, aber ich konnte einfach nicht anders.

Ich muß nämlich gestehen, daß ich die paar Tage, während derer das Werk über die etruskische Kultur außerhalb meiner Sichtweite war, sehr gelitten habe. Um dies ertragen zu können, ohne mit der Wimper zu zucken, bedurfte es großer Selbstdisziplin, ich wollte unter keinen Umständen das *Spiel* verderben, das für mich einen Wert darstellt, den zu schätzen und ihm alle persönlichen Interessen unterzuordnen ich von klein auf gelernt habe.

Während ich gerührt mein Buch wiedersah, fuhr Martin im Gespräch mit der Schwester fort und hatte ihr bereits das Versprechen abgerungen, für den Abend das Wochenendhäuschen eines Kollegen auszuleihen, das am nahen Hoter-Teich gelegen war. Wir waren alle äußerst zufrieden und schritten schließlich über den Hof auf ein kleines grünes Gebäude zu, in dem die Innere Medizin untergebracht war.

Eine Schwester und ein Arzt kamen uns entgegen. Der Arzt war eine lächerliche Bohnenstange mit abstehenden Ohren, was mich um so mehr faszinierte, als unsere Krankenschwester mich in diesem Moment in die Rippen stieß: ich kicherte laut. Als sie an uns vorbeigegangen waren, drehte sich Martin zu mir um: »Du hast ein Glück, Junge. So eine tolle Frau hast du überhaupt nicht verdient.«

Ich traute mich nicht zu sagen, daß ich nur die Bohnenstange angeschaut hatte, und äußerte mich lobend. Übrigens war das keine Heuchelei meinerseits. Ich vertraue nämlich Martins Geschmack weit mehr als dem meinen, weil ich weiß, daß sein Geschmack von einem

53

viel größeren *Interesse* getragen ist als meiner. Ich liebe Objektivität und Ordnung, auch in Sachen Liebe, und gebe folglich mehr auf einen Kenner als auf einen Dilettanten.

Man könnte mich für einen Heuchler halten, wenn ich mich als Dilettant bezeichne, ich, ein geschiedener Mann, der gerade eines seiner (offensichtlich nicht seltenen) Abenteuer erzählt. Und dennoch: ich bin ein Dilettant. Man könnte sagen, daß ich etwas *spiele, das Martin lebt.* Manchmal habe ich das Gefühl, mein ganzes polygames Leben sei einzig die Nachahmung anderer Männer, und ich will nicht leugnen, daß ich an dieser Nachahmung Gefallen gefunden habe. Aber ich kann das Gefühl nicht loswerden, daß meiner Leidenschaft trotz allem irgendetwas ganz Freies, Spielerisches und Widerrufbares anhaftet, etwas, das zum Beispiel mit dem Besuch einer Bildgalerie oder eines fremden Landes zu vergleichen wäre und keinesfalls dem kategorischen Imperativ unterstellt ist, den ich hinter Martins erotischem Leben vermute. Gerade das Vorhandensein dieses kategorischen Imperativs hat Martin in meinen Augen noch wichtiger gemacht. Mir scheint, daß sich in seinem Urteil über Frauen die Natur, die Notwendigkeit selbst zu Wort meldet.

Ein Lichtstrahl von zu Haus

Als wir uns wieder außerhalb des Krankenhauses befanden, wies Martin darauf hin, wie ungeheuer gut alles klappe, und fügte dann hinzu: »Allerdings müssen wir uns am Abend beeilen. Ich will um neun zu Hause sein. «

Ich erschrak: »Um neun? Das heißt, daß wir um acht hier losfahren müssen! Aber dann sind wir ja umsonst hergekommen! Ich habe damit gerechnet, daß wir auch noch die ganze Nacht zur Verfügung haben!«

»Warum Zeit vergeuden!«

»Aber was hat es für einen Sinn, wegen einer Stunde hierherzufahren? Was willst du denn zwischen sieben und acht groß anstellen?«

»Alles. Wie du bemerkt hast, habe ich ein Häuschen oranisiert, so daß alles wie geschmiert laufen kann. Es wird einzig von dir abhängen, ob du entschlossen genug auftrittst.«

»Und warum, bitte schön, mußt du um neun zu Hause sein?«

»Ich habe es Jarmila versprochen. Sie ist es gewohnt, am Samstag vor dem Schlafengehen noch Joker zu spielen.«

»Ach du lieber Gott«, seufzte ich.

»Jarmila hatte gestern wieder Ärger im Büro; soll ich ihr jetzt auch noch diese kleine Samstagsfreude vergällen? Du weißt ja: sie ist die beste Frau, die ich je hatte. Übrigens«, fügte er hinzu, »wirst auch du froh sein, wenn du in Prag noch eine ganze Nacht vor dir hast.«

Ich begriff, daß es überflüssig war, etwas einzuwenden. Martins Sorge um den Seelenfrieden seiner Gemahlin ließ sich durch nichts besänftigen, und sein Glaube an die unendlichen erotischen Möglichkeiten jeder Stunde oder Minute ließ sich durch nichts erschüttern.

»Komm«, sagte Martin, »bis sieben sind es noch drei Stunden! Wir wollen nicht faulenzen!«

DER BETRUG

Wir schlugen den breiten Weg durch den Park ein, der den Einwohnern der Stadt als Promenade diente. Wir schauten uns die Mädchenpaare an, die an uns vorbeispazierten oder auf den Bänken saßen, aber wir waren mit ihren Qualitäten nicht zufrieden.

Martin sprach zwar zwei von ihnen an, verwickelte sie in ein Gespräch und machte sogar eine Verabredung fest, doch wußte ich, daß es nicht ernst gemeint war. Es handelte sich um eine sogenannte *Trainings-Kontaktage,* die Martin von Zeit zu Zeit durchführte, um nicht aus der Übung zu kommen.

Unzufrieden verließen wir den Park und kamen dann in Straßen, die vor kleinstädtischer Leere und Langeweile gähnten.

»Komm etwas trinken, ich habe Durst«, sagte ich zu Martin.

Wir fanden ein Haus mit der Aufschrift KAFFEEHAUS. Wir gingen hinein, es war aber nur ein Lokal mit Selbstbedienung; der mit Kacheln ausgelegte Raum verströmte Kälte und Fremdheit; wir stellten uns an die Theke, erstanden von einer unfreundlichen Frau gefärbtes Wasser und trugen es an einen Tisch, der mit Sauce vollgekleckert war und zu baldigem Aufbruch aufforderte.

»Kümmere dich nicht darum«, sagte Martin, »die Häßlichkeit in unserer Welt hat auch ihre positiven Seiten. Niemand will irgendwo bleiben, man hastet ständig umher, und so entsteht dann das wünschenswerte Lebenstempo. Wir aber lassen uns dadurch nicht provozieren. Wir können in der Gemütlichkeit dieses häßlichen Lokals jetzt alles mögliche besprechen.« Er trank einen Schluck Limonade und fragte dann: »Hast du diese Medizinstudentin schon kontaktiert?«

»Klar«, sagte ich.

»Und wie ist sie? Beschreib sie mir ganz genau!«

Ich schilderte ihm die Medizinstudentin. Das kostete mich keine große Mühe, obwohl es diese Studentin gar nicht gab. Ja. Es mag ein schlechtes Licht auf mich werfen, aber es ist so: *ich habe sie erfunden.*

Ich gebe mein Wort darauf, daß ich es nicht aus niederen Beweggründen heraus getan habe, etwa, um mich vor Martin zu brüsten oder ihn an der Nase herumzuführen. Ich habe die Studentin ganz einfach erfunden, weil ich Martins Drängen nichts mehr entgegenzusetzen hatte.

In bezug auf meine Aktivität hat Martin maßlose Ansprüche. Martin ist davon überzeugt, daß ich Tag für Tag immer wieder neuen Frauen begegne. Er sieht mich anders, als ich bin, und würde ich ihm wahrheitsgemäß sagen, daß ich eine Woche lang nicht nur keine neue Frau erobert, sondern auch keiner begegnet bin, hielte er mich für einen Heuchler.

Deswegen sah ich mich vor etwa einer Woche gezwungen, die Registrage irgendeiner Medizinstudentin vorzutäuschen. Martin war zufrieden und drängte mich zur Kontaktage. Und heute überprüfte er meine Fortschritte.

»Und was für ein Niveau hat sie ungefähr? Ist es das Niveau von ...«, er schloß die Augen und tastete im Dunkeln nach einem Maßstab; dann erinnerte er sich an eine gemeinsame Bekannte: »Ist es das Niveau von Marketa?«

»Viel besser«, sagte ich.

»Was du nicht sagst ...«, wunderte sich Martin.

»Es ist das Niveau deiner Jarmila.«

Die eigene Frau ist für Martin der höchste aller Vergleichswerte. Martin war sehr glücklich über meine Nachricht und gab sich seinen Träumereien hin.

ERFOLGREICHE KONTAKTAGE

Dann betrat ein Mädchen in Cordjeans den Raum. Sie ging zur Theke und wartete auf ein gefärbtes Wasser. Dann stellte sie sich an den Nachbartisch, hob das Glas zum Mund und trank es aus, ohne sich zu setzen.

Martin drehte sich zu ihr um: »Fräulein«, sagte er, »wir sind fremd hier und haben eine Frage an Sie ...«

Das Mädchen lächelte. Sie war einigermaßen hübsch.

»Uns ist schrecklich heiß und wissen nicht, was wir tun sollen.«

»Gehen Sie baden.«

»Das ist es ja gerade. Wir wissen nicht, wo man hier baden kann.«

»Hier kann man nicht baden.«

»Wie ist das möglich?«

»Es gibt zwar ein Schwimmbad, aber das Wasser ist seit einem Monat abgelassen.«

»Und der Fluß?«

»Dort wird gebaggert.«

»Wo badet ihr denn?«

»Höchstens im Hoter-Teich, aber das sind mindestens sieben Kilometer.«

»Das ist eine Kleinigkeit, wir haben ein Auto, es genügt, wenn Sie uns hinführen.«

»Als unser Lotse«, sagte ich.

»Unsere Lotsin«, verbesserte mich Martin.

»Unser Leuchtkäferchen«, sagte ich.

»Unser Leitstern«, fuhr Martin fort.

»Kurz und gut«, sagte ich, »Sie sind unser leuchtender Stern, unsere gute Fee, der wir blind folgen werden.«

»Und deshalb sollten Sie uns leiten und begleiten«, sagte Martin.

Das Mächen war verwirrt über unser Geschwätz und sagte schließlich, sie werde mitkommen, habe aber noch etwas zu erledigen und müsse erst den Badeanzug holen; wir sollten in genau einer Stunde hier an derselben Stelle auf sie warten.

Wir waren zufrieden. Wir schauten ihr nach, wie sie wegging, wie schön sie ihren Hintern wiegte und ihre schwarzen Locken schüttelte.

»Siehst du«, sagte Martin, »das Leben ist kurz. Man muß jede Minute ausnützen.«

LOB DER FREUNDSCHAFT

Wir gingen wieder zurück in den Park. Wieder besichtigten wir die Mädchenpaare, die auf den Bänken saßen; es kam sogar vor, daß eine junge Frau sehr gut aussah, aber es kam nie vor, daß auch ihre Nachbarin gut ausgesehen hätte.

»Darin liegt eine sonderbare Gesetzmäßigkeit«, sagte ich zu Martin, »eine häßliche Frau hofft, etwas vom Glanz der hübscheren Freundin zu erhaschen, die hübsche Freundin wiederum hofft, sich vor dem Hintergrund der Häßlichen noch glanzvoller abzuheben; für uns ergibt sich daraus, daß unsere Freundschaft immer wieder vor neue Prüfungen gestellt wird. Und ich schätze gerade die Tatsache, daß wir die Wahl nie dem Lauf der Dinge überlassen oder gar einem Zweikampf; die Wahl ist bei uns immer eine Sache der Höflichkeit; jeder bietet dem anderen das hübschere Mädchen an, wie zwei altmodische Herren, die nie gleichzeitig durch dieselbe Tür ein Zimmer betreten können, weil jeder dem anderen den Vortritt lassen will.«

»Ja«, sagte Martin gerührt, »da bist du wirklich Kumpel. Komm, setzten wir uns ein Weilchen, mir tun die Füße weh.« Und so saßen wir da, das Gesicht genießerisch der Sonne zugewandt, und ließen der Welt eine Zeitlang ihren Lauf, ohne uns um sie zu kümmern.

DAS MÄDCHEN IN WEISS

Plötzlich richtete sich Martin (anscheinend von einem Geheimnerv bewegt) auf und blickte unverwandt den einsamen Parkweg hinauf. Ein kleines Mädchen in einem weißen Kleid kam daher. Schon von weitem, als weder Körperproportionen noch Gesichtszüge sicher zu unterscheiden waren, haftete ihm ein seltsamer, schwer faßbarer Reiz an, eine Art Reinheit oder Zärtlichkeit.

Als das Mädchen schon fast vor uns stand, bemerkten wir, daß sie noch ganz jung war, irgendwo zwischen Kind und junger Frau, und das versetzte uns mit einem Mal in einen Zustand absoluter Erregung, so daß Martin von der Bank emporschnellte: »Fräulein, ich bin der Regisseur Forman, der Filmregisseur; Sie müssen uns helfen.«

Er reichte ihr die Hand, und das Mädchen drückte sie mit einem unendlich erstaunten Blick.

Martin wies mit dem Kopf auf mich und sagte: »Das ist mein Kameramann.«

»Ondříček«, sagte ich und gab dem Mädchen die Hand.

Das Mädchen verneigte sich leicht.

»Wir sind in einer prekären Situation. Ich suche hier einen Drehort für die Außenaufnahmen in meinem nächsten Film; unser Assistent, der sich hier gut auskennt, hätte uns abholen sollen. Er ist aber nicht gekommen, so daß wir nun gerade überlegen, wie wir hier in der Stadt und in der Umgebung weiterkommen. Der Genosse Kameramann hier«, witzelte Martin, »studiert das Problem ständig in diesem dicken deutschen Buch, aber leider kann er dort nichts finden.«

Die Anspielung auf das Buch, das ich die ganze Woche lang nicht hatte lesen können, machte mich auf einmal irgendwie wütend: »Schade, daß Sie selbst kein größeres Interesse für dieses Buch aufbringen«, griff ich meinen Regisseur an. »Wenn Sie sich während der Vorbereitungsarbeiten gründlich damit beschäftigt hätten und die ganze Arbeit nicht jedesmal den Kameraleuten überließen, wären Ihre Filme vielleicht nicht so oberflächlich, und es wäre nicht so viel Blödsinn darin ... Verzeihung«, wandte ich mich dann entschuldigend an das Mädchen, »wir werden Sie nicht mit Streitigkeiten über unsere Arbeit belästigen; unser Film ist ein historischer Film und wird von der etruskischen Kultur in Böhmen handeln ...«

»Ja«, verneigte sich das Mädchen.

»Es ist ein ganz interessantes Werk, schauen Sie nur«, sagte ich und reichte dem Mädchen das Buch; sie nahm es mit beinahe andächtiger Ehrfurcht in die Hand, und als sie sah, daß mir daran gelegen war, blätterte sie ein wenig darin.

»Nicht weit von hier muß doch die Burg Bumberk liegen«, fuhr ich fort, »das war das Zentrum der böhmischen Etrusker ... aber wie kommt man dorthin?«

»Das ist ein Katzensprung«, sagte das Mädchen und strahlte über das ganze Gesicht, weil ihr die genaue Kenntnis des Weges zum Bumberk in diesem etwas undurchsichtigen Gespräch, das wir mit ihr führten, endlich wieder festen Boden unter den Füßen gab.

»Ja? Kennen Sie sich dort aus?« fragte Martin und täuschte große Erleichterung vor.

»Aber sicher«, sagte das Mädchen. »Man braucht knapp eine Stunde.«

»Zu Fuß?« fragte Martin.

»Ja, zu Fuß«, sagte das Mädchen.

»Wir haben doch den Wagen hier«, sagte ich.

»Wollen Sie nicht unser Lotse sein?« sagte Martin, aber ich verzichtete auf das übliche Wortspiel, weil ich ein besseres psychologisches Gespür habe als Martin und fühlte, daß uns unsere leichtfertigen Scherzchen in diesem Fall eher schaden würden und eine absolute Seriosität unsere einzige Waffe war.

»Junge Frau, wir wollen Ihren Zeitplan keineswegs durcheinanderbringen«, sagte ich, »aber wenn Sie so liebenswürdig wären und uns etwas Zeit widmen könnten, um uns einige Lokalitäten zu zeigen, die wir hier suchen, so würden Sie uns sehr helfen, und wir wären Ihnen beide sehr dankbar.«

»Aber gewiß«, verneigte sich das Mädchen wieder, »gerne ... Ich muß nur ...«, erst jetzt bemerkten wir, daß sie ein Einkaufsnetz mit zwei Salatköpfen in der Hand hielt, »ich muß nur erst meiner Mutter den Salat bringen, aber das ist hier ganz in der Nähe, und ich bin gleich wieder da . . .«

»Den Salat müssen Sie Ihrer Mutter natürlich rechtzeitig und ordentlich heimbringen«, sagte ich, »wir warten gerne auf Sie.«

»Gut. Es wird höchstens zehn Minuten dauern«, sagte das Mädchen, verneigte sich nochmals und entfernte sich schnell und beflissen.

»So was!« sagte Martin und setzte sich.

»Toll, nicht wahr?«

»Das möchte ich auch meinen. Dafür opfere ich die beiden Schwestern mit Freude.«

Die Tücken übermässigen Glaubens

Doch es vergingen zehn Minuten, eine Viertelstunde, und das Mädchen kam nicht.

»Keine Angst«, tröstete mich Martin, »wenn etwas sicher ist, dann die Tatsache, daß sie kommen wird. Unser Auftritt war durch und durch glaubwürdig und die Kleine ganz hingerissen.«

Ich war ebenfalls dieser Meinung, und so warteten wir weiter und waren mit jeder Minute versessener auf das kindliche Mädchen. Inzwischen war auch die Zeit für das Rendezvous mit dem Mädchen in den Cordjeans verstrichen, aber wir waren so auf unsere Kleine in Weiß fixiert, daß es uns nicht eingefallen wäre, uns von der Bank zu erheben.

Und die Zeit verrann.

»Hör mal, Martin, ich glaube, sie kommt nicht mehr«, sagte ich schließlich.

»Und wie erklärst du dir das? Das Mädchen hat uns doch geglaubt wie dem lieben Gott persönlich.«

»Eben«, sagte ich, »und genau das ist unser Pech. Sie hat uns nämlich *zu sehr* geglaubt!«

»Na und? Wolltest du etwa, daß sie uns nicht glaubt?«

»Vermutlich wäre es besser gewesen. Übermäßiger Glaube ist der schlimmste aller Verbündeten.« Dieser Gedanke faszinierte mich; ich kam in Fahrt: »Wenn man buchstäblich an etwas glaubt, führt man es durch seinen Glauben schließlich ad absurdum. Ein echter Anhänger einer bestimmten Politik nimmt deren Sophismen niemals ernst, sondern nur die praktischen Ziele, die sich hinter diesen Sophismen verbergen. Politische Phrasen und Sophismen sind schließlich nicht dazu da, daß man an sie glaubt; sie dienen vielmehr als eine Art gemeinsamer und abgesprochener Ausrede; Toren, die sie beim Wort nehmen, entdecken dann früher oder später deren Widersprüche, beginnen zu rebellieren und enden schließlich schmachvoll als Ketzer und Abtrünnige. Nein, übermäßiger Glaube bringt nie etwas Gutes; und das gilt nicht nur für politische oder religiöse Systeme; auch für unser System, mit dem wir das Mädchen erobern wollten.«

»Irgendwie höre ich auf, dich zu verstehen«, sagte Martin.

»Es ist aber alles sehr verständlich: wir waren für das Mädchen tatsächlich *nur* zwei seriöse Herren, und sie hat sich anständig aufführen wollen, wie ein guterzogenes Kind, das älteren Leuten in der Straßenbahn seinen Platz anbietet.«

»Und warum hat sie es dann nicht getan?«

»Weil sie uns absolut glaubte. Sie gab ihrer Mutter den Salat und fing sogleich an, begeistert von uns zu erzählen: vom historischen Film, von den Etruskern in Böhmen, und die Frau Mama . . .«

»Ja, der Rest ist mir klar . . .« unterbrach mich Martin und stand auf.

Der Verrat

Über den Dächern der Stadt senkte sich bereits langsam die Sonne; es wurde etwas kühler und uns war traurig zumute. Für alle Fälle gingen wir zum Selbstbedienungs-Restaurant, um nachzusehen, ob das Mädchen in den Cordjeans irrtümlicherweise nicht doch noch auf uns wartete. Sie war natürlich nicht dort. Es war halb sieben. Wir gingen zum Auto und kamen uns plötzlich vor wie zwei Menschen, die man aus einer fremden Stadt mit all ihren Freuden verbannt hat; wir sagten uns, daß uns nichts anderes mehr übrigbleibe, als uns auf das exterritoriale Gebiet des eigenen Wagens zurückzuziehen.

»Na komm schon!« fuhr mich Martin im Auto an, »mach doch nicht so eine Leidensmiene! Wir haben nicht den geringsten Grund dazu! Die Hauptsache steht uns ja noch bevor!«

Ich wollte einwenden, daß uns für diese Hauptsache seiner Jarmila und ihres Jokers wegen kaum eine Stunde blieb – aber ich schwieg lieber.

»Im übrigen«, fuhr Martin fort, »war es ein ergiebiger Tag: Registrage des Mädchens aus Traplice, Kontaktage des Fräuleins in den Cordjeans; wir haben doch alles eingefädelt, wir brauchen doch bloß noch einmal hierher zurückzukehren!«

Ich machte keine Einwände. Sicher. Registrage und Kontaktage waren glänzend durchgeführt. Das war ganz in Ordnung. Aber mir fiel in diesem Moment ein, daß es Martin im letzten Jahr neben zahllosen Registragen und Kontaktagen zu nichts Anständigem mehr gebracht hatte.

Ich sah ihn an. Wie immer leuchtete in seinen Augen ein lustvoller Glanz; ich spürte in diesem Augenblick, wie sehr ich Martin mochte, und ebenso die Fahne, unter der er sein Leben lang marschierte: die Fahne der ewigen Frauenjagd.

Die Zeit verging, und Martin sagte: »Es ist sieben Uhr.«

Wir fuhren also bis etwa zehn Meter vor das Eingangstor des Krankenhauses, und stellten uns so, daß ich im Rückspiegel sicher beobachten konnte, wer herauskam.

Ich dachte ständig an diese Fahne. Und auch daran, daß es bei dieser Frauenjagd von Jahr zu Jahr immer weniger um die Frauen und immer mehr um die Jagd als solche ging. Unter der Voraussetzung, daß es von vornherein um eine *vergebliche* Verfolgung geht, kann man täglich eine beliebige Anzahl von Frauen verfolgen und so aus der Jagd *absolute Jagd* machen. Ja: Martin geriet langsam in eine Situation, in der es nur noch um die absolute Jagd ging.

Wir warteten fünf Minuten. Die Frauen kamen nicht.

Das beunruhigte mich keineswegs. Es war vollkommen gleichgültig, ob sie kamen oder nicht. Denn selbst wenn sie kämen: könnten wir sie in einer einzigen Stunde in ein entlegenes Wochenendhaus fahren, sie zu Zärtlichkeiten bewegen, mit ihnen schlafen, um uns dann um acht Uhr wieder höflich zu verabschieden und wegzufahren? Nein, von dem Moment an, da Martin unsere Möglichkeiten auf die Zeit bis Punkt acht Uhr eingegrenzt hatte, hatte er aus diesem ganzen Abenteuer (wie schon so oft) ein trügerisches Spiel gemacht.

Es vergingen zehn Minuten. Beim Eingang erschien niemand. Martin war empört und schrie beinahe: »Ich gebe ihnen noch fünf Minuten! Länger werde ich nicht warten!«

Martin ist nicht mehr jung, überlegte ich weiter. Er liebt seine Frau tatsächlich. Er lebt eigentlich in einer äußerst geordneten Ehe. Das ist die Wirklichkeit. Aber schauen Sie, über dieser Wirklichkeit (und zugleich in ihr) lebt Martins Jugend weiter, unruhig, fröhlich und unstet, seine Jugend, die sich in ein bloßes Spiel verwandelt hat, in ein Spiel, das die Linien des Spielfelds nicht mehr übertreten, das Leben selbst nicht mehr miteinbeziehen, nicht mehr Wirklichkeit werden kann. Und weil

Martin ein verblendeter *Ritter der Notwendigkeit* ist, hat er seine Abenteuer in ein harmloses Spiel verwandelt, ohne es zu wissen: er setzt auch weiterhin seine ganze begeisterte Seele dafür ein.

Gut, sagte ich mir, Martin ist ein Gefangener seiner Selbsttäuschung, aber was bin ich? Was bin ich? Warum assistiere ich ihm bei diesem lächerlichen Spiel? Warum täusche ich, der ich weiß, daß alles nur Trug ist, das gemeinsam mit ihm vor? Bin ich nicht noch lächerlicher als Martin? Warum sollte ich mich in diesem Moment gebärden wie vor einem Liebesabenteuer, wenn ich weiß, daß mich bestenfalls ein absolut überflüssiges Stündchen mit fremden und gleichgültigen Frauen erwartet?

Da sah ich im Rückspiegel, wie die zwei jungen Frauen im Eingangstor auftauchten. Sogar auf diese Distanz sah ich Make-up und Rouge glänzen; sie waren auffallend elegant, und ihre Verspätung hing augenfällig mit ihrem herausgeputzten Äußeren zusammen. Sie schauten sich um und kamen auf unser Auto zu.

»Nichts zu machen, Martin«, verleugnete ich die Frauen. »Die Viertelstunde ist um. Wir fahren los.« Und ich trat aufs Gas.

DIE BUSSE

Wir ließen die letzten Häuser von B. hinter uns und fuhren durch Felder und Wälder, über deren Wipfel groß die Sonne unterging.

Wir schwiegen.

Ich dachte an Judas Ischarioth, von dem ein geistvoller Autor erzählt, er habe Jesus gerade deswegen verraten, weil er grenzenlos an ihn *glaubte:* er konnte das Wunder nicht erwarten, durch das Jesus allen Juden seine göttliche Macht offenbaren würde; er lieferte ihn also den Schergen aus, um ihn endlich zum Handeln herauszufordern; er verriet ihn, weil er seinen Sieg beschleunigen wollte.

Weh mir, sagte ich mir, ich hingegen habe Martin gerade deshalb verraten, weil ich aufgehört habe, an ihn (und die göttliche Macht seiner Schürzenjägerei) zu glauben; ich bin eine jämmerliche Verbindung von Judas Ischarioth und Thomas, der auch der ›Ungläubige‹ heißt. Ich fühlte, wie meine Sympathie für Martin durch mein Vergehen noch größer wurde, und wie seine Fahne der ewigen Jagd (die wir ständig über uns flattern hörten) mich so wehmütig stimmte, daß ich am liebsten geweint hätte. Ich begann, mir meine überstürzte Tat vorzuwerfen.

Werde ich selbst denn fähig sein, mich leichten Herzens von einem Verhalten zu lösen, das für mich Jugend verkörpert? Und wird mir denn etwas anderes übrigbleiben, als dieses Verhalten *nachzuahmen* und zu versuchen, für dieses unvernünftige Tun in meinem vernünftigen Leben einen stillen Winkel zu finden? Was hat es zu bedeuten, daß alles nur ein eitles Spiel ist? Was hat es zu bedeuten, daß ich es *weiß*? Werde ich denn aufhören, ein Spiel zu spielen, nur weil es eitel ist?

DER GOLDENE APFEL DER EWIGEN SEHNSUCHT

Martin saß neben mir und erholte sich langsam von seinem Unmut.

»Hör mal«, sagte er zu mir, »ist diese Medizinstudentin wirklich so erstklassig?«

»Ich sag's dir doch. Auf dem Niveau deiner Jarmila.«

Martin stellte mir weitere Fragen. Ich mußte ihm die Studentin von neuem schildern.

Dann sagte er: »Vielleicht könntest du sie mir nachher übergeben, oder nicht?«

Ich wollte glaubwürdig bleiben: »Das dürfte schwierig sein. Es würde ihr sicher etwas ausmachen, daß du mein Freund bist. Sie hat strenge Prinzipien . . .«

»Sie hat strenge Prinzipien . . .«, sagte Martin traurig, und man konnte sehen, daß er es bedauerte.

Ich wollte ihn nicht quälen.

»Es sei denn, ich täte so, als würde ich dich nicht kennen«, sagte ich. »Du könntest dich vielleicht für jemand anderen ausgeben.«

»Phantastisch! Zum Beispiel für Forman, wie heute.«

»Auf Filmleute pfeift sie. Sportler sind ihr lieber.«

»Warum auch nicht?« sagte Martin, »das läßt sich alles machen«, und nach einer Weile waren wir mitten in einer Debatte. Der Plan wurde von Minute zu Minute konkreter und schaukelte in der anbrechenden Dämmerung bald schon vor uns wie ein schöner, reifer, leuchtender Apfel.

Erlauben Sie mir, diesen Apfel mit einer gewissen Feierlichkeit den goldenen Apfel der ewigen Sehnsucht zu nennen.

DRITTER TEIL

FINGIERTER AUTOSTOP

1. Der Zeiger der Benzinuhr sank plötzlich auf Null, und der junge Fahrer des Sportwagens verkündete, es sei zum Verrücktwerden, wie viel dieses Auto fresse. »Daß wir bloß nicht wieder ohne Benzin stehenbleiben«, sagte die (etwa zweiundzwanzigjährige) junge Frau und erinnerte den Fahrer an einige Orte im Land, wo ihnen das bereits passiert war. Der junge Mann antwortete, er mache sich keine Sorgen, denn alles, was er mit ihr erlebe, habe für ihn den Reiz eines Abenteuers. Die junge Frau widersprach; jedesmal, wenn auf halber Strecke das Benzin ausgegangen sei, sei das immer nur für sie ein Abenteuer gewesen, weil er sich dann versteckt habe und sie ihre Reize habe mißbrauchen müssen: ein Auto anhalten, sich zur nächsten Tankstelle fahren lassen, wieder ein Auto anhalten und mit dem Kanister zurückkommen. Er fragte sie, ob denn die Fahrer, die sie mitgenommen hatten, so unangenehm gewesen seien, daß sie von ihrer Aufgabe als von einer Zumutung spreche. Sie antwortete (unbeholfen kokett), sie seien manchmal sogar *sehr* angenehm gewesen, aber was habe sie schon davon gehabt, wenn sie sich, beladen mit dem Kanister, von ihnen habe verabschieden müssen, bevor etwas hätte beginnen können. »Schlitzohr«, sagte der junge Mann. Die junge Frau erwiderte, nicht sie, sondern er sei ein Schlitzohr; weiß Gott, wie viele Frauen seinen Wagen anhielten, wenn er allein unterwegs war! Er legte ihr im Fahren den Arm um die Schultern und küßte sie flüchtig auf die Stirn. Er wußte, daß sie ihn liebte und eifersüchtig war. Eifersucht ist nun allerdings keine angenehme Eigenschaft, wenn sie aber nicht mißbraucht wird (und sich mit Bescheidenheit verbindet), so hat sie neben dem Unbequemen auch etwas Rührendes. Der junge Mann meinte das zumindest. Da er erst achtundzwanzig war, glaubte er, in diesem vorgerückten Alter bereits alles zu kennen, was ein Mann mit Frauen erleben kann. An der jungen Frau, die jetzt neben ihm saß, schätzte er vor allem, was er bei anderen Frauen bisher am wenigsten angetroffen hatte: die Reinheit.

Der Zeiger stand bereits auf Null, als der junge Mann rechter Hand ein Schild erblickte, das die nächste Tankstelle in fünfhundert Metern Entfernung ankündigte. Die junge Frau fand kaum Zeit zu sagen, es sei ihr ein Stein vom Herzen gefallen, da betätigte der junge Mann schon den linken Blinker und fuhr auf den Platz vor den Zapfsäulen. Er mußte aber in einiger Entfernung davon anhalten, weil ein riesiger Tanklastzug vor den Zapfsäulen stand und die Tanks gerade aus einem dicken Schlauch nachfüllte. »Da können wir lang warten«, sagte er zu ihr und stieg aus dem Auto. »Wie lange wird es dauern?« rief er dem Mann im Oberall zu. »Eine Minute«, antwortete dieser, und der junge Mann sagte: »Solche Minuten kenne ich.« Er wollte sich wieder in den Wagen setzen, sah aber, daß sie auf der anderen Seite ebenfalls ausgestiegen war. »Ich verschwinde mal eben«, sagte sie. »Wohin denn?« fragte er absichtlich, weil er sie in Verlegenheit bringen wollte. Er kannte sie nun ein ganzes Jahr, aber sie wurde in seiner Gegenwart immer noch rot; er genoß diese Augenblicke ihrer Schamhaftigkeit sehr; einerseits, weil seine Freundin sich dadurch von den Frauen unterschied, mit denen er vor ihr verkehrt hatte, andererseits, weil ihm die Vergänglichkeit aller Dinge bewußt war, die ihm sogar die Schamgefühle seiner Freundin kostbar erscheinen ließ.

2. Die junge Frau mochte es überhaupt nicht, wenn sie während der Fahrt um einen kurzen Halt bei ein paar Bäumen bitten mußte (der junge Mann fuhr oft stundenlang, ohne anzuhalten). Sie wurde jedesmal wütend, wenn er mit gespielter Verwunderung fragte, warum er denn anhalten solle. Sie wußte, ihre Schamhaftigkeit war lächerlich und altmodisch. Bestätigt

bekam sie dies häufig auch an ihrem Arbeitsplatz, wo man sie bewußt provozierte und wegen ihrer Empfindlichkeit auslachte. Sie errötete immer schon im voraus, weil sie wußte, daß sie erröten würde. Sie wünschte sich oft, sich in ihrem Körper so sorglos, frei und unbeschwert zu fühlen, wie die meisten Frauen um sie herum. Sie hatte sich sogar eine ganz besondere Erziehungsmethode zurechtgelegt: immer wieder sagte sie sich, daß jeder Mensch bei der Geburt einen der Millionen bereitstehender Körper erhielt, als teilte man ihm eines von Millionen Zimmern in einem riesigen Hotel zu; infolgedessen sei der Körper etwas Zufälliges und Unpersönliches, nur ein geborgter Gebrauchsgegenstand. Das sagte sie sich in verschiedenen Variationen, aber sie hatte es nie geschafft, sich dementsprechend zu fühlen. Der Dualismus von Körper und Seele blieb ihr fremd. Sie selbst war zu sehr eins mit ihrem Körper, und so erlebte sie ihn immer mit einer gewissen Ängstlichkeit.

Sogar mit dem jungen Mann ging sie so ängstlich um; sie hatte ihn vor einem Jahr kennengelernt und war mit ihm vielleicht gerade deshalb so glücklich, weil er ihren Körper nie von ihrer Seele getrennt wahrnahm und sie so *ganz* mit ihm zusammen sein konnte. In dieser Ungespaltenheit lag ihr Glück; aber hinter jedem Glück lauert auch schon ein Verdacht, und ihr Verdacht war groß. Oft mußte sie zum Beispiel daran denken, daß andere Frauen (die unbeschwerten) anziehender und verführerischer waren, und der junge Mann, der nicht verheimlichte, diesen Frauentyp gut zu kennen, sie eines Tages wegen einer solchen Frau verlassen würde. (Er behauptete zwar, für den Rest seines Lebens von diesem Typ genug zu haben, sie aber wußte, daß er viel jünger war, als er dachte.) Sie wollte, daß er ganz ihr und sie ganz ihm gehörte, doch schien ihr oft, als verweigerte sie ihm etwas in dem Maße, wie sie sich bemühte, ihm alles zu geben, als verweigerte sie ihm gerade das, was nicht die tiefe Liebe, sondern ein oberflächlicher Flirt dem Menschen gibt. Sie litt darunter, daß sie neben ihrer Ernsthaftigkeit nicht auch leichtsinnig sein konnte.

Diesmal jedoch litt sie nicht und hegte keine solchen Gedanken. Sie fühlte sich wohl. Es war der erste Tag ihres gemeinsamen Urlaubs (eines vierzehntägigen Urlaubs, von dem sie das ganze Jahr lang sehnsüchtig geträumt hatte), der Himmel war blau (das ganze Jahr lang hatte sie sich Sorgen gemacht, ob der Himmel auch wirklich blau sein würde), und er war bei ihr. Auf sein »wohin denn?« errötete sie und lief wortlos weg. Sie ging um die Tankstelle herum, die inmitten von Feldern verlassen am Straßenrand stand; nach etwa hundert Metern (in ihrer Fahrtrichtung) begann ein Wald. Sie ging darauf zu, verschwand dann hinter einem Gebüsch und gab sich ganz ihrem Wohlgefühl hin. (Auch die Freude über die Gegenwart des geliebten Mannes läßt sich nämlich am besten in der Einsamkeit genießen.)

Dann trat sie aus dem Wald auf die Straße; die Tankstelle war von hier aus gut zu sehen; der Tankwagen war weggefahren und der Sportwagen vor die rote Zapfsäule gerollt. Sie ging auf der Straße weiter und schaute sich von Zeit zu Zeit um, ob der Sportwagen kam. Dann sah sie ihn: sie blieb stehen und begann zu winken wie eine Anhalterin, die einem fremden Wagen winkt. Das Auto bremste und hielt direkt vor ihr an. Der junge Mann drehte die Scheibe herunter und fragte lächelnd: »Wohin wollen Sie denn, Fräulein?« »Fahren Sie nach Bystrica?« fragte sie und lächelte ihm kokett zu. »Bitte, steigen Sie ein«, sagte er und öffnete die Tür. Sie stieg ein, und das Auto fuhr weiter.

3. Der junge Mann war immer froh, wenn seine Freundin gut gelaunt war, und das geschah selten genug: sie hatte einen anstrengenden Beruf, das Arbeitsklima war deprimierend, dazu Überstunden, die sie nicht abfeiern konnte, und zu Hause eine kranke Mutter; sie war fast immer müde, zeichnete sich weder durch besonders gute Nerven noch durch Selbstsicherheit aus und verfiel leicht in Trübsal und Angst. Er begrüßte deshalb jedes Anzeichen von Fröhlichkeit mit der zärtlichen Fürsorge eines Pflegevaters. Er lächelte ihr zu und sagte: »Heute habe ich Glück. Ich fahre schon fünf Jahre Auto, aber eine so schöne Anhalterin habe ich noch nie mitgenommen.«

Die junge Frau war dem jungen Mann für jedes Kompliment dankbar; sie wollte sich noch für einen Moment daran wärmen und sagte daher: »Lügen können Sie ganz gut.«

»Sehe ich aus wie ein Lügner?«

»Sie sehen aus wie ein Frauenbelüger«, sagte die junge Frau, und in ihren Worten lag unwillkürlich eine Spur der alten Angst, denn sie glaubte wirklich, daß ihr Freund Frauen gerne etwas vormachte.

Ihre Eifersucht hatte ihn schon oft verstimmt, heute aber konnte er leicht darüber hinweggehen, denn der Satz galt ja nicht ihm, sondern dem unbekannten Fahrer. Und so fragte er bloß: »Stört Sie das?«

»Wenn ich Ihre Freundin wäre, würde es mich stören«, sagte sie, und es war dies ein sanfter pädagogischer Wink an die Adresse des jungen Mannes; der Schluß des Satzes jedoch galt nur noch dem fremden Fahrer: »Aber Sie kenne ich ja nicht, also stört es mich auch nicht.«

»Am eigenen Mann stört die Frauen immer viel mehr, als an einem fremden« (das wiederum war ein sanfter pädagogischer Wink an die Adresse der jungen Frau), »in Anbetracht der Tatsache aber, daß wir uns nicht kennen, könnten wir uns ganz gut verstehen.«

Sie wollte den pädagogischen Unterton bewußt nicht

hören und wandte sich also wieder ausschließlich an den unbekannten Fahrer: »Was hätten wir denn davon, wo wir uns ohnehin bald schon wieder trennen müssen?«

»Wieso?« fragte der junge Mann.

»Ich steige doch in Bystrica aus.«

»Und wenn ich mit Ihnen aussteige?«

Nach diesen Worten sah die junge Frau den jungen Mann kurz an und stellte fest, daß er genauso aussah, wie sie ihn sich in den qualvollsten Stunden der Eifersucht vorstellte: sie war entsetzt, wie schmeichlerisch er mit ihr (einer unbekannten Anhalterin) flirtete, und welch gute Figur er dabei machte. Sie erwiderte deshalb trotzig und herausfordernd: »Ich bitte Sie, was würden *Sie* denn mit mir anfangen?«

»Bei einer so schönen Frau brauchte ich mir das nicht lange zu überlegen«, sagte der junge Mann galant, in diesem Moment wieder viel mehr zu seiner Freundin als zur Anhalterin.

Ihr aber schien es, als hätte sie ihn aufgrund dieses schmeichelnden Satzes ertappt, als hätte sie ihm mit betrügerischer List ein Geständnis entlockt; sie verspürte ein kurzes, heftiges Haßgefühl und sagte: »Nehmen Sie den Mund nicht etwas zu voll?«

Er sah sie an: ihr trotziges Gesicht schien völlig verkrampft; er hatte Mitleid mit ihr und sehnte sich nach ihrem bekannten, vertrauten Blick (von dem er stets behauptete, er sei so schlicht und kindlich), er neigte sich zu ihr, legte ihr den Arm um die Schultern und nannte sie leise bei ihrem Kosenamen, um das Spiel damit abzubrechen.

Die junge Frau jedoch entwand sich seiner Umarmung und sagte: »Sie sind mir ein bißchen zu schnell.«

Der zurückgewiesene junge Mann sagte: »Verzeihen Sie, Fräulein«, und schaute schweigend vor sich hin auf die Straße.

4. Die wehmütige Eifersucht verließ die junge Frau ebenso rasch, wie sie sie befallen hatte. Schließlich war sie vernünftig und wußte ganz genau, daß alles nur ein Spiel war. Es kam ihr jetzt sogar irgendwie lächerlich vor, daß sie den jungen Mann aus eifersüchtiger Wut weggestoßen hatte, und es wäre ihr nicht recht gewesen, wenn er dies bemerkt hätte. Frauen haben zum Glück das wunderbare Talent, den Sinn ihrer Handlungen im Nachhinein zu verändern. Sie machte sich dieses Talent jetzt zunutze und beschloß, ihn nicht aus Wut weggestoßen zu haben, sondern weil sie das Spiel fortsetzen wollte, das in seiner Ausgelassenheit gut zu einem ersten Urlaubstag paßte.

Sie war also wieder die Anhalterin, die eben einen zudringlichen Fahrer abgewiesen hat, und zwar nur, um die Eroberung zu verlangsamen und so noch reizvoller zu gestalten. Sie wandte sich an den jungen Mann und sagte schmeichelnd: »Mein Herr, ich wollte Sie nicht beleidigen!«

»Verzeihen Sie, ich werde Sie nicht mehr anrühren«, sagte er.

Er war wütend auf seine Freundin, weil sie nicht auf ihn eingegangen war und es abgelehnt hatte, wieder sie selber zu sein, als er das Bedürfnis danach hatte; und da sie auch weiterhin auf ihrer Maskierung bestand, übertrug er seinen Zorn auf die fremde Anhalterin, die sie darstellte, und hatte so endlich den Charakter seiner Rolle entdeckt: er verzichtete auf die galanten Bemerkungen, mit denen er seiner Freundin indirekt hatte schmeicheln wollen, und begann, den harten Mann herauszukehren, der Frauen gegenüber die gröberen Seiten seiner Männlichkeit spielen läßt: Stärke, Sarkasmus, Selbstsicherheit.

Diese Rolle stand in krassem Gegensatz zu der fürsorglichen Haltung, die er ihr gegenüber gewöhnlich einnahm. Bevor er sie kennengelernt hatte, war er mit Frauen tatsächlich eher grob als sanft umgegangen, aber den wirklich harten Männertyp hatte er nie verkörpert, weil er sich weder durch Zielstrebigkeit noch durch Rücksichtslosigkeit auszeichnete. Und obwohl er mit solchen Männern keine Ähnlichkeit hatte, hatte er es sich früher um so mehr *gewünscht*, ihnen ähnlich zu sein. Gewiß handelt es sich eher um einen naiven Wunsch, aber wie auch immer: kindische Wünsche umgehen alle Fallen des erwachsenen Bewußtseins und überleben dieses oft bis ins hohe Alter. Und auch sein kindischer Wunsch nutzte auf der Stelle die Gelegenheit, um in die angebotene Rolle zu schlüpfen.

Der jungen Frau kam die sarkastische Reserviertheit des jungen Mannes sehr gelegen: sie wurde dadurch von sich selbst befreit. Sie selbst, das war vor allem ihre Eifersucht. Von dem Augenblick an, da sie neben sich nicht mehr einen galanten Verführer, sondern ein unnahbares Gesicht sah, besänftigte sich die Eifersucht. Die junge Frau konnte sich selbst vergessen und völlig in ihrer Rolle aufgehen.

In ihrer Rolle? Was war ihre Rolle? Es war eine Rolle aus der Trivialliteratur. Die Anhalterin hatte das Auto nicht gestoppt, um mitgenommen zu werden, sondern um den Fahrer zu verführen; sie war eine abgebrühte Verführerin, die ihre Reize gekonnt einsetzte. Die junge Frau war in diese alberne Rolle aus einem Trivialroman geschlüpft, und dies mit einer Leichtigkeit, die sie selbst überraschte und bezauberte.

Und so fuhren sie dahin und führten Gespräche; ein fremder Fahrer und eine fremde Anhalterin.

5. Nichts im Leben fehlte dem jungen Mann mehr als Sorglosigkeit. Die Straße seines Lebens war mit unerbittlicher Strenge vorgezeichnet: seine Arbeit erschöpfte sich nicht in nur acht Stunden am Tag, sie drang in der Langeweile von Fernstudium und obligatorischen Versammlungen auch in die verbleibende Zeit, und sie drang in der Aufmerksamkeit unzähliger Kollegen und Kolleginnen auch in sein karg bemessenes Privatleben, das so nie geheim bleiben konnte und im übrigen bereits mehr als einmal zu Tratsch und öffentlichen Diskussionen Anlaß gegeben hatte. Sogar die zwei Wochen Urlaub konnten ihm kein Gefühl von Befreiung und Abenteuer verschaffen; der graue Schatten strengster Planung lag auch auf ihnen; der Mangel an Ferienwohnungen in seinem Land hatte ihn gezwungen, das Zimmer in der Tatra schon ein halbes Jahr im voraus zu reservieren, wofür er eine Empfehlung des Betriebsrates benötigte, dessen allgegenwärtiger Geist also keinen Moment aufhörte zu wissen, was er tat.

Er hatte sich mit all dem abgefunden, und dennoch überfiel ihn zeitweise die schreckliche Vorstellung einer Straße, die er vor aller Augen entlanggehetzt wurde und von der er nicht abweichen durfte. Diese Vorstellung drängte sich ihm auch jetzt auf; in einem sonderbaren Kurzschluß identifizierte er die fiktive mit der wirklichen Straße, auf der er fuhr – und das brachte ihn plötzlich auf eine verrückte Idee.

»Wohin, sagten Sie, wollen Sie fahren?« fragte er die junge Frau.

»Nach Banská Bystrica«, antwortete sie.

»Und was wollen Sie dort?«

»Ich bin verabredet.«

»Mit wem?«

»Mit einem Herrn.«

Das Auto rollte jetzt auf eine große Kreuzung zu; der Fahrer verlangsamte das Tempo, um die Wegweiser zu lesen, und bog dann rechts ab.

»Und was passiert, wenn Sie zu dieser Verabredung nicht erscheinen?«

»Das hätten Sie dann auf dem Gewissen und müßten sich um mich kümmern.«

»Sie haben anscheinend nicht bemerkt, daß ich nach Nové Zámky abgebogen bin.«

»Wirklich? Sie sind wohl verrückt geworden!«

»Keine Angst, ich werde mich um Sie kümmern«, sagte der junge Mann.

Das Spiel hatte mit einem Mal ein anderes Niveau erreicht. Das Auto entfernte sich nicht nur vom imaginären Ziel Banská Bystrica, sondern auch von seinem wirklichen, wohin es am Morgen aufgebrochen war: von der Tatra und dem reservierten Zimmer. Das gespielte Leben hatte das ungespielte unerwartet angegriffen. Der junge Mann hatte sich von sich selbst entfernt und von seiner strengen schnurgeraden Straße, von der er bisher noch nie abgebogen war.

»Aber Sie haben doch gesagt, Sie würden in die Tatra fahren!« wunderte sich die junge Frau.

»Ich fahre, wohin es mir paßt, mein Fräulein. Ich bin ein freier Mensch und tue, was ich will und was mir Spaß macht.«

6. Als sie in Nové Zámky ankamen, wurde es bereits langsam dunkel.

Der junge Mann war dort noch nie gewesen, und es dauerte eine Weile, bis er sich orientiert hatte. Er mußte den Wagen einige Male anhalten und nach einem Hotel fragen. Mehrere Straßen waren aufgerissen, so daß die Fahrt dorthin mit allen Umleitungen eine gute Viertelstunde dauerte, obwohl das Hotel (wie alle Gefragten behaupteten) ganz in der Nähe lag. Es sah nicht sehr verlockend aus, aber es war das einzige in der Stadt, und der junge Mann hatte keine Lust, noch weiter zu fahren. Er sagte also zu der jungen Frau: »Warten Sie einen Augenblick!«

Als er aus dem Wagen gestiegen war, war er sofort wieder er selbst. Und er ärgerte sich, an diesem Abend ganz woanders zu sein, als er beabsichtigt hatte: dies um so mehr, als niemand ihn dazu gezwungen, ja nicht einmal er selbst es gewollt hatte. Er warf sich seine Verrücktheit vor, beruhigte sich dann aber: das Zimmer in der Tatra konnte auch bis morgen warten, und es schadete nichts, den ersten Urlaubstag mit etwas Unvorhergesehenem zu feiern.

Er ging durch ein verrauchtes, überfülltes und lautes Lokal und fragte nach der Rezeption. Man schickte ihn nach hinten zum Treppenhaus, wo eine ältliche Blondine hinter einer Glastür unter einem Schlüsselbrett saß; nur mit Mühe bekam er den Schlüssel des letzten freien Zimmers ausgehändigt.

Auch die junge Frau legte, sobald sie allein war, ihre Rolle ab. Sie allerdings ärgerte sich nicht darüber, sich in einer anderen Stadt als erwartet wiederzufinden. Sie war dem jungen Mann so ergeben, daß sie nie etwas anzweifelte, was er tat, und ihm jeden Augenblick ihres Lebens zuversichtlich anvertraute. Dafür tauchte von neuem der Gedanke in ihr auf, daß vielleicht – genau so, wie sie jetzt – andere Frauen im Auto auf ihn gewartet hatten, wenn er dienstlich unterwegs war. Erstaunlicherweise schmerzte sie diese Vorstellung keineswegs; sie mußte sogar lächeln bei dem Gedanken, wie schön es war, selber diese fremde Frau zu sein, eine fremde, vulgäre Frau ohne Verantwortung, eine von denen, auf die sie so eifersüchtig war; es kam ihr vor, als hätte sie sie alle ausgestochen, als sei sie dahintergekommen, wie man sich ihrer Waffen bediente, wie man dem jungen Mann das geben konnte, was sie ihm bisher nicht zu geben verstanden hatte: Leichtigkeit, Schamlosigkeit und Ausgelassenheit. Sie wurde von einem seltsamen Gefühl der Genugtuung erfüllt: nur sie allein besaß die Fähigkeit, alle Frauen auf einmal zu sein, sie (und nur sie allein) konnte ihren Liebsten auf diese Weise ganz gefangennehmen und verschlingen.

Der junge Mann öffnete die Autotür und führte die junge Frau ins Restaurant. Im Lärm, Schmutz und Rauch entdeckte er in einer Ecke einen freien Tisch.

7. »Wie wollen Sie sich jetzt um mich kümmern?« fragte die junge Frau herausfordernd.
»Was für einen Aperitif wünschen Sie?«

Sie mochte Alkohol nicht besonders, hin und wieder trank sie ein Glas Wein, und auch Wermut mochte sie ganz gern. Diesmal jedoch sagte sie mit Absicht: »Wodka.«

»Ausgezeichnet«, sagte der junge Mann. »Daß Sie sich mir aber nicht betrinken.«

»Und wenn ich's doch tue?« sagte die junge Frau.

Er gab keine Antwort, rief den Kellner und bestellte zwei Wodka und zwei Steaks. Nach einer Weile brachte der Kellner ein Tablett mit zwei Gläschen und stellte es vor sie auf den Tisch.

Der junge Mann hob sein Glas und sagte: »Auf Sie!«

»Ein geistreicherer Trinkspruch fällt Ihnen nicht ein?«

An dem Spiel der jungen Frau begann den jungen Mann etwas zu irritieren; jetzt, da er ihr gegenübersaß, begriff er, daß es nicht nur ihre *Worte* waren, die sie in eine Fremde verwandelten, sondern daß sie vielmehr *vollkommen* verwandelt war, in Gestik und Mimik, und so fast peinlich genau jenem Frauentyp glich, den er so gut kannte und gegen den er eine Abneigung empfand.

Und so korrigierte er seinen Trinkspruch (das Glas in der erhobenen Hand): »Gut, ich trinke nicht auf Sie, sondern auf Ihre Gattung, in der sich das Bessere im Tier so gelungen mit dem Schlechteren im Menschen verbindet.«

»Meinen Sie mit dieser Gattung alle Frauen?«

»Nein, nur solche, die Ihnen gleichen.«

»Trotzdem finde ich es nicht gerade witzig, Frauen mit Tieren zu vergleichen.«

»Nun gut« – der junge Mann hielt das Glas immer noch hoch – »ich trinke nicht auf Ihre Gattung, sondern auf Ihre Seele! Einverstanden? Auf Ihre Seele, die aufflammt, wenn sie vom Kopf in den Bauch hinabsteigt, und verlöscht, wenn sie wieder in den Kopf hinaufsteigt.«

Auch die junge Frau hob ihr Glas: »Also gut, auf meine Seele, die in den Bauch hinabsteigt.«

»Ich muß mich nochmals korrigieren«, sagte er, »auf Ihren Bauch, in den Ihre Seele hinabsteigt.«

»Auf meinen Bauch«, sagte sie, und ihr Bauch (als er so direkt angesprochen wurde) schien den Ruf zu erwidern: sie spürte ihn, jeden Millimeter.

Dann brachte der Kellner die Steaks, und der junge Mann bestellte nochmals zwei Wodka und Soda (diesmal tranken sie auf den Busen der jungen Frau), und das Gespräch ging in diesem eigenartig frivolen Ton weiter. Den jungen Mann irritierte es zunehmend mehr, wie gut seine Freundin es *verstand*, sich in dieses laszive Fräulein zu verwandeln, und er dachte: wenn sie es so gut kann, bedeutet das, daß sie es in Wahrheit auch *ist*; schließlich ist keine fremde Seele von irgendwoher aus dem All in sie gefahren; was sie da spielt, ist sie selber; vielleicht ist es der Teil ihres Wesens, der sonst unter Verschluß gehalten wird, und den sie jetzt unter dem Vorwand des Spiels aus dem Käfig läßt; vielleicht glaubt sie, sich durch dieses Spiel zu *verleugnen*; ist es aber nicht gerade umgekehrt? wird sie nicht erst im Spiel sie selbst? wird sie nicht befreit durch das Spiel? nein, ihm gegenüber sitzt keine fremde Frau im Körper seiner Freundin; es *ist* nur seine Freundin, sie selbst und niemand anders. Er sah sie an und empfand ihr gegenüber eine wachsende Abneigung.

Es war aber nicht nur Abneigung. Je mehr die junge Frau sich psychisch von dem jungen Mann entfernte, desto heftiger begehrte er sie physisch; die Fremdheit der Seele verfremdete ihren Körper; ja, diese Fremdheit war es eigentlich, die aus ihrem Körper überhaupt erst einen Körper machte; als hätte er bisher für den jungen Mann nur in Wolken von Mitgefühl, Zärtlichkeit, Fürsorge, Liebe und Rührung existiert; als hätte er sich früher in diesen Wolken verloren (ja, als hätte der Körper *sich verloren!*) Es kam ihm vor, als ob er ihn heute zum ersten Mal *sehen* würde. Nach dem dritten Wodka stand die junge Frau auf und sagte kokett: »Entschuldigen Sie.«

Der junge Mann sagte: »Darf ich fragen, wohin Sie gehen, Fräulein?«

»Pissen, wenn Sie gestatten«, sagte sie und ging zwischen den Tischen hindurch auf den Plüschvorhang zu.

8. Sie war zufrieden mit der Art und Weise, wie sie den jungen Mann verblüfft hatte mit einem – zwar ziemlich unschuldigen – Wort, das er aus ihrem Mund jedoch noch nie gehört hatte; nichts schien ihr die Frau, die sie spielte, besser zu charakterisieren als der kokette Nachdruck, mit dem das erwähnte Wort ausgesprochen wurde; ja, sie war zufrieden, sie war in glänzender Form; das Spiel hatte sie gefesselt; es ließ sie Dinge fühlen, die sie bisher noch nie gefühlt hatte: zum Beispiel dieses *Gefühl unbeschwerter Unverantwortlichkeit.*

Sie, die sie sich immer im voraus vor jedem neuen Schritt gefürchtet hatte, fühlte sich nun plötzlich ganz gelöst. Das fremde Leben, in das sie geschlüpft war, war ein Leben ohne Scham, ohne biographische Festlegung, ohne Vergangenheit und Zukunft, ohne Verpflichtungen; es war ein ungewöhnlich freies Leben. Als Anhalterin durfte sie alles: *alles war ihr erlaubt;* sie konnte sagen, tun und fühlen, was sie wollte.

Sie schritt durch den Saal und registrierte, wie man sie von allen Tischen her beobachtete; auch dies war ein neues Gefühl, das sie bisher nicht gekannt hatte: *die schamlose Freude am eigenen Körper.* Bis jetzt hatte sie sich nämlich nie vollständig von jenem vierzehnjährigen Mädchen lösen können, das sich für ihre Brüste schämte und das unangenehme Gefühl hatte, schamlos zu sein, weil sie sich sichtbar vom Körper abhoben. Und obwohl sie stolz darauf war, hübsch und gutgewachsen zu sein, wurde dieser Stolz immer sofort durch die Scham gedämpft: sie spürte genau, daß die weibliche Schönheit vor allem als Sexappeal fungierte, und das war ihr unangenehm; sie wünschte sich, daß ihr Körper sich einzig dem Menschen zuwandte, den sie liebte. Wenn ihr die Männer auf der Straße auf den Busen stierten, schien es ihr, als beschmutzten sie ein Stück ihrer geheimsten Intimsphäre, die nur ihr und ihrem Geliebten gehörte. Aber jetzt war sie die Anhalterin, eine Frau ohne Schicksal; sie war von den zärtlichen Banden ihrer Liebe befreit und wurde sich ihres Körpers intensiv bewußt; sie empfand ihn als um so aufreizender, je fremder die Augen waren, die ihn beobachteten.

Sie ging gerade am letzten Tisch vorbei, als ein angetrunkener Mann, der mit seiner Weltgewandtheit prahlen wollte, sie ansprach: »Combien, Mademoiselle?«

Die junge Frau verstand die Worte. Ihr Körper spannte sich, sie genoß jede Bewegung ihrer Hüften und verschwand hinter dem Plüschvorhang.

9. Es war ein merkwürdiges Spiel. Die Merkwürdigkeit lag zum Beispiel darin, daß der junge Mann nicht aufhörte, in der Anhalterin seine Freundin zu sehen, obwohl er selbst sich glänzend in die Rolle des unbekannten Fahrers hineinversetzt hatte. Und gerade das war quälend; er sah seine Freundin einen

fremden Mann verführen, er genoß das bittere Privileg, dabei zu sein, aus der Nähe mitanzusehen, wie sie aussah und was sie sagte, wenn sie ihn betrog (betrogen hatte, betrügen würde). Er hatte die paradoxe Ehre, selbst Gegenstand ihrer Untreue zu sein.

Das war umso schlimmer, als er die junge Frau mehr vergötterte als liebte; es war ihm immer so vorgekommen, als sei ihr Wesen nur innerhalb der Grenzen von Treue und Reinheit *wirklich*, als existierte es jenseits dieser Grenze ganz einfach nicht, als hörte die junge Frau jenseits dieser Grenze auf, sie selber zu sein (wie Wasser über dem Siedepunkt aufhört, Wasser zu sein). Als er nun sah, mit welch eleganter Selbstverständlichkeit sie diese entsetzliche Grenze überschritten hatte, packte ihn die Wut.

Sie kehrte von der Toilette zurück und beklagte sich: »Irgendein Typ dort hat zu mir gesagt, ›combien, Mademoiselle?‹«

»Kein Wunder«, sagte der junge Mann, »Sie sehen ja auch aus wie eine Nutte.«

»Wissen Sie, daß mir das überhaupt nichts ausmacht?«

»Sie hätten mit diesem Herrn gehen sollen!«

»Ich habe ja Sie hier!«

»Sie können mit ihm gehen, wenn Sie mit mir fertig sind. Machen Sie es mit ihm aus.«

»Er gefällt mir nicht.«

»Aber grundsätzlich sind Sie nicht dagegen, mehrere Männer in einer Nacht zu haben?«

»Warum nicht, wenn sie gut aussehen?«

»Haben Sie sie lieber nacheinander oder gleichzeitig?«

»Sowohl als auch.«

Das Gespräch artete in immer größere Ungeheuerlichkeiten aus; die junge Frau war leicht schockiert, konnte aber nicht protestieren. Sogar in einem Spiel gibt es versteckte Zwänge, sogar das Spiel wird für den Spieler zur Falle. Wäre es kein Spiel und säßen sich tatsächlich zwei fremde Menschen gegenüber, hätte die Anhalterin längst beleidigt weggehen können; einem Spiel aber kann man nicht entrinnen; eine Mannschaft kann nicht vor dem Schlußpfiff vom Feld laufen, Schachfiguren können nicht vom Brett fliehen, die Grenzen eines Spielfeldes sind nicht zu überschreiten. Die junge Frau wußte, daß sie jetzt jedes Spiel mitmachen mußte, gerade weil es sich um ein Spiel handelte. Sie wußte, je extremer das Spiel werden würde, desto mehr würde es zum Spiel, desto folgsamer würde sie mitmachen müssen. Und vergeblich hätte sie die Vernunft zu Hilfe gerufen und die verwirrte Seele gewarnt, dem Spiel gegenüber Abstand zu wahren, es nicht ernst zu nehmen. Gerade weil es nur ein Spiel war, fürchtete sich die Seele nicht, sie widersetzte sich nicht und verfiel ihm wie einem Narkotikum.

Der junge Mann rief den Kellner und zahlte. Dann stand er auf und sagte zur jungen Frau: »Gehen wir.«

»Und wohin?« tat sie verwundert.

»Frag nicht und mach vorwärts«, sagte er.

»Wie reden Sie denn mit mir?«

»Wie mit einer Nutte.«

10. Sie stiegen das spärlich beleuchtete Treppenhaus hinauf: auf dem Absatz vor dem ersten Stock stand vor der Toilette eine Gruppe angetrunkener Männer. Der junge Mann faßte die junge Frau von hinten so, daß er mit der einen Hand ihre Brust festpreßte. Die Männer sahen es und fingen an zu johlen. Die junge Frau wollte sich dem Griff entwinden, aber der junge Mann schrie sie an: »Halt still!« Die Männer quittierten dies mit derber Kumpelhaftigkeit und riefen ihr ein paar schlüpfrige Bemerkungen zu. Als die beiden im ersten Stock angekommen waren, öffnete er die Zimmertür und drehte das Licht an.

Es war ein enges Zimmer mit zwei Betten, einem

Tischchen, einem Stuhl und einem Waschbecken. Der junge Mann schloß die Tür ab und wandte sich der jungen Frau zu. Sie stand ihm in herausfordernder Haltung gegenüber, mit unverfrorener Sinnlichkeit im Blick. Er sah sie an und versuchte, hinter diesem lasziven Ausdruck die vertrauten Züge zu entdecken, die er zärtlich liebte. Es war, als schaute er in einem Guckkasten auf zwei einander überlagernde und durchdringende Bilder. Die beiden Bilder sagten ihm, daß im Innern der jungen Frau *alles* vorhanden und ihre Seele schrecklich amorph war, daß Treue und Untreue, Verrat und Unschuld, Koketterie und Keuschheit in ihr wohnten; dieser wilde Wirrwarr widerte ihn an wie die Buntheit eines Müllhaufens. Die beiden Bilder schoben sich unablässig übereinander, und der junge Mann begriff, daß seine Freundin sich nur auf der Oberfläche von anderen Frauen unterschied, in ihrem tiefsten Inneren aber genauso war wie alle, voll von allen möglichen Gedanken, Gefühlen und Lastern, die all seine heimlichen Zweifel und Eifersüchte bestätigten. Er begriff, daß die Konturen, die ihre Individualität charakterisierten, nur ein Trugbild waren, dem ihr Gegenüber zum Opfer fiel, derjenige, der sie betrachtete, er selbst. Es kam ihm so vor, als sei die junge Frau, wie er sie liebte, nur eine Schöpfung seiner Sehnsucht, seiner Abstraktion, seines Vertrauens gewesen, als stünde seine *wirkliche* Freundin erst jetzt vor ihm: hoffnungslos *anders*, hoffnungslos *fremd*, hoffnungslos *vieldeutig*. Er haßte sie.

»Worauf wartest du noch? Zieh dich aus«, sagte er.

Sie neigte den Kopf kokett zur Seite und sagte: »Muß es sein?«

Der Ton, in dem sie es sagte, kam ihm sehr bekannt vor, es schien ihm, als hätte ihm das eine andere Frau irgendwann vor langer Zeit ebenso gesagt, doch wußte er nicht mehr, welche. Er hatte Lust, sie zu erniedrigen. Nicht die Anhalterin, sondern seine eigene Freundin. Das Spiel vermischte sich mit dem Leben. Das Spiel, in dem die Anhalterin erniedrigt werden sollte, wurde zum Vorwand für die Erniedrigung der Freundin. Der junge Mann hatte vergessen, daß er spielte. Er haßte ganz einfach die Frau, die vor ihm stand. Er sah sie unverwandt an und zog einen Fünfzigkronenschein aus der Brusttasche: »Genügt das?«

Sie nahm das Geld und sagte: »Besonders viel scheine ich Ihnen nicht wert zu sein.«

Der junge Mann sagte: »Du bist nicht mehr wert.«

Sie schmiegte sich an ihn: »Mir kannst du nicht so kommen. Mit mir mußt du anders umgehen, mußt dich ein bißchen anstrengen!«

Sie umarmte ihn und bot ihm ihre Lippen zum Kuß. Er legte seine Finger auf ihren Mund und schob sie sanft von sich. Er sagte: »Ich küsse nur Frauen, die ich liebe.«

»Und mich liebst du nicht?«

»Nein.«

»Wen liebst du denn?«

»Was geht dich das an. Zieh dich aus!«

11. Sie hatte sich noch nie so ausgezogen. Die Schüchternheit, die fahrige Nervosität, das Gefühl innerer Panik, all das, was sie stets empfunden hatte, wenn sie sich vor dem jungen Mann auszog (und sich nicht im Dunkeln verstecken konnte), all das war weg. Sie stand selbstbewußt und keck vor ihm, in hellem Licht und selber überrascht, woher sie auf einmal die ihr bisher unbekannten Bewegungen nahm, mit denen sie sich langsam und aufreizend entkleidete.

Sie bemerkte seine Blicke, legte spielerisch ein Kleidungsstück nach dem anderen ab und genoß jede einzelne Phase dieser Entblößung.

Aber dann stand sie auf einmal ganz nackt vor ihm, und in diesem Moment ging ihr durch den Kopf, daß an diesem Punkt jedes Spiel zu Ende war, daß sie mit den

Kleidern auch ihre Maskierung abgelegt hatte und jetzt nackt war, was bedeutete, daß sie wieder sie selbst war und der junge Mann jetzt auf sie zukommen und eine Geste machen mußte, mit der er alles wegwischen würde und auf die dann nur noch ihre vertrautesten Liebesspiele folgten. So stand sie nackt vor ihm und hatte in diesem Moment zu spielen aufgehört; sie wurde verlegen, und auf ihrem Gesicht erschien ein Lächeln, das wirklich nur ihr eigen war: schüchtern und verwirrt.

Aber der junge Mann ging nicht auf sie zu und setzte dem Spiel kein Ende. Er hatte das sonst so vertraute Lächeln nicht bemerkt; er sah vor sich nur den fremden, schönen Körper seiner Freundin, die er haßte. Dieser Haß nahm seiner Sinnlichkeit alle Gefühlsverbrämungen. Die junge Frau wollte auf ihn zutreten, aber er sagte: »Bleib, wo du bist. Ich will dich genau sehen.« Er hatte nur noch ein Bedürfnis: sie wie eine bezahlte Nutte zu behandeln. Aber der junge Mann hatte noch nie eine Nutte gehabt, und seine diesbezüglichen Vorstellungen stammten aus der Literatur oder vom Hörensagen. Er vergegenwärtigte sich also diese Bilder, und das erste, das vor ihm auftauchte, war eine Frau in schwarzer Unterwäsche (und schwarzen Strümpfen), die auf einem glänzenden Klavierdeckel tanzte. Im Hotelzimmer gab es kein Klavier, nur ein an die Wand gerücktes Tischchen, auf dem ein Leinendeckchen lag. Er befahl ihr, auf das Tischchen zu steigen. Sie machte eine bittende Geste, aber er sagte: »Du bist bezahlt worden.«

Als sie die unerbittliche Besessenheit in seinem Blick sah, versuchte sie, das Spiel fortzusetzen, obwohl sie weder weiter konnte noch wußte. Mit Tränen in den Augen stieg sie auf den Tisch. Die Platte maß kaum einen Quadratmeter, und ein Bein war etwas kürzer als die anderen; das Mädchen stand darauf und fürchtete, jeden Moment herunterzufallen.

Der junge Mann hingegen war zufrieden mit der nackten Gestalt, die über ihm aufragte, und ihre verschämte

Unsicherheit stachelte seine Kommandierlust nur noch stärker an. Er wollte diesen Körper in allen Positionen und von allen Seiten sehen, so wie er sich vorstellte, daß andere Männer ihn gesehen hatten und sehen würden. Er war ordinär und obszön. Er sagte ihr Wörter, die sie aus seinem Mund noch nie gehört hatte. Sie wollte sich zur Wehr setzen, wollte dem Spiel entfliehen, nannte ihn bei seinem Namen, aber er schrie sie sogleich an, sie habe kein Recht, ihn so vertraulich anzusprechen. Und so gehorchte sie schließlich, den Tränen nahe und voller Verwirrung, sie beugte sich nach seinen Wünschen vornüber und kauerte sich nieder, sie salutierte und wackelte mit den Hüften, um ihm einen Twist vorzuführen. Da verrutsche bei einer abrupten Bewegung das Tuch unter ihren Füßen, und sie wäre beinahe vom Tisch gefallen. Er fing sie auf und warf sie aufs Bett.

Er schlief mit ihr. Sie war froh, daß jetzt wenigstens dieses unglückliche Spiel aufhören und sie wieder die beiden sein würden, die sie vorher gewesen waren, zwei, die sich liebten. Sie wollte sich an seinen Lippen festsaugen. Er stieß ihren Kopf jedoch weg und wiederholte, er küsse nur Frauen, die er liebe. Sie fing an zu weinen. Aber nicht einmal das Weinen war ihr vegönnt, denn seine rasende Leidenschaft ergriff allmählich auch von ihrem Körper Besitz und brachte die Klagen ihrer Seele zum Verstummen. Auf dem Bett lagen bald zwei Körper in größter Harmonie, zwei sinnliche Körper, die sich fremd waren. Das war genau das, wovor die junge Frau sich immer am meisten gefürchtet und was sie angstvoll gemieden hatte: den Liebesakt ohne Gefühle und ohne Liebe. Sie wußte, daß sie eine verbotene Grenze überschritten hatte, bewegte sich aber jenseits davon bereits ohne Widerrede und voller Teilnahme; nur irgendwo weit weg, in einem Winkel ihres Bewußtseins, spürte sie das Entsetzen darüber, daß sie noch nie solche Lust und noch nie so viel Lust gehabt hatte wie gerade jetzt – jenseits der Grenze.

12. Dann war alles vorbei. Der junge Mann löste sich von der jungen Frau, griff nach der langen Schnur über dem Bett und löschte das Licht. Er wollte ihr Gesicht nicht sehen. Er wußte, daß das Spiel aus war, hatte aber keine Lust, in das gewohnte Verhältnis zurückzukehren; er fürchtete diese Rückkehr. Er lag neben ihr im Dunkeln, und zwar so, daß ihre Körper sich nicht berührten.

Nach einer Weile hörte er sie leise schluchzen; ihre Hand berührte die seine zaghaft und kindlich: sie berührte sie, zog sich zurück, berührte sie wieder, und dann sagte eine bittende, schluchzende Stimme, die ihn beim Namen nannte: »Ich bin ich, ich bin ich . . .«

Der junge Mann schwieg, rührte sich nicht und dachte über die traurige Bedeutungslosigkeit ihrer Beteuerung nach, in der eine unbekannte Größe mit sich selbst definiert wurde.

Ihr Schluchzen ging bald in lautes Weinen über, und sie wiederholte die rührende Tautologie noch unzählige Male: »Ich bin ich, ich bin ich, ich bin ich . . .«

Der junge Mann begann, das Mitgefühl zur Hilfe zu rufen, um die junge Frau zu beruhigen (er mußte es aus weiter Ferne herbeirufen, in der Nähe war es nirgends). Es lagen noch dreizehn Urlaubstage vor ihnen.

VIERTER TEIL

DAS SYMPOSIUM

ERSTER AKT

Das Dienstzimmer

Das Dienstzimmer der Ärzte (auf einer beliebigen Station eines beliebigen Krankenhauses in einer beliebigen Stadt) brachte fünf Personen zusammen und verflocht ihr Reden und Tun zu einer trivialen, aber um so lustigeren Geschichte.

Es sind Dr. Havel und Schwester Lisbeth (beide haben an diesem Tag Nachtdienst) sowie zwei weitere Ärzte (die ein nichtiger Vorwand in dieses Zimmer geführt hat, um mit den beiden Diensthabenden bei ein paar Flaschen Wein zusammensitzen zu können): der kahlköpfige Oberarzt der Station und eine attraktive Dreißigjährige einer anderen Station, eine Ärztin, von der die ganze Klinik weiß, daß sie mit dem Oberarzt schläft.

(Der Oberarzt ist natürlich verheiratet, und er hat soeben seinen Lieblingsspruch zum besten gegeben, der nicht nur seinen Scharfsinn, sondern auch seine Absichten unterstreichen soll: »Verehrte Kollegen, das größte Unglück, das einen treffen kann, ist eine glückliche Ehe: man hat nicht die leiseste Hoffnung auf Scheidung.«)

Außer den vier Erwähnten gibt es noch einen fünften, aber der ist eigentlich nicht da, weil er als Jüngster gerade weggeschickt worden ist, um eine neue Flasche zu holen. Dann gibt es ein Fenster, das wichtig ist, weil es offensteht, und so aus der Dämmerung draußen warme, mondgetränkte Sommerluft ins Zimmer dringt. Und schließlich herrscht eine angeregte Stimmung, die sich im gefälligen Geplauder aller Anwesenden äußert, insbesondere dem des Oberarztes, der mit verliebten Ohren seinen eigenen Sprüchen lauscht.

Im Laufe des Abends (und erst da beginnt eigentlich unsere Geschichte) macht sich eine gewisse Spannung bemerkbar: Lisbeth hat mehr getrunken, als es für eine Schwester im Dienst ratsam ist, und darüber hinaus hat sie angefangen, sich Havel gegenüber provozierend kokett zu verhalten, was diesem peinlich ist und ihn zu einer Rüge herausfordert.

HAVELS RÜGE

»Liebe Lisbeth, ich verstehe Sie nicht. Täglich stochern Sie in eitrigen Wunden herum, stechen Greise in ihre runzeligen Hintern, geben Klistiere, leeren Nachtöpfe. Das Schicksal hat Ihnen die beneidenswerte Gelegenheit gegeben, die Körperlichkeit des Menschen in ihrer ganzen metaphysischen Nichtigkeit zu erfassen. Und doch wird Ihre Vitalität davon nicht beeinträchtigt. Ihre ungebrochene Lust, Körper und nichts als Körper zu sein, läßt sich durch nichts erschüttern. Ihre Brüste sind in der Lage, sich sogar an einem Mann zu reiben, der fünf Meter von Ihnen entfernt steht! Mir ist schon ganz schwindlig von den ewigen Kreisen, die Ihr unermüdliches Hinterteil beim Gehen beschreibt. Zum Teufel, gehen Sie mir aus den Augen! Ihr Busen ist allgegenwärtig wie Gott! Vor zehn Minuten schon hätten Sie die Spritzen verabreichen sollen!«

DR. HAVEL IST WIE DER TOD.
ER NIMMT ALLES.

Als Schwester Lisbeth das Dienstzimmer (sichtlich gekränkt) verlassen hatte, dazu verdammt, in zwei Greisenhintern zu stechen, sagt der Oberarzt: »Ich bitte Sie, Havel, warum verschmähen Sie die arme Lisbeth so hartnäckig?«

Dr. Havel nahm einen Schluck und antwortete: »Chef, seien Sie mir nicht böse. Es liegt nicht daran, daß sie nicht hübsch und auch nicht gerade die Jüngste ist. Glauben Sie mir, ich habe schon häßlichere und viel ältere Frauen gehabt.«

»Ja, das ist bekannt: Sie sind wie der Tod; Sie nehmen alles. Wenn Sie aber alles nehmen, warum nehmen Sie dann nicht auch Lisbeth?«

»Vermutlich«, sagte Havel, »weil sie ihr Verlangen so unmißverständlich zur Schau stellt, daß es einem Befehl gleichkommt. Sie sagen, ich sei Frauen gegenüber wie der Tod. Aber selbst der Tod mag es nicht, wenn man ihm Befehle erteilt.«

DER GRÖSSTE ERFOLG DES OBERARZTES

»Vielleicht verstehe ich Sie«, antwortete der Oberarzt. »Als ich noch ein paar Jahre jünger war, kannte ich ein Mädchen, das mit jedem schlief, und da sie hübsch war, setzte ich mir in den Kopf, sie zu bekommen. Und stellen Sie sich vor, gerade sie hat mich abblitzen lassen. Sie ging mit meinen Kollegen, mit den Chauffeuren, mit dem Heizer, dem Koch, ja sogar mit dem Leichenwäscher, nur mit mir nicht. Können Sie sich das vorstellen?«

»Gut sogar«, sagte die Ärztin.

»Sie müssen wissen«, erboste sich der Oberarzt, der seine Geliebte in Gesellschaft siezte, »es war damals kurz nach meiner Promotion, und ich war eine Kanone. Ich glaubte, daß jede Frau zu haben sei, und hatte das in verhältnismäßig schweren Fällen unter Beweis gestellt. Und sehen Sie, an diesem so leicht zu habenden Mädchen bin ich gescheitert.«

»Wie ich Sie kenne, haben Sie dafür bestimmt Ihre eigene Theorie«, sagte Dr. Havel.

»Gewiß«, gab der Oberarzt zur Antwort. »Erotik ist

97

nicht nur Streben nach einem Körper, sondern im selben Maße auch Streben nach Ehre. Der Partner, den wir uns erobert haben, der uns liebt und begehrt, wird zum Spiegel unserer selbst, zum Maß all dessen, was wir sind und was wir bedeuten. In der Erotik suchen wir das Bild unserer eigenen Bedeutung. Für mein Flittchen war das allerdings schwierig. Da sie mit jedem ging, gab es so viele Spiegel, daß sie ein völlig verworrenes und vieldeutiges Bild wiedergaben. Und dann: wenn man mit jedem geht, glaubt man nicht mehr, daß etwas so Alltägliches wie der Liebesakt eine wirkliche Bedeutung haben könnte. So sucht man das wirklich Bedeutungsvolle im puren Gegenteil. Das klare Maß ihres menschlichen Wertes konnte diesem Flittchen nur vermitteln, wer sie zwar umwarb, von ihr jedoch nicht erhört wurde. Und weil sie sich selbstverständlich wünschte, vor sich selbst als die Schönste und die Beste dazustehen, suchte sie sich diesen einzigen, den sie mit ihrer Abweisung beehren würde, sehr gestreng und anspruchsvoll aus. Als die Wahl schließlich auf mich fiel, begriff ich, daß es sich um eine außerordentliche Ehre handelte, und ich betrachte diese Episode bis heute als meinen größten erotischen Erfolg.«

»Bewundernswert, wie Sie es verstehen, Wasser in Wein zu verwandeln«, sagte die Ärztin.

»Fühlen Sie sich etwa dadurch getroffen, daß ich nicht Sie als meinen größten Erfolg ansehe?« fragte der Oberarzt. »Sie müssen mich verstehen. Obwohl Sie eine tugendhafte Frau sind, bin ich für Sie (Sie wissen gar nicht, wie sehr mich das betrübt) weder der erste noch der letzte, während ich es für dieses Flittchen gewesen bin. Glauben Sie mir, sie hat mich nicht vergessen und erinnert sich noch heute nostalgisch daran, wie sie mich hat abblitzen lassen. Im übrigen erwähne ich diese Geschichte nur als eine Analogie zu Havel, der Lisbeth verschmäht.«

LOB DER FREIHEIT

»Mein Gott, Chef«, stöhnte Havel, »Sie wollen doch nicht etwa sagen, ich suchte in Lisbeth das Bild meiner Bedeutung als Mensch!«

»Sicher nicht«, sagte die Ärztin bissig. »Sie haben ja selbst schon erklärt, daß Lisbeths herausfordernde Art Ihnen vorkommt wie ein Befehl. Sie aber wollen sich die Illusion nicht nehmen lassen, daß Sie sich die Frauen selbst aussuchen.«

»Wissen Sie, verehrte Kollegin, wenn wir schon so darüber reden: das ganze stimmt ja gar nicht«, bemerkte Havel nachdenklich, »ich wollte nur wieder ein Bonmot prägen, als ich sagte, Lisbeths provozierende Art würde mir lästig fallen. Ehrlich gesagt, ich habe im Leben viel provozierendere Frauen genommen, und ihre Art kam mir mehr als gelegen, weil sie den Lauf der Dinge auf angenehme Weise beschleunigte.«

»Warum zum Teufel nehmen Sie dann nicht Lisbeth?« schrie der Oberarzt.

»Ihre Frage ist nicht so dumm, wie es im ersten Augenblick schien, denn ich sehe, so leicht ist sie gar nicht zu beantworten. Wenn ich aufrichtig bin, weiß ich nicht, warum ich Lisbeth nicht nehme. Ich habe häßlichere, ältere und provozierendere Frauen genommen. Daraus geht zwingenderweise hervor, daß ich auch sie nehmen müßte. Alle Statistiker würden es so voraussagen. Alle Computer würden es so berechnen. Und sehen Sie, vielleicht nehme ich sie gerade aus diesem Grunde nicht. Vielleicht will ich mich der Notwendigkeit widersetzen. Der Kausalität ein Schnippchen schlagen. Das Berechenbare des Laufs dieser Welt durch die Launen der Willkür ins Wanken bringen.«

»Und warum haben Sie sich ausgerechnet Lisbeth dazu auserkoren?« schrie der Oberarzt wieder.

»Weil es keinen Grund gibt dafür. Gäbe es einen Grund, hätte man ihn im voraus finden und mein Verhalten voraussagen können. Gerade im Grundlosen liegt aber das letzte Zipfelchen Freiheit, das uns vergönnt ist, und nach dem wir unbeirrt streben müssen, damit in dieser Welt der eisernen Gesetze noch ein Quentchen menschlicher Unordnung übrigbleibt. Verehrte Kollegen, es lebe die Freiheit!« sagte Havel und hob traurig sein Glas, um anzustoßen.

Die Reichweite menschlicher Verantwortung

In diesem Moment tauchte eine neue Flasche im Raum auf, die alle Aufmerksamkeit der anwesenden Ärzte auf sich zog. Der attraktive, hochgeschossene Jüngling, der mit ihr im Türrahmen erschien, war der Medizinstudent Fleischman, der auf dieser Station ein Praktikum absolvierte. Er stellte die Flasche (langsam) auf den Tisch, suchte (lange) nach dem Korkenzieher, setzte ihn (gemächlich) auf den Flaschenhals und trieb ihn (zaudernd) in den Korken, den er dann (zögernd) herauszog. Die angeführten Klammern sollen Fleischmans Langsamkeit veranschaulichen, die jedoch nicht so sehr von Unbeholfenheit zeugte, sondern von einer verträumten Selbstgefälligkeit, mit der der angehende Mediziner sein Inneres erforschte, während er über belanglose Details der äußeren Umgebung hinwegsah.

Dr. Havel sagte: »Alles, was wir da zusammengeschwatzt haben, war purer Unsinn. Nicht ich verschmähe Lisbeth, sie verschmäht mich. Leider. Sie ist nämlich ganz verrückt nach Fleischman.«

»Nach mir?« Fleischman sah von der Flasche auf und trug den Korkenzieher mit großen, gemächlichen Schritten wieder an seinen Platz, kehrte dann an den Tisch zurück und goß den Wein in die Gläser.

»Sie sind gut«, stieß der Oberarzt in Havels Horn, »alle wissen es, nur Sie nicht. Seit Sie auf unserer Station aufgetaucht sind, ist es mit ihr nicht mehr auszuhalten. Das dauert jetzt schon zwei Monate.«

Fleischman sah den Oberarzt (lange) an und sagte: »Das weiß ich wirklich nicht.« Und dann fügte er hinzu: »Und es interessiert mich auch nicht.«

»Und wo bleiben Ihre edlen Worte? Was soll das Gerede über die Achtung der Frauen?« griff Havel den Studenten an. »Sie stürzen Lisbeth in Qualen, und es interessiert Sie nicht?«

»Die Frauen tun mir leid, und ich könnte sie nie absichtlich kränken«, sagte Fleischman. »Was ich aber unwillkürlich verursache, interessiert mich nicht, weil ich es nicht beeinflussen kann und es deshalb nicht unter meine Verantwortung fällt.«

Da betrat Lisbeth den Raum. Sie hatte offensichtlich beschlossen, daß es das beste sei, die Beleidigung zu vergessen und sich so zu verhalten, als sei nichts geschehen: daher benahm sie sich äußerst unnatürlich. Der Oberarzt schob ihr einen Stuhl an den Tisch und goß ihr ein Glas ein: »Trinken Sie, Lisbeth, und vergessen Sie alle Kränkungen.«

»Klar.« Lisbeth warf ihm ein breites Lächeln zu und leerte ihr Glas.

Der Oberarzt wandte sich wieder an Fleischman: »Wenn man nur für das verantwortlich wäre, was man bewußt tut, wären Dummköpfe von vornherein von jeglicher Schuld freigesprochen. Nur ist der Mensch verpflichtet zu wissen, lieber Fleischman. Der Mensch ist für seine Unwissenheit verantwortlich. Unwissenheit bedeutet Schuld. Und deshalb kann einen nichts von der Schuld freisprechen, und ich möchte damit behaupten, daß Sie Frauen gegenüber ein gemeiner Kerl sind, selbst wenn Sie es bestreiten.«

LOB DER PLATONISCHEN LIEBE

»Haben Sie Fräulein Klara eigentlich das möblierte Zimmer besorgt, das Sie ihr versprochen haben?« fragte Havel Fleischman angriffslustig und erinnerte so an dessen erfolglose Bemühungen um eine gewisse (allen Anwesenden bekannte) Frau.

»Noch nicht, aber ich bin dabei.«

»Fleischman ist Frauen gegenüber zufällig ein Gentleman. Kollege Fleischman führt Frauen nicht an der Nase herum«, verteidigte die Ärztin den Studenten.

»Ich kann Grobheiten Frauen gegenüber nicht leiden, weil sie mir leid tun«, wiederholte Fleischman.

»Und trotzdem hat Klara sich nicht hingegeben«, sagte Lisbeth zu ihm und fing völlig unangebracht an zu lachen, so daß sich der Oberarzt erneut gezwungen fühlte, das Wort zu ergreifen.

»Hingabe hin oder her, das ist gar nicht so wichtig, wie Sie meinen, Lisbeth. Bekanntlich wurde Abélard kastriert, und trotzdem blieben er und Héloïse auch weiterhin ein treues Paar, dessen Liebe unsterblich ist. George Sand hat sieben Jahre lang keusch wie eine Jungfrau mit Frédéric Chopin gelebt, und wer wollte es mit ihrer Liebe aufnehmen! Im übrigen will ich in so erlauchten Zusammenhängen nicht noch einmal den Fall des Flittchens erwähnen, das mir den größten Liebesbeweis erbrachte, indem es mich abwies. Schreiben Sie sich das hinter die Ohren, meine liebe Lisbeth, die Liebe hängt mit dem, woran Sie in einem fort denken, viel weniger eng zusammen, als die meisten Menschen meinen. Sie zweifeln doch nicht etwa an Klaras Liebe zu Fleischman! Sie ist nett zu ihm, und dennoch verweigert sie sich. Für Sie, Lisbeth, mag das unlogisch klingen, aber Liebe ist gerade das, was unlogisch ist.«

»Was ist denn daran unlogisch?« lachte Lisbeth heraus. »Klara braucht eine Wohnung. Deswegen ist sie zu Fleischman so nett. Aber mit ihm schlafen will sie nicht, weil sie wahrscheinlich einen anderen hat, mit dem sie schläft. Der wiederum kann ihr aber keine Wohnung besorgen.«

In diesem Moment hob Fleischman den Kopf und sagte: »Ihr geht mir auf die Nerven. Ihr seid ja völlig pubertär. Und wenn eine Frau aus Scham zurückhaltend ist? Das würde euch nicht einfallen? Oder wenn sie eine Krankheit hat, die sie verheimlichen will? Eine Narbe, die sie entstellt? Frauen können unheimlich schamhaft sein. Bloß Sie, Lisbeth, wissen das offenbar nicht.«

»Oder«, kam der Oberarzt Fleischman zu Hilfe, »Klara ist vor Liebesangst gleichsam versteinert, wenn sie in Fleischmans Augen schaut, so daß sie außerstande ist, mit ihm zu schlafen. Lisbeth, können Sie sich denn nicht vorstellen, in jemanden so wahnsinnig verliebt zu sein, daß Sie gerade deshalb nicht mit ihm schlafen können?«

Lisbeth gestand, nein, das könne sie nicht.

DAS SIGNAL

An diesem Punkt können wir das Gespräch (das an Nichtigkeit nichts einbüßte) für einen Moment verlassen und erwähnen, daß Fleischman die ganze Zeit über versucht hatte, der Ärztin in die Augen zu sehen, denn sie gefiel ihm ausnehmend gut, und das, seit er sie (vor etwa einem Monat) zum ersten Mal gesehen hatte. Die Erhabenheit ihrer dreißig Jahre blendete ihn. Er kannte sie bisher nur flüchtig und hatte heute zum ersten Mal die Gelegenheit, längere Zeit mit ihr in demselben Raum zuzubringen. Es schien ihm, daß auch sie bisweilen seinen Blick erwiderte, und er war sehr erregt.

Nach einem solchen Blickwechsel stand die Ärztin völlig unvermittelt auf, trat ans Fenster und sagte: »Draußen ist es herrlich. Wir haben Vollmond . . .« und sie streifte Fleischman abermals mit einem flüchtigen Blick.

Fleischman war nicht taub für solche Situationen und

begriff auf der Stelle, daß dies ein Signal war – das Signal für ihn. In diesem Augenblick verspürte er in seiner Brust ein Aufwogen. Seine Brust war nämlich ein empfindliches Instrument, das der Werkstatt Stradivaris Ehre gemacht hätte. Es kam des öfteren vor, daß er in ihr das eben erwähnte, erhebende Aufwogen verspürte, und er war jedesmal sicher, daß dieses Aufwogen die Unwiderlegbarkeit einer Weissagung in sich trug, welche die Ankunft von etwas Großartigem, nie Dagewesenem voraussagte, das all seine Träume übersteigen würde.

Nun war er durch dieses Aufwogen berauscht, zugleich aber (in jenem Winkel seines Denkens, das der Rausch noch nicht erfaßt hatte) auch verwundert: wie war es möglich, daß sein Verlangen die Kraft besaß, Situationen wie gerufen herbeizuzaubern, in steter Bereitschaft, Wirklichkeit zu werden? Während er sich weiter über seine Kraft wunderte, wartete er den Moment ab, in dem das Gespräch erhitzter werden würde und die Redner ihn nicht mehr beachteten. Als es soweit war, schlich er sich aus dem Raum.

Der schöne junge Mann mit den Händen im Schoss

Die Station, auf der dieses improvisierte Symposium stattfand, lag im Erdgeschoß eines hübschen Pavillons, der, von anderen Pavillons umgeben, im großen Garten des Krankenhauses stand. Diesen Garten betrat Fleischman nun. Er lehnte sich an den Stamm einer mächtigen Platane, zündete sich eine Zigarette an und blickte zum Himmel empor: es war Sommer, Düfte wehten durch die Lüfte, und am schwarzen Firmament hing rund der Mond.

Fleischman versucht jetzt, sich den Ablauf der Dinge, die da kommen sollen, vorzustellen: die Ärztin, die ihm eben zu verstehen gegeben hat, er solle ins Freie gehen, wird den Moment abwarten, da ihr Glatzkopf mehr von der Diskussion als von seinem Argwohn eingenommen sein würde, und dann wird sie wahrscheinlich beiläufig bemerken, daß ein intimes Bedürfnis sie veranlaßt, sich für einen Augenblick von der Gesellschaft zu entfernen.

Und was wird weiter sein? Weiter wollte sich Fleischman bewußt nichts mehr vorstellen. Die wogende Brust verhieß ein Abenteuer, und das genügte ihm. Er glaubte an sein Glück, er glaubte an den Stern seiner Liebe, und er glaubte an die Ärztin. Von seiner Selbstsicherheit (einer noch immer staunenden Selbstsicherheit) verwöhnt, überließ er sich einer wohligen Passivität. Denn er sah sich selbst immer als anziehenden, eroberungswürdigen und liebenswerten Mann, und es machte ihm Spaß, Abenteuer mit den, wie man so schön sagt, Händen im Schoß zu erwarten. Er glaubte, daß die Frauen wie auch das Schicksal gerade durch diese Haltung auf eine aufreizende Art herausgefordert würden.

Vielleicht lohnt es sich, bei dieser Gelegenheit anzumerken, daß Fleischman sich selbst überhaupt häufig, wenn nicht ständig, (voller Selbstgefälligkeit) *sah*, wodurch er ununterbrochen gespalten war, und das machte seine Einsamkeit recht amüsant. Diesmal stand er zum Beispiel nicht nur an die Platane gelehnt da und rauchte, er beobachtete sich zugleich selbstgefällig, wie er (schön und jungenhaft) an die Platane gelehnt dastand und lässig rauchte. Er ergötzte sich schon lange an diesem Anblick, als er endlich leichte Schritte vernahm, die sich vom Pavillon her näherten. Er drehte sich absichtlich nicht um. Er nahm noch einen Zug, blies den Rauch in die Luft und blickte zum Himmel empor. Als die Schritte schon ganz nah waren, sagte er schmeichelnd, mit zärtlicher Stimme: »Ich wußte, daß Sie kommen würden . . .«

Urinieren

»Das war nicht so schwer zu erraten«, antwortete der Oberarzt, »ich gebe dem Urinieren in der freien Natur nämlich immer den Vorzug vor diesen unappetitlichen zivilisatorischen Einrichtungen. Hier vereinigt mich der goldene Strahl binnen kurzem auf wundervolle Weise mit Boden, Gras und Erde. Denn aus Staub bin ich geworden, Fleischman, und zu Staub werde ich jetzt wieder, wenigstens teilweise. Urinieren in der freien Natur ist ein religiöses Ritual, mit dem wir der Erde versprechen, dereinst wieder ganz in sie zurückzukehren.«

Als Fleischman schwieg, fragte ihn der Oberarzt: »Und Sie? Wollten Sie sich den Mond anschauen?« Und als Fleischman auch weiterhin hartnäckig schwieg, sagte der Oberarzt: »Fleischmännchen, Sie sind ein großer Lunatiker. Aber gerade deshalb mag ich Sie.« Fleischman empfand die Worte des Oberarztes als Hohn, da er sich aber zurückhalten wollte, sagte er nur halblaut: »Lassen Sie den Mond aus dem Spiel. Ich bin auch zum Urinieren hier.«

»Fleischmännchen«, sagte der Oberarzt rührselig, »ich sehe darin eine außergewöhnliche Sympathiebezeugung gegenüber ihrem alternden Chef.«

So standen sie beide unter der Platane und verrichteten ihr Geschäft, das der Oberarzt in einem fort und in immer neuen Bildern pathetisch einen Gottesdienst nannte.

DER SCHÖNE, SARKASTISCHE JUNGE MANN

Dann gingen sie gemeinsam durch den langen Korridor zurück, und der Oberarzt hatte seinen Arm brüderlich um die Schultern des Medizinstudenten gelegt. Dieser zweifelte nicht im geringsten daran, daß der eifersüchtige Glatzkopf das Signal der Ärztin entziffert hatte und sich in seinen freundschaftlichen Ergüssen jetzt über ihn lustig machte. Allerdings konnte er die Hand seines Chefs nicht einfach von der Schulter schütteln, weshalb der Zorn in seinem Innern nur noch größer wurde. Sein einziger Trost war die Tatsache, nicht nur voller Zorn zu *sein,* sondern sich in diesem zornigen Zustand sogleich auch zu *sehen,* und er war zufrieden mit dem jungen Mann, der ins Dienstzimmer zurückkehrte und zur allgemeinen Überraschung plötzlich ganz anders war: sarkastisch spitz, aggressiv witzig, ja fast dämonisch.

Als die beiden das Dienstzimmer betraten, stand Lisbeth mitten im Raum, bewegte fürchterlich ihre Hüften und gab dazu irgendwelche Summtöne von sich. Dr. Havel blickte zu Boden, und um die Neuankömmlinge von ihrem Schrecken zu erlösen, sagte die Ärztin: »Lisbeth tanzt.«

»Sie ist ein bißchen beschwipst«, ergänzte Havel.

Lisbeth hörte nicht auf mit dem Verrenken der Hüften und umkreiste zugleich mit ihren Brüsten den gesenkten Kopf des stumm dasitzenden Havel. »Wo haben Sie denn einen so schönen Tanz gelernt?« fragte der Oberarzt.

Fleischman, berstend vor Sarkasmus, platzte ostentativ lachend los: »Hahaha! Ein schöner Tanz! Hahaha!«

»Das habe ich in Wien beim Striptease gesehen«, antwortete Lisbeth dem Oberarzt.

»Aber, aber«, entrüstete dieser sich milde, »seit wann besuchen unsere Schwestern denn Nachtlokale?«

»Es wird wohl kaum verboten sein, Herr Doktor«, sagte Lisbeth und kurvte mit den Brüsten um den Oberarzt herum.

Fleischman kam langsam die Galle hoch und wollte sich durch seinen Mund Luft machen: »Sie brauchen Brom und keinen Striptease. Sonst müssen wir noch fürchten, vergewaltigt zu werden!«

»Sie brauchen sich bestimmt nicht zu fürchten. Auf Säuglinge bin ich nicht scharf«, fiel Lisbeth ihm ins Wort und kurvte mit den Brüsten um Havel herum.

»Und hat Ihnen dieser Striptease gefallen?« erkundigte sich der Oberarzt väterlich.

»Und wie«, antwortete Lisbeth. »Dort war eine Schwedin mit Riesenbrüsten – aber meine sind hübscher« (bei diesen Worten streichelte sie ihre Brüste) »und noch ein Mädchen, die tat so, als nähme sie in einer Pappwanne ein Schaumbad, und eine Mulattin hat vor dem Publikum onaniert, das war überhaupt das Beste . . .«

»Hahaha!« sagte Fleischman auf dem Gipfel seines teuflischen Sarkasmus, »Onanie, das ist genau richtig für Sie!«

Kummer in Form eines Hinterns

Lisbeth tanzte noch immer, ihr Publikum war aber vermutlich viel schlimmer als das in Wien: Havel hielt den Kopf gesenkt, die Ärztin schaute spöttisch, Fleischman abschätzig und der Oberarzt mit väterlicher Nachsicht. Und Lisbeths vom weißen Stoff der Schwesterntracht bedeckter Hintern kreiste derweilen im Zimmer umher wie eine schöne runde Sonne, aber eine erloschene, tote (in weißes Leinentuch gehüllte) Sonne, eine Sonne, die durch die teilnahmslosen und verlegenen Blicke der anwesenden Ärzte zu trauriger Nutzlosigkeit verdammt war.

Einen Moment lang schien es, als wollte Lisbeth tatsächlich Teile ihrer Tracht von sich werfen, worauf die beklommene Stimme des Oberarztes ertönte: »Aber Lisbeth! Sie wollen uns doch nicht etwa dieses Wien hier vorführen!«

»Keine Angst, Herr Doktor! So würden Sie wenigstens einmal sehen, wie eine nackte Frau auszusehen hat!« posaunte Lisbeth und wandte sich wieder an Havel, den sie mit ihrem Busen bedrohte: »Was ist denn los, klein Havelein? Du siehst ja aus wie bei einem Begräbnis. Kopf hoch! Ist dir etwa jemand gestorben? Ist jemand gestorben? Schau mich doch an! Ich lebe schließlich! Ich bin keineswegs im Begriff zu sterben! Vorläufig lebe ich noch! Ich lebe!«, und bei diesen Worten war ihr Hinterteil kein Hintern mehr, sondern der Kummer selbst, ein wundervoll wohlgeformter, runder Kummer, der durchs Zimmer tanzte.

»Es reicht jetzt, Lisbeth«, sagte Havel in Richtung der Tanzfläche.

»Was reicht?« fragte Lisbeth, »ich tanze doch für dich! Und jetzt werde ich dir einen Striptease vorführen! Einen großen Striptease!« Sie band ihre Schürze hinten auf und warf sie mit beschwingter Geste auf den Schreibtisch.

Der Oberarzt bemerkte noch einmal schüchtern: »Lisbeth, es wäre ja schön, wenn Sie uns diesen Striptease vorführten, aber lieber an einem anderen Ort. Wie Sie wissen, sind wir hier am Arbeitsplatz.«

DER GROSSE STRIPTEASE

»Ich weiß, was ich darf, Herr Doktor!« antwortete Lisbeth. Sie stand da in ihrer hellblauen Arbeitskleidung mit dem weißen Kragen und hörte nicht auf mit den Verrenkungen.

Dann legte sie die Hände an die Hüften und ließ sie an

den Seiten hinaufgleiten, streckte sie über dem Kopf aus und fuhr mit der rechten Hand den linken Arm entlang und mit der linken über den rechten Arm, worauf sie mit beiden Händen eine elegante Bewegung in Richtung Fleischman machte, als würde sie ihm ihre Bluse zuwerfen.

»Säugling, du hast sie fallenlassen!« schrie sie ihn an.

Dann legte sie die Hände wieder an die Hüften und ließ sie nun die Schenkel entlang beinabwärts gleiten; als sie ganz vornübergeneigt war, hob sie erst den rechten und dann den linken Fuß leicht vom Boden, sah danach den Oberarzt an und machte wieder diese abrupte Bewegung. Der Oberarzt streckte ihr seine offene Hand entgegen, ballte sie dann zusammen, als würde er ihren fiktiven Rock auffangen, um ihn auf sein Knie zu legen. Mit der anderen Hand warf er Lisbeth einen Kuß zu.

Nach weiteren Schwenkungen und Verrenkungen stellte Lisbeth sich auf die Zehenspitzen und legte die Hände auf den Rücken, berührte mit den Fingern die Stelle zwischen den Schulterblättern und führte die Arme mit den graziösen Gesten einer Tänzerin wieder nach vorn; dann machte sie wieder diese gleitende Handbewegung, diesmal in Richtung Havel, der seinerseits verlegen und fast unmerklich die Hand schwenkte.

Nun begann Lisbeth, hochaufgerichtet durch den Raum zu stolzieren; sie schwebte an ihren vier Zuschauern vorbei und brüstete sich vor jedem mit der symbolischen Nacktheit ihres Busens. Schließlich blieb sie vor Havel stehen und begann wieder, mit dem Bauch zu wackeln; während sie sich etwas vorneigte, ließ sie beide Hände an den Hüften entlang nach unten gleiten und hob (wie vorher) nacheinander beide Füße. Dann richtete sie sich siegesgewiß auf und holte schwungvoll in Havels Richtung aus. Den ganzen Körper angespannt, blickte sie im Triumph ihrer fiktiven Nacktheit nicht einmal mehr Havel an, sie sah unter halbgeschlossenen Lidern nur noch auf ihren sich windenden Körper.

Plötzlich brach die stolze Haltung zusammen, Lisbeth setzte sich auf Dr. Havels Knie und sagte gähnend: »Ich bin völlig erledigt.« Sie streckte die Hand nach Havels Glas aus und nahm einen Schluck. »Doktor«, sagte sie dann zu ihm, »hast du nicht irgendein Speed für mich? Ich kann schließlich jetzt nicht schlafen!«

»Für Sie, liebe Lisbeth, habe ich alles«, sagte Havel, schob die Schwester von seinen Knien, setzte sie in einen Sessel und ging zum Medikamentenschrank. Dort fand er ein starkes Schlafmittel und verabreichte Lisbeth zwei Tabletten.

»Und wird es auch wirken?« fragte sie.

»So wahr ich Havel heiße«, sagte Havel.

LISBETHS ABSCHIEDSWORTE

Als Lisbeth die beiden Tabletten geschluckt hatte, wollte sie sich wieder auf Havels Knie setzen; dieser rückte aber seine Beine zur Seite, so daß Lisbeth zu Boden fiel.

Havel tat es auf der Stelle leid, da er keineswegs beabsichtigt hatte, Lisbeth auf so schmähliche Weise fallenzulassen, und das Wegziehen der Beine war eher eine spontane Bewegung gewesen, ausgelöst durch seine aufrichtige Unlust, Lisbeths Hintern zu berühren.

Er versuchte ihr wieder aufzuhelfen, aber Lisbeth klebte in kläglichem Trotz mit ihrem ganzen Gewicht am Fußboden fest.

In diesem Moment trat Fleischman vor sie hin und sagte: »Sie sind betrunken und sollten sich hinlegen.«

Lisbeth schaute ihn in grenzenloser Verachtung von unten herauf an und sagte (das masochistische Pathos ihres Auf-dem-Boden-Liegens voll auskostend): »Rohling, Trottel.« Und nochmals: »Du Trottel.«

Havel versuchte ihr von neuem aufzuhelfen, sie strampelte sich aber verzweifelt los und fing an zu schluchzen. Niemand wußte, was er sagen sollte, und so klang ihr Geschluchze wie ein Geigensolo in den stillgewordenen Raum hinein. Erst jetzt kam die Ärztin auf die Idee, leise vor sich hinzupfeifen. Lisbeth schnellte hoch und ging zur Tür, und als sie die Klinke in der Hand hielt, drehte sie sich noch einmal um und sagte: »Rohlinge. Ihr Bestien. Wenn Ihr wüßtet. Ihr wißt nichts. Ihr wißt nichts.«

Der Oberarzt klagt Fleischman an

Nach Lisbeths Abgang herrschte eine Stille, die der Oberarzt als erster durchbrach: »Da sehen Sie es, Fleischmännchen. Angeblich tun Frauen Ihnen leid. Wenn Sie Ihnen aber so leid tun, warum tut Ihnen dann Lisbeth nicht leid?«

»Was geht sie mich denn an?« wehrte sich Fleischman.

»Tun Sie bloß nicht so. Wir haben es Ihnen ja gerade gesagt. Sie ist verrückt nach Ihnen.«

»Kann ich was dafür?« fragte Fleischman.

»Nein«, sagte der Oberarzt, »aber daß Sie grob sind zu ihr und sie quälen, dafür können Sie sehr wohl etwas. Den ganzen Abend lang ging es ihr einzig darum zu sehen, wie Sie reagieren würden, ob Sie sie beachten und anlächeln, ob Sie ihr etwas Nettes sagen würden. Und denken Sie einmal nach, was Sie ihr gesagt haben.«

»So schlimm war das auch wieder nicht«, verteidigte sich Fleischman mit einer allerdings schon etwas unsicheren Stimme.

»Nicht so schlimm?« lachte der Oberarzt. »Sie haben sich lustig gemacht über ihren Auftritt, obwohl sie nur Ihretwegen getanzt hat, Sie haben ihr Brom empfohlen, Sie haben behauptet, für sie wäre Onanie das richtige. Nicht so schlimm! Als sie ihren Striptease tanzte, haben Sie ihre Bluse zu Boden fallen lassen!«

»Was für eine Bluse?« fragte Fleischman.

»Die Bluse«, sagte der Oberarzt. »Stellen Sie sich nicht

dumm. Und zu guter Letzt haben Sie sie schlafen geschickt, obwohl sie gerade Speed geschluckt hatte.«

»Aber sie war doch auf Havel scharf, nicht auf mich«,
setzte sich Fleischman weiter zur Wehr.

»Spielen Sie keine Komödie«, sagte der Oberarzt
streng. »Was hätte sie denn sonst tun sollen, als sie von
Ihnen keines Blickes gewürdigt wurde? Sie hat Sie pro-
voziert. Und sich nach nichts anderem gesehnt als nach
einer Spur von Eifersucht Ihrerseits. Sie Gentleman.«

»Hören Sie auf, ihn zu quälen«, sagte die Ärztin. »Er ist
grausam, aber dafür ist er jung.«

»Er ist ein rächender Erzengel«, sagte Havel.

Mythologische Rollen

»Ja, gewiß«, sagte die Ärztin, »sehen Sie ihn sich an: ein
schöner, böser Erzengel.«

»Wir sind eine mythologische Gesellschaft«, fügte der
Oberarzt schläfrig hinzu, »denn du bist Diana. Frigide,
sportlich und boshaft.«

»Und Sie sind ein Satyr. Lüstern, alt und schwatzhaft«,
sagte die Ärztin. »Und Havel ist Don Juan. Noch nicht
alt, aber auch nicht mehr der Jüngste.«

»Ach was. Havel ist der Tod«, wiederholte der Oberarzt seine altbekannte These.

Das Ende der Don Juans

»Wenn ich entscheiden soll, ob ich ein Don Juan oder der
Tod bin, so muß ich leider der Meinung unseres Chefs
beipflichten«, sagte Havel und nahm einen herzhaften
Schluck. »Don Juan. Das war schließlich ein Eroberer.
Ein großgeschriebener sogar. Der Große Eroberer. Aber
ich bitte Sie, wie kann man Eroberer sein auf einem
Gebiet, wo keiner sich widersetzt, wo alles möglich und

alles gestattet ist? Die Ära der Don Juans ist zu Ende. Der heutige Nachkomme von Don Juan *erobert* nicht mehr, er *sammelt* nur noch. Die Figur des Großen Eroberers ist von der des Großen Sammlers abgelöst worden. Nur ist ein Sammler eben alles andere als ein Don Juan. Don Juan war eine Gestalt aus der Tragödie. Er war schuldbeladen. Er sündigte fröhlich und verspottete Gott. Und er ist als Lästerer in die Hölle gekommen.

Don Juan trug eine furchtbare Last auf seinen Schultern, von welcher der Große Sammler nichts ahnt, weil in seiner Welt alle Schwere ihr Gewicht verloren hat. Aus Felsblöcken sind Federn geworden. In der Welt des Großen Eroberers wog ein einziger Blick so schwer, wie im Reich des Großen Sammlers zehn Jahre intensiver Liebesaktivitäten.

Don Juan war ein Herr, während der Sammler ein Sklave ist. Don Juan hat dreist Konventionen und Gesetze überschritten. Der Große Sammler erfüllt sie folgsam und im Schweiße seines Angesichts, denn das Sammeln gehört heute zum guten Benehmen, zum guten Ton, ja, es ist fast schon zur Verpflichtung geworden. Es ist doch so: wenn ich überhaupt schuldbeladen bin, so besteht meine Schuld einzig darin, daß ich Lisbeth nicht nehme.

Der Große Sammler hat weder mit der Tragödie noch mit dem Drama etwas gemein. Die Erotik, früher Auslöserin von Katastrophen, gleicht heute durch sein Verdienst dem Frühstück, dem Mittagessen, der Philatelie, dem Pingpong, dem Shopping. Er hat sie dem Kreislauf des Alltäglichen einbeschrieben. Er hat sie in Kulissen und Bühnenbretter verwandelt, auf denen das eigentliche Drama erst noch stattfinden soll. Weh mir, Freunde«, rief Havel pathetisch aus, »meine Liebesgeschichten (wenn ich sie so nennen darf) sind der Bühnenboden, auf dem sich nichts mehr abspielen wird.

Verehrte Kollegen. Sie haben Don Juan dem Tod gegenübergestellt. Rein zufällig und aus Versehen haben

Sie so das Wesentliche erfaßt. Sehen Sie. Don Juan hat gegen das Unmögliche gekämpft. Und gerade das ist sehr menschlich. Im Reich des Großen Sammlers hingegen ist nichts unmöglich, weil es sich um das Reich des Todes handelt. Der Große Sammler ist der Tod, der gekommen ist, um Tragödie, Drama und Liebe zu holen. Der Tod, der gekommen ist, um Don Juan zu holen. Im Höllenfeuer, in das der Komtur ihn geschickt hat, lebt Don Juan weiter. In der Welt des Großen Sammlers aber, wo Leidenschaften und Gefühle federngleich durch die Luft fliegen, in dieser Welt ist er für ewig tot.

Ach woher, verehrte Frau Doktor«, fuhr Havel traurig fort, »ach woher, ich und ein Don Juan! Was würde ich dafür geben, den Komtur zu sehen und in meiner Seele die furchtbare Schwere seiner Verdammung zu fühlen, zu spüren, wie in meinem Innern die Größe einer Tragödie heranwächst. Ach woher, ich bin bestenfalls eine Gestalt aus der Komödie, und vielleicht verdanke ich nicht einmal das mir selbst, sondern gerade Don Juan, denn einzig vor dem historischen Hintergrund seiner tragischen Fröhlichkeit kann man die komische Traurigkeit meiner Existenz als Frauenheld schlecht und recht verstehen, einer Existenz, welche ohne diesen Vergleichswert nur grauer Alltag vor farbloser Kulisse wäre.«

WEITERE SIGNALE

Müde von der langen Ansprache (während der dem schläfrigen Oberarzt zweimal der Kopf vornübergefallen war) verstummte Havel. Erst nach einem gebührenden Moment voller Ergriffenheit ließ die Ärztin verlauten: »Ich hätte nicht vermutet, Herr Doktor, daß Sie so zusammenhängend zu reden verstehen. Sie haben sich als Komödienfigur dargestellt, als öde Langeweile, als nichtige Null. Unglücklicherweise war aber die Art, wie Sie gesprochen haben, etwas zu feierlich. Das ist Ihre verfluchte Raffinesse: sich mit so majestätischen Worten einen Bettler zu nennen, daß Sie immer mehr König als Bettler bleiben werden. Sie sind ein alter Schurke, Havel. Eitel auch dann noch, wenn Sie über sich selbst herziehen. Sie sind ein alter, gemeiner Schurke.«

Fleischman lachte laut auf, denn er meinte zu seiner Zufriedenheit, aus den Worten der Ärztin Verachtung für Havel herauszuhören. Ermuntert durch ihr Gespött und sein eigenes Lachen, trat er ans Fenster und bemerkte vielsagend: »Was für eine Nacht!«

»Ja«, sagte die Ärztin, »eine wunderschöne Nacht. Und Havel will den Tod spielen! Haben Sie überhaupt bemerkt, Havel, wie schön die Nacht heute ist?«

»Sicher nicht«, sagte Fleischman, »für Dr. Havel ist eine Frau wie die andere, eine Nacht wie die andere, der Winter wie der Sommer. Dr. Havel weigert sich, unwesentliche Kleinigkeiten voneinander zu unterscheiden.«

»Sie haben mich durchschaut«, sagte Havel.

Fleischman schloß daraus, daß das Stelldichein mit der Ärztin diesmal klappen müßte: der Oberarzt hatte schon einiges getrunken, und es schien, als hätte die Schläfrigkeit, die ihn vor ein paar Minuten befallen hatte, seine Wachsamkeit merklich abgestumpft; deshalb bemerkte Fleischman beifällig: »Ach, meine Blase!« und verließ den Raum, nachdem er nochmals einen Blick auf die Ärztin geworfen hatte.

GAS

Als er durch den Korridor ging, dachte er erfreut daran, wie die Ärztin den ganzen Abend lang die beiden Männer auf den Arm genommen und Havel gerade sehr treffend einen Schurken genannt hatte, und er wunderte sich, daß sich einmal mehr wiederholte, was ihn immer von neuem in Erstaunen versetzte, gerade, weil es sich so regelmäßig wiederholte: er gefiel den Frauen, sie zogen ihn erfahrenen Männern vor, was im Falle der Ärztin, einer offensichtlich besonders anspruchsvollen, intelligenten und (auf angenehme Weise) von sich eingenommenen Frau, einen großen Triumph bedeutete, einen neuen und unerwarteten Triumph.

In solche Gedanken versunken ging Fleischman also durch den langen Flur auf den Ausgang zu. Als er die Schwingtür, die in den Garten führte, fast schon erreicht hatte, roch er plötzlich Gas. Er blieb stehen und schnupperte. Der Gestank konzentrierte sich vor der Tür des Schwesternzimmers. Fleischman stellte fest, daß er mächtig erschrocken war.

Zunächst wollte er schnell zurücklaufen und den Oberarzt und Havel herbeirufen, doch dann beschloß er, die Klinke anzufassen (vermutlich, weil er annahm, die Tür sei zugesperrt, wenn nicht gar verbarrikadiert). Erstaunlicherweise gab sie aber nach. Im Zimmer brannte eine grelle Deckenlampe und warf ihr Licht auf einen großen, nackten Frauenkörper, der auf der Couch lag. Fleischman sah sich im Raum um und stürzte zum Kocher. Er drehte den Gashahn zu. Dann rannte er zum Fenster und riß es sperrangelweit auf.

EINE BEMERKUNG IN KLAMMERN

(Man kann sagen, Fleischman habe prompt und im großen und ganzen geistesgegenwärtig gehandelt. Etwas jedoch hatte er nicht geschafft, mit genügend klarem Kopf zu registrieren. Zwar hatte er Lisbeths nackten Körper eine volle Sekunde lang angestarrt, war aber so erschrocken, daß ihm hinter diesem Schleier überhaupt nicht bewußt wurde, was erst wir dank der vorteilhaften Distanz voll genießen können:

Dieser Körper ist schön. Er liegt auf dem Rücken, den Kopf leicht zur Seite geneigt, die eine Schulter leicht zur anderen Seite gedreht, so daß die beiden schönen Brüste sich in vollen Formen aneinanderschmiegen. Ein Bein ist ausgestreckt, das andere leicht angewinkelt, wodurch die treffliche Straffheit der Schenkel sowie die ungewöhnlich dichte Schwärze der Scham zu sehen sind.)

DER HILFERUF

Nachdem er Fenster und Tür aufgerissen hatte, lief Fleischman auf den Flur und fing an zu schreien. Was darauf folgte, lief in rascher Sachlichkeit ab: künstliche Beatmung, Anruf der Unfallstation, Tragbahre für den Transport, Übergabe an den Notarzt, erneut künstliche Beatmung, Wiedererweckung, Bluttransfusion und endlich allseits tiefes Aufatmen, als Lisbeths Leben ohne jeden Zweifel gerettet war.

DRITTER AKT

Wer sagte was

Als die vier Ärzte aus der Unfallstation ins Freie traten, sahen sie erschöpft aus.

Der Oberarzt sagte: »Sie hat uns das Symposium vermiest, die gute Lisbeth.«

Die Ärztin sagte: »Frustrierte Frauen bringen immer Unglück.«

Havel sagte: »Sonderbar. Sie mußte erst den Gashahn aufdrehen, damit man sieht, was für einen schönen Körper sie hat.«

Nach diesen Worten sah Fleischman Havel (lange) an und sagte: »Ich habe die Lust auf Witze und Wein verloren. Gute Nacht.« Und er verschwand in Richtung Ausgang.

Fleischmans Theorie

Das Gerede seiner Kollegen kam Fleischman abscheulich vor. Er sah darin die Gefühllosigkeit alternder Leute, die Grausamkeit ihrer Jahre, die sich vor seiner Jugend auftürmten wie eine Barriere. Deshalb war er froh, allein zu sein, und ging absichtlich zu Fuß, weil er seine Aufregung voll ausleben und auskosten wollte: mit wonnigem Schaudern wiederholte er sich immer wieder, daß Lisbeth um ein Haar gestorben wäre und er die Schuld an ihrem Tod getragen hätte.

Er wußte natürlich, daß ein Selbstmord niemals nur einen einzigen Grund hat, sondern meistens eine ganze Kette von Ursachen, andererseits durfte er vor sich selbst nicht leugnen, daß ein (und vermutlich der ausschlaggebende) Grund er selbst gewesen war, zum einen durch seine bloße Existenz, zum anderen aufgrund seines heutigen Verhaltens.

Pathetisch klagte er sich an. Er nannte sich einen Egoisten, der eitel in seine eigenen Liebeserfolge vernarrt war. Er fand es lächerlich, wie er sich vom Interesse der Ärztin für seine Person hatte blenden lassen. Er warf sich vor, Lisbeth für seine Zwecke in ein bloßes Ding verwandelt zu haben, in ein Gefäß für seinen Wuterguß, den der eifersüchtige Oberarzt durch die Vereitelung des nächtlichen Stelldicheins mit der Ärztin verursacht hatte. Mit welchem Recht, mit welchem Recht hatte er sich einem unschuldigen Wesen gegenüber so verhalten?

Der junge Medizinstudent war nicht etwa primitiv in seiner Denkweise; jeder seiner Geisteszustände trug die Dialektik von Behauptung und Widerspruch in sich, so daß auch jetzt sogleich ein innerer Verteidiger gegen den inneren Ankläger auftrat: sicher waren die sarkastischen Bemerkungen Lisbeth gegenüber fehl am Platze gewesen, doch hätten sie schwerlich so tragischen Folgen gehabt, würde Lisbeth ihn nicht lieben. Kann aber Fleischman etwas dafür, daß sich jemand in ihn verliebt? Wird er dadurch automatisch für ihn verantwortlich?

Bei dieser Frage hält er inne; sie scheint ihm den Schlüssel zum Geheimnis der menschlichen Existenz zu bergen. Jetzt hält er sogar im Gehen inne und gibt sich voller Ernst die Antwort: Nein, er hatte nicht recht, als er den Oberarzt heute zu überzeugen versuchte, daß er nicht für das verantwortlich sei, was er unwillentlich verursache. Kann er sich selbst einzig auf das reduzieren, was er bewußt und willentlich tut? Auch das, was er unwillentlich tut, gehört zur Sphäre seiner Persönlichkeit, und wer sonst sollte denn dafür verantwortlich sein? Ja, er ist schuld, daß Lisbeth ihn liebt; er ist schuld, es nicht gewußt zu haben; er ist schuld, es nicht beachtet zu haben; er ist schuldig. Um ein Haar hätte er einen Menschen getötet.

Die Theorie des Oberarztes

Während Fleischman sich in selbstanalysierenden Betrachtungen verlor, kehrten der Oberarzt, Havel und die Ärztin ins Dienstzimmer zurück, und auf Wein hatten sie nun wirklich keine Lust mehr; sie schwiegen eine Weile, und dann seufzte Havel: »Wie konnte diese Lisbeth bloß dermaßen durchdrehen?«

»Nur keine Sentimentalität, Havel«, sagte der Oberarzt. »Wenn jemand solche Eseleien macht, so lehne ich es ab, mich betroffen zu fühlen. Wenn Sie übrigens nicht so bockig gewesen wären und mit Lisbeth längst schon das getan hätten, was Sie sich nicht zieren, mit allen anderen Frauen zu tun, wäre es nicht so weit gekommen.«

»Danke, daß Sie mich zur Ursache eines Selbstmords machen«, sagte Havel.

»Wir wollen präzise sein«, antwortete der Oberarzt, »es ging hier nicht um Selbstmord, sondern um eine Selbstmord-Demonstration, die so inszeniert war, daß es nicht zur Katastrophe kommen konnte. Mein Lieber, wenn jemand sich vergasen will, so verriegelt er zunächst einmal die Tür. Und nicht nur das, er dichtet auch alle Ritzen ab, damit der Gasgeruch so spät wie möglich entdeckt wird. Nur ging es Lisbeth eben nicht um den Tod, sondern um Sie.

Weiß Gott, wie viele Wochen sie sich schon darauf gefreut hat, heute mit Ihnen zusammen Nachtdienst zu machen, und sie hatte es heute abend von Anfang an hemmungslos auf Sie abgesehen. Aber Sie blieben hart. Und je härter Sie wurden, desto mehr hat sie getrunken und zu immer drastischeren Mitteln gegriffen: sie hat geschwatzt, getanzt, sie wollte einen Striptease vorführen . . .

Sehen Sie, letzten Endes liegt darin vielleicht trotz allem etwas Rührendes. Weil Lisbeth weder Ihre Augen noch Ihre Ohren fesseln konnte, setzte sie alles auf Ihre

Nase und drehte den Gashahn auf. Bevor sie ihn auf-
drehte, zog sie sich aus. Sie weiß, daß sie einen schönen
Körper hat und wollte Sie zwingen, sich endlich davon
zu überzeugen. Erinnern Sie sich, wie sie an der Tür
sagte: *Wenn Ihr wüßtet. Ihr wißt nichts. Ihr wißt nichts.* Jetzt
wissen Sie es. Lisbeth hat ein häßliches Gesicht, aber
einen schönen Körper. Sie selbst haben es zugegeben.
Sehen Sie, so dumm hatte sie sich die Dinge nicht zurechtgelegt. Vielleicht lassen Sie sich jetzt erweichen.«

»Vielleicht.« Havel zuckte mit den Schultern.

»Aber sicher«, sagte der Oberarzt.

HAVELS THEORIE

»Was Sie da sagen, Chef, klingt ganz überzeugend, es hat
nur einen Haken: Sie überschätzen meine Rolle in diesem Spiel. Hier ging es nicht um mich. Schließlich bin
nicht ich es, der sich weigert, mit Lisbeth zu schlafen. Mit
Lisbeth will niemand schlafen.

Als Sie mich vorhin fragten, weshalb ich Lisbeth nicht
nehme, habe ich Ihnen irgendwelchen Unsinn über die
Schönheit der Willkür erzählt und über die Freiheit, die
ich mir bewahren will. Das waren aber nur dumme
Sprüche, hinter denen ich eine Wahrheit verstecken
wollte, die das pure Gegenteil darstellt und weit weniger
schmeichelhaft ist: ich habe Lisbeth zurückgewiesen,
weil ich absolut nicht frei sein kann. Nicht mit Lisbeth zu
schlafen ist nämlich Mode. Niemand schläft mit ihr, und
täte es einer doch, so gäbe er es nie zu, weil alle ihn
auslachen würden. Eine Mode ist eine gräßliche Geißel,
und ich habe mich ihr sklavisch untergeordnet. Lisbeth
jedoch ist eine reife Frau, und das ganze ist ihr aufs
Gemüt geschlagen. Und vielleicht hat gerade *meine* Zu-
rückweisung sie am meisten getroffen, weil man von mir
weiß, daß ich alles nehme. Nur war mir die Mode teurer
als Lisbeths Gemüt.

Und Sie haben ganz recht, Chef: Lisbeth weiß, daß sie einen schönen Körper hat, folglich hat sie ihre Situation als völlig unsinnig und absolut ungerecht empfunden und dagegen protestiert. Denken Sie doch daran, wie sie heute ständig auf ihren Körper verwiesen hat. Als sie von der Schwedin im Wiener Striptease sprach, streichelte sie sich die Brüste und verkündete, sie habe hübschere. Und überhaupt, Sie erinnern sich: ihr Busen und ihr Hintern führten sich heute abend in diesem Zimmer auf wie ein Haufen Demonstranten. In der Tat, Chef, es war eine Demonstration!

Und erinnern Sie sich an diesen Striptease, erinnern Sie sich nur daran, wie sie ihn durchlebt hat! Das war der traurigste Striptease, den ich je gesehen habe! Sie spielte mit Leidenschaft Ausziehen und blieb dabei eingezwängt in die verhaßte Hülle ihrer Schwesterntracht. Sie wollte sich ausziehen und konnte es nicht. Und obwohl sie wußte, daß sie sich nicht ausziehen würde, spielte sie es vor, weil sie uns an ihrer traurigen, ungestillten Sehnsucht nach dem Ausziehen teilhaben lassen wollte. Sie hat sich nicht ausgezogen, sie hat das Ausziehen besungen, die Unmöglichkeit, sich auszuziehen, die Unmöglichkeit zu lieben, die Unmöglichkeit zu leben! Und wir wollten nicht einmal das hören und senkten teilnahmslos unsere Köpfe.«

»Sie romantischer Frauenheld! Glauben Sie denn wirklich, daß sie hat sterben wollen?« schrie der Oberarzt Havel an.

»Sie erinnern sich doch«, sagte Havel, »wie sie beim Tanzen zu mir sagte: *Vorläufig lebe ich noch! Ich lebe!* Erinnern Sie sich? Als sie zu tanzen begann, wußte sie, was sie tun würde.«

»Und warum wohl wollte sie nackt sterben? Was für eine Erklärung haben Sie dafür?«

»Sie wollte dem Tod in die Arme fallen wie einem Liebhaber. Deshalb hat sie sich ausgezogen, gekämmt, geschminkt . . .«

»Und deshalb hat sie die Tür unverschlossen gelassen, nicht wahr! Ich bitte Sie, bilden Sie sich nicht ein, sie habe wirklich sterben wollen!«

»Vielleicht wußte sie nicht ganz genau, was sie wollte. Wissen Sie übrigens, was Sie wollen? Wer von uns weiß das denn schon? Sie wollte, und sie wollte nicht. Sie wollte ganz aufrichtig sterben und zugleich (ebenso aufrichtig) in dem Zustand verharren, da sie mitten in der todbringenden Tat stand und sich in ihr groß fühlte. Sie wünschte sich selbstverständlich nicht, daß wir sie bräunlich, stinkig und entstellt sehen würden. Sie wollte, daß wir sie in ihrer vollen Pracht sehen, wie sie in ihrem schönen, nicht gebührend gewürdigten Körper entschwindet, um sich mit dem Tod zu vereinigen. Sie wollte, daß wir wenigstens in diesem so bedeutsamen Moment dem Tod diesen Körper mißgönnen und selbst nach ihm verlangen.«

Die Theorie der Ärztin

»Meine Herren«, meldete sich jetzt die Ärztin zu Wort, die bisher geschwiegen und ihren beiden Kollegen aufmerksam zugehört hatte, »soweit ich dies als Frau beurteilen kann, haben Sie beide logisch argumentiert. Ihre Theorien sind an und für sich überzeugend und bestechend durch profunde Kenntnis des Lebens. Sie haben einen kleinen Fehler. Es ist kein Körnchen Wahrheit daran. Lisbeth wollte nämlich überhaupt nicht Selbstmord begehen. Weder wirklich noch demonstrativ. Überhaupt nicht.«

Die Ärztin weidete sich eine Weile an der Wirkung ihrer Worte und fuhr dann fort: »Meine Herren, aus Ihnen spricht das schlechte Gewissen. Als wir von der Unfallstation zurückkamen, haben Sie das Schwesternzimmer gemieden. Sie wollten es nicht mehr sehen. Ich aber habe es mir gut angeschaut, während Sie Lisbeth künstlich beatmeten. Auf dem Kocher stand ein kleiner Kochtopf. Lisbeth wollte sich Kaffee machen und ist dabei eingeschlafen. Das Wasser ist übergekocht und hat die Flamme gelöscht.«

Die beiden Ärzte eilten mit ihrer Kollegin ins Schwesternzimmer, und wirklich: auf dem Gaskocher stand ein kleiner Kochtopf mit einem Rest Wasser.

»Aber weshalb war sie nackt?« fragte der Oberarzt verwundert.

»Schauen Sie.« Die Ärztin wies in die Ecken des Zimmers: auf dem Boden unter dem Fenster lag die blaßblaue Bluse, vom weißen Medikamentenschrank hing der Büstenhalter herab, und in der entgegengesetzten Ecke auf dem Boden lag der weiße Slip. »Lisbeth hat ihre Kleider in alle Richtungen geworfen, was beweist, daß sie wenigstens für sich selbst diesen Striptease verwirklichen wollte, den Sie als umsichtiger Chef verhindert haben.

Als sie dann nackt war, wurde sie offensichtlich müde. Das paßte ihr gar nicht, weil sie die Hoffnung auf die heutige Nacht noch nicht aufgegeben hatte. Sie wußte, daß wir alle weggehen und Havel hier allein zurückbleiben würde. Deswegen hat sie doch Speed verlangt. Sie wollte sich also einen Kaffee kochen und stellte den Wassertopf auf den Kocher. Dann sah sie wieder ihren Körper an und wurde erregt. Meine Herren, Lisbeth hat Ihnen gegenüber einen Vorteil. Sie sieht sich ohne den eigenen Kopf. Folglich ist sie für sich selbst absolut schön. Sie war also erregt und legte sich auf die Couch. Aber der Schlaf überwältigte sie anscheinend noch vor der Lust.«

»Klar«, erinnerte sich Havel jetzt, »ich habe ihr ja Schlaftabletten gegeben!«

»Das sieht Ihnen ähnlich«, sagte die Ärztin. »Gibt es noch etwas, das Ihnen unklar wäre?«

»Ja«, sagte Havel, »denken Sie an ihre Aussprüche: *Ich bin nicht dabei zu sterben! Vorläufig lebe ich noch! Ich lebe!* Und ihre letzten Worte: *Wenn Ihr wüßtet. Ihr wißt nichts. Ihr wißt nichts.*«

»Aber Havel«, sagte die Ärztin, »als ob Sie nicht wüßten, daß neunundneunzig Prozent aller Reden nur Gerede sind. Reden Sie selbst die meiste Zeit nicht auch nur, um zu reden?«

Die drei Ärzte unterhielten sich noch ein Weilchen und traten dann vor den Pavillon; der Oberarzt und die Ärztin gaben Havel die Hand und verabschiedeten sich.

DÜFTE WEHTEN DURCH DIE NÄCHTLICHEN LÜFTE

Fleischman war endlich in der Vorstadtstraße angelangt, wo er mit seinen Eltern ein Einfamilienhaus mit Garten bewohnte. Er öffnete das Gartentor, ging aber nicht ins Haus, sondern setzte sich auf die Bank, über der die von seiner Mama liebevoll gepflegten Rosen rankten.

Durch die Sommernacht wehte Blumenduft, und Worte wie ›schuldig‹, ›Egoismus‹, ›geliebt‹ und ›Tod‹ strömten in Fleischmans Brust und erfüllten ihn mit erhebender Wonne, so daß er den Eindruck hatte, ihm wüchsen Flügel aus dem Rücken.

Unter diesem Ansturm melancholischen Glücks war ihm plötzlich klar, daß er geliebt wurde, wie nie zuvor. Gewiß, schon mehr als eine Frau hatte ihm ihre Zuneigung bezeugt, aber jetzt wollte er einmal ganz nüchtern ehrlich sein mit sich selbst: war es immer Liebe gewesen? war er nicht of Illusionen erlegen? hatte er sich nicht manchmal mehr eingebildet, als der Wahrheit entsprach? Zum Beispiel Klara, war sie nicht doch eher berechnend als verliebt? lag ihr nicht tatsächlich mehr an der Wohnung als an ihm selbst? Im Lichte von Lisbeths Tat verblaßte der ganze Rest.

Durch die Lüfte wehten lauter große Worte, und Fleischman sagte sich, daß die Liebe nur einen einzigen

Meßwert besitze – den Tod. Am Ende jeder wahren Liebe steht der Tod, und nur eine Liebe, die mit dem Tod endet, ist Liebe.

Durch die Lüfte wehten Düfte, und Fleischman fragte sich: würde ihn überhaupt jemand je so lieben, wie diese häßliche Frau? Aber was waren Schönheit oder Häßlichkeit, gemessen an der Liebe? Was war die Häßlichkeit eines Gesichts, gemessen an einem Gefühl, in dessen Größe sich das Absolute selbst spiegelte?

(Das Absolute? Ja. Fleischman war noch ein Junge, der unlängst erst in die Welt der Erwachsenen katapultiert worden war, eine Welt, die voller Unsicherheit ist. Wie vielen Mädchen er auch hinterherrennen mochte, im Grunde genommen suchte er eine tröstende, nicht enden wollende und unermeßliche Umarmung, die ihn aus der teuflischen Relativität dieser gerade entdeckten Welt erlöste.)

VIERTER AKT

Die Rückkehr der Ärztin

Dr. Havel lag bereits eine Weile auf der Couch, zuge-
deckt mit einer leichten Wolldecke, als es ans Fenster
klopfte. Im Mondschein sah er das Gesicht der Ärztin. Er
öffnete das Fenster und fragte: »Was ist los?«

»Lassen Sie mich rein!« sagte die Ärztin und eilte auf
den Eingang des Pavillons zu.

Havel knöpfte sein Hemd wieder zu und verließ seuf-
zend das Zimmer.

Als er das Eingangstor aufschloß, stürmte die Ärztin
ohne ein Wort zu verlieren weiter, und erst nachdem sie
sich im Dienstzimmer Havel gegenüber in einen Sessel
gesetzt hatte, erklärte sie, so habe sie nicht nach Hause
gehen können; erst jetzt spüre sie, wie verstört sie sei; sie
habe so überhaupt nicht einschlafen können und bitte
Havel, etwas mit ihr zu plaudern, um sie zu beruhigen.

Havel glaubte ihr kein Wort und war so unhöflich
(oder unvorsichtig), es sich an seiner Mimik ablesen zu
lassen.

Deshalb sagte die Ärztin: »Sie glauben mir das natürlich nicht, weil Sie überzeugt sind, ich sei nur gekommen,
um mit Ihnen zu schlafen.«

Havel winkte verneinend ab, aber die Ärztin fuhr fort:
»Sie dünkelhafter Don Juan. Natürlich. Alle Frauen denken an nichts anderes mehr, nachdem sie Sie gesehen
haben. Und Sie erfüllen ihre traurige Mission, zu Tode
gelangweilt und geplagt.«

Havel machte wieder eine verneinende Geste, aber
die Ärztin redete weiter, nachdem sie sich eine Zigarette
angezündet und den Rauch lässig in die Luft geblasen
hatte: »Sie armer Don Juan. Seien Sie unbesorgt, ich bin

nicht gekommen, um Sie zu belästigen. Sie sind nämlich keineswegs wie der Tod. Das sind bloß Bonmots unseres lieben Oberarztes. Sie nehmen nicht alles, weil nicht jede Frau Ihnen zu nehmen erlaubt. Ich zum Beispiel bin garantiert völlig immun gegen Sie.«

»Und Sie sind gekommen, um mir das zu sagen?«

»Vielleicht. Ich bin gekommen, um Sie zu trösten, daß Sie nicht sind wie der Tod. Daß ich mich nicht würde nehmen lassen.«

HAVELS SITTSAMKEIT

»Sie sind aber lieb«, sagte Havel. »Sie sind lieb, daß Sie sich nicht würden nehmen lassen, und daß Sie gekommen sind, um es mir zu sagen. Ich bin nämlich tatsächlich nicht wie der Tod. Ich nehme nicht nur Lisbeth nicht, ich würde auch Sie nicht nehmen.«

»Oh«, wunderte sich die Ärztin.

»Damit will ich nicht sagen, daß Sie mir nicht gefallen. Ganz im Gegenteil.«

»Na also«, sagte die Ärztin.

»Ja, Sie gefallen mir sehr.«

»Warum würden Sie mich also nicht nehmen? Weil ich mich nicht für Sie interessiere?«

»Nein, damit hat es nichts zu tun, glaube ich.«

»Womit denn?«

»Mit dem Oberarzt. Schließlich sind Sie seine Geliebte.«

»Na und?«

»Er ist eifersüchtig. Es würde ihn verletzen.«

»Sie haben sittliche Bedenken?« lachte die Ärztin.

»Wissen Sie«, sagte Havel, »ich habe im Leben genug Frauengeschichten gehabt; sie haben mich gelehrt, Männerfreundschaften zu schätzen. Diese nicht von der Idiotie der Erotik befleckte Beziehung ist der einzige Wert, den ich im Leben kennengelernt habe.«

»Sie halten den Oberarzt für Ihren Freund?«

»Er hat viel getan für mich.«

»Für mich entschieden mehr«, wandte die Ärztin ein.

»Vielleicht«, sagte Havel, »aber es geht ja nicht um Dankbarkeit. Ich mag ihn ganz einfach. Er ist ein fabelhafter Mann. Und er hängt an Ihnen. Würde ich mich auf irgendeine Weise um Sie bemühen, käme ich mir vor wie ein Dreckskerl.«

DIE VERLEUMDUNG DES OBERARZTES

»Ich hätte nicht vermutet«, sagte die Ärztin, »aus Ihrem Mund so innige Oden auf die Freundschaft zu hören. Sie bekommen für mich ganz neue, unerwartete Dimensionen, Herr Doktor. Allen Erwartungen zum Trotz haben Sie nicht nur die Gabe, Gefühle zu entwickeln, sondern Sie schenken diese darüber hinaus (was ich rührend finde) einem alten, grauen, glatzköpfigen Herrn, der nur noch in seiner Komik bemerkenswert ist. Haben Sie das heute gesehen? Wie er sich ständig in Szene setzen mußte? Ständig ist er bemüht, Dinge zu beweisen, die ihm keiner glauben will:

Erstens will er beweisen, daß er witzig ist. Haben Sie das bemerkt? Ununterbrochen hat er gequatscht, die Gesellschaft unterhalten, Sprüche zum besten gegeben, Doktor Havel ist wie der Tod, er hat sich Paradoxe ausgedacht über das Unglück einer glücklichen Ehe (als ob ich das nicht schon hundertmal gehört hätte!), und er hat versucht, Fleischman aufs Korn zu nehmen (als ob es dazu viel Geist brauchte!).

Zweitens bemüht er sich zu zeigen, daß er ein Freund ist. In Wirklichkeit mag er natürlich niemanden, der noch Haare auf dem Kopf hat, aber um so mehr ist er bemüht, freundschaftlich zu erscheinen. Er hat Ihnen geschmeichelt, er hat mir geschmeichelt, er war väterlich nachsichtig mit Lisbeth, und auch Fleischman hat er so vorsichtig auf den Arm genommen, daß dieser es gar nicht bemerkt hat.

Drittens und vor allem versucht er zu beweisen, daß er eine Kanone ist. Er versucht verzweifelt, seine heutige Erscheinung hinter seiner früheren verschwinden zu lassen, hinter einer Gestalt, die leider nicht mehr existiert und an die sich niemand von uns erinnert. Sie haben doch bemerkt, wie gekonnt er das Erlebnis mit dem Flittchen, das ihn abwies, anbrachte, und zwar nur, um bei dieser Gelegeheit sein jugendlich unwiderstehliches Gesicht in die Gegenwart zurückzurufen und so seine jämmerliche Glatze zu verdecken.«

Die Verteidigung des Oberarztes

»Was Sie da sagen, entspricht vielleicht der Wahrheit«, antwortete Havel. »Aber das alles sind nur weitere Gründe, weshalb ich den Chef mag, denn das alles geht mir viel näher, als Sie ahnen. Warum sollte ich mich über eine Glatze lustig machen, vor der auch ich nicht verschont bleiben werde? Warum sollte ich mich über das eifrige Bemühen des Chefs lustig machen, nicht der zu sein, der er ist?

Ein alter Mensch findet sich entweder damit ab, zu sein, was er ist, mit diesem kläglichen Wrack seiner selbst, oder er tut es nicht. Aber was soll er machen, wenn er sich nicht damit abfindet? Es bleibt ihm nichts anderes übrig als vorzugeben, nicht der zu sein, der er ist. Es bleibt ihm nichts anderes übrig, als in mühseliger Vorspiegelung all das neu zu erschaffen, was nicht mehr, was verloren ist; er muß sich Fröhlichkeit, Vitalität und Freundlichkeit ausdenken, erschaffen, demonstrieren. Sein einstiges Jugendbild herbeirufen und versuchen, mit ihm zu verschmelzen, seinen Platz einzunehmen. In der Komödie des Oberarztes sehe ich mich selbst, meine eigene Zukunft. Falls ich überhaupt die Kraft aufbringen werde, der Resignation zu trotzen, welche gewiß ein weit schlimmeres Übel ist als diese traurige Komödie.

Mag sein, daß Sie den Oberarzt richtig eingeschätzt haben. Aber so mag ich ihn nur noch mehr, und ich könnte ihn nie kränken, woraus hervorgeht, daß ich niemals etwas mit Ihnen anfangen könnte.«

DIE ANTWORT DER ÄRZTIN

»Lieber Freund«, antwortete die Ärztin, »zwischen uns beiden gibt es weniger Widersprüche, als Sie glauben. Auch ich habe ihn schließlich gern. Auch mir tut er ebenso leid wie Ihnen. Und ich bin ihm zu größerem Dank verpflichtet als Sie. Ohne ihn hätte ich hier keine so gute Stelle. (Das wissen Sie ja, das wissen alle nur zu gut!) Meinen Sie etwa, ich führe ihn hinters Licht? ich setze ihm Hörner auf? ich hätte andere Liebhaber? Mit welchem Genuß würde man ihm das zutragen! Ich will weder ihm noch mir Unrecht tun, und so bin ich gebundener, als Sie sich vorstellen können. Ich bin gleichsam gefesselt. Aber ich bin froh, daß wir zwei uns jetzt verstanden haben. Denn Sie sind der einzige Mann, mit dem ich es mir leisten kann, dem Oberarzt untreu zu sein. Sie mögen ihn nämlich wirklich und würden ihn nie kränken. Sie werden peinlich diskret sein. Auf Sie kann ich mich verlassen. Mit Ihnen kann ich schlafen . . .«, und sie setzte sich auf Havels Knie und fing an, sein Hemd aufzuknöpfen.

UND WAS HAT DOKTOR HAVEL GETAN?

Ach, was für eine Frage . . .

FÜNFTER AKT

Im Taumel des Edelmuts

Nach der Nacht kam der Morgen, und Fleischman ging in den Garten, um einen Rosenstrauß zu schneiden. Dann fuhr er mit der Straßenbahn ins Krankenhaus.

Lisbeth lag in einem Einzelzimmer auf der Station für Innere Medizin. Fleischman setzte sich an ihr Bett, legte die Blumen auf das Nachttischchen und ergriff ihre Hand, um den Puls zu fühlen.

»Geht es schon besser?« fragte er dann.

»Ach ja«, sagte Lisbeth.

Und Fleischman sagte mitfühlend: »Solche Dummheiten hätten Sie nicht machen dürfen, mein Kleines.«

»Na ja«, sagte Lisbeth, »ich bin doch eingeschlafen. Ich habe Kaffeewasser aufgesetzt und bin wie ein Idiot eingeschlafen.«

Fleischman starrte Lisbeth fassungslos an, denn solchen Edelmut hatte er nicht erwartet: Lisbeth wollte ihn nicht mit Gewissensbissen belasten, sie wollte ihn nicht mit ihrer Liebe belasten und verleugnete sie!

Er streichelte ihr über das Gesicht und war so hingerissen von seinen Gefühlen, daß er sie zu duzen begann: »Ich weiß alles. Du brauchst nicht zu lügen. Doch danke ich dir auch für diese Lüge.«

Er begriff, daß er solche Noblesse, Opferbereitschaft und Rücksicht bei keiner anderen Frau mehr finden würde, und er wurde von der schrecklichen Lust befallen, diesem Ansturm von Wahnsinn zu erliegen und Lisbeth zu bitten, seine Frau zu werden. Im letzten Moment beherrschte er sich aber (für Heiratsanträge ist immer Zeit genug) und sagte nur: »Lisbeth, Lisbeth, mein liebes Mädchen. Diese Rosen habe ich für dich mitgebracht.«

Lisbeth starrte Fleischman an und sagte: »Für mich?«

»Ja, für dich. Weil ich glücklich bin, hier mit dir zusammen zu sein. Weil ich glücklich bin, daß es dich gibt. Meine liebe Lisbeth. Vielleicht liebe ich dich. Vielleicht liebe ich dich sogar sehr. Aber vielleicht wird es gerade deshalb besser sein, wenn wir so bleiben, wie wir sind. Vielleicht sind sich Mann und Frau näher, wenn sie nicht zusammenleben und nur von sich wissen, daß sie existieren, und dankbar sind für das Wissen um die Existenz des anderen. Und das genügt ihnen zu ihrem Glück. Ich danke dir, meine Lisbeth, ich danke dir, daß es dich gibt.«

Lisbeth begriff zwar nichts, doch machte sich auf ihrem Gesicht ein seliges, einfältiges Lächeln breit, voll von unbestimmtem Glück und vager Hoffnung.

Dann stand Fleischman auf, drückte Lisbeth (zum Zeichen seiner diskreten und zurückhaltenden Liebe) die Schultern, drehte sich und und ging.

Die Unbestimmtheit aller Dinge

»Unsere schöne Kollegin, die heute morgen geradezu strahlt vor lauter Jugendlichkeit, hat wahrscheinlich die in der Tat plausibelste Erklärung für den Vorfall gefunden«, sagte der Oberarzt zur Ärztin und zu Havel, als die drei auf der Station zusammentrafen. »Lisbeth hat Kaffee gekocht und ist dabei eingeschlafen. Jedenfalls behauptet sie selbst das auch.«

»Na sehen Sie«, sagte die Ärztin.

»Ich sehe gar nichts«, widersprach der Oberarzt. »Es wird nämlich nie jemand wissen, wie es wirklich war. Der Wassertopf konnte auch schon vorher auf dem Kocher gestanden haben. Wenn Lisbeth sich vergasen wollte, weshalb hätte sie ihn noch wegstellen sollen?«

»Aber sie hat doch selbst alles erklärt!« wandte die Ärztin ein.

»Nachdem sie sich gehörig produziert und uns gehörig erschreckt hat, warum sollte sie zu guter Letzt nicht alles auf den Wassertopf abschieben? Vergessen Sie nicht, daß Selbstmörder hierzulande zur Behandlung ins Irrenhaus geschickt werden. Dorthin will niemand.«

»Sie scheinen an Selbstmord Gefallen gefunden zu haben«, sagte die Ärztin.

Und der Oberarzt lachte: »Ich möchte wenigstens einmal Havels Gewissen so richtig belasten!«

HAVELS ABBITTE

Havels schlechtes Gewissen hörte im letzten Satz des Oberarztes einen versteckten Vorwurf, mit dem der Himmel ihn heimlich zurechtwies, und er sagte: »Der Chef hat recht. Es mußte nicht, aber es konnte ein Selbstmordversuch sein. Übrigens, wenn ich ehrlich sein will, so kann ich es Lisbeth nicht verübeln. Sagen Sie mir, wo im Leben gibt es einen Wert, für den wir den Selbstmord als grundsätzlich unangemessen betrachten könnten? Liebe? Oder Freundschaft? Ich garantiere Ihnen, daß Freundschaft ebenso unbeständig ist und sich ebenso wenig darauf bauen läßt wie auf die Liebe. Oder Eigenliebe? Wenn es doch wenigstens Eigenliebe wäre. Doktor«, sagte Havel jetzt fast innig, und es klang wie eine Abbitte, «Doktor, ich schwöre dir, daß ich mich selbst überhaupt nicht mag.«

»Verehrte Kollegen«, sagte die Ärztin lächelnd, »wenn es Ihre Welt schöner machen und Ihre Seele retten kann, bitte, einigen wir uns darauf, daß Lisbeth sich wirklich das Leben nehmen wollte. Einverstanden?«

Happy End

»Unsinn«, winkte der Oberarzt ab, »lassen wir das. Havel, verpesten Sie die laue Luft dieses schönen Morgens nicht mit Ihren Reden! Ich bin fünfzehn Jahre älter als Sie. Ich werde vom Pech verfolgt, denn ich führe eine glückliche Ehe und werde mich nie scheiden lassen können. Und ich bin unglücklich verliebt, weil die Frau, die ich liebe, leider diese Doktorin hier ist. Und trotzdem gefällt es mir auf der Welt!«

»Ganz richtig«, sagte die Ärztin ungewohnt zärtlich zum Oberarzt und nahm seine Hand: »Auch mir gefällt es auf der Welt!«

In diesem Moment gesellte sich Fleischman zu dem Trio und sagte: »Ich war gerade bei Lisbeth! Sie ist eine erstaunlich ehrenwerte Frau. Alles hat sie abgestritten. Alles hat sie auf sich genommen.«

»Sehen Sie«, lachte der Oberarzt, »und Havel will uns den Selbstmord schmackhaft machen!«

»Klar«, sagte die Ärztin und trat ans Fenster. »Heute wird es wieder schön. Draußen ist es so herrlich blau. Was sagen Sie denn dazu, Fleischmännchen?«

Eben noch hätte Fleischman sich fast Vorwürfe gemacht, so geschickt gehandelt und alles mit einem einzigen Blumenstrauß und ein paar schönen Worten abgetan zu haben, aber nun war er froh, daß er nichts übereilt hatte. Er vernahm das Signal der Ärztin und verstand es bestens. Der Faden des Abenteuers wurde an der Stelle wieder angeknüpft, wo er am Vortag durchschnitten worden war, als das Gas sein Stelldichein vereitelt hatte. Er konnte es sich nicht verkneifen, die Ärztin sogar vor den Augen des eifersüchtigen Oberarztes anzulächeln.

Die Geschichte geht also dort weiter, wo sie gestern aufgehört hat, und doch scheint es Fleischman, als betrete er die Szene viel älter und viel stärker. Er hat eine Liebe hinter sich, die groß war wie der Tod. Seine Brust wogt, und es ist das größte und das schönste Aufwogen, das er je erlebt hat. Denn das, was ihn mit solcher Wonne erfüllt, ist der Tod: ein ihm geschenkter, ein herrlicher und kraftspendender Tod.

FÜNFTER TEIL

DIE ALTEN TOTEN MÜSSEN DEN JUNGEN TOTEN WEICHEN

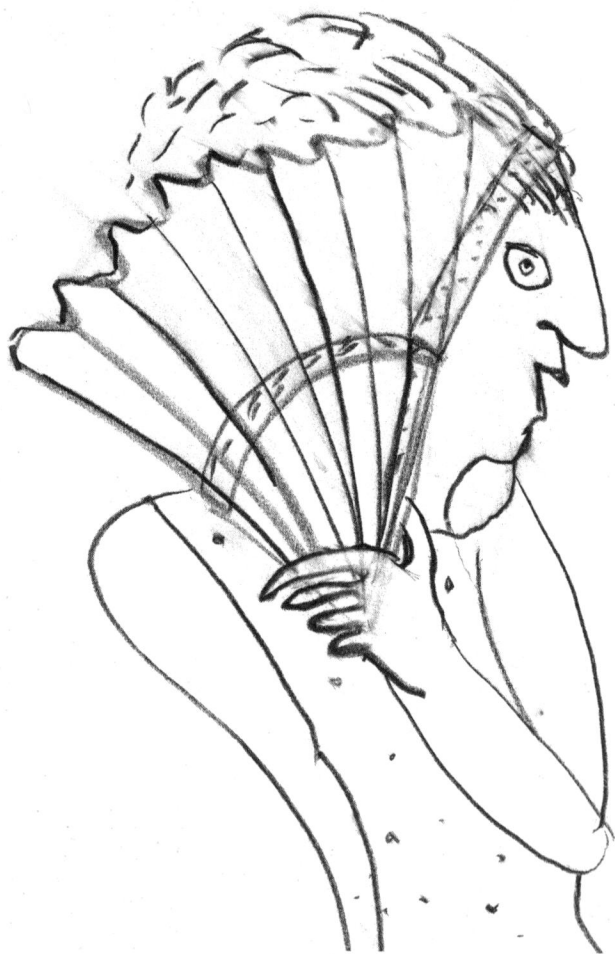

1. Er kehrte auf einer Straße der böhmischen Kleinstadt, in der er seit einigen Jahren lebte, nach
Hause zurück, war versöhnt mit einem nicht sehr
aufregenden Leben, klatschsüchtigen Nachbarn und der
immer gleichen Rüpelhaftigkeit, die ihn am Arbeitsplatz
umgab, und er kam so unaufmerksam daher (wie man
einen hundertmal zurückgelegten Weg geht), daß er
beinahe an ihr vorbeigegangen wäre.

Sie hingegen hatte ihn schon von weitem erkannt, und
während sie auf ihn zukam, sah sie ihn mit einem leisen
Lächeln an, das erst im letzten Moment, als sie fast schon
aneinander vorbeigegangen waren, die Signalanlage in
seinem Gedächtnis auslöste und ihn aus seinem Däm-
merzustand riß.

»Ich habe Sie nicht wiedererkannt!« entschuldigte er
sich, aber es war eine dumme Entschuldigung, weil sie
die beiden mit einem Satz auf ein peinliches Thema
brachte, über das zu schweigen ratsamer gewesen wäre:
sie hatten einander fünfzehn Jahre nicht gesehen und
waren in dieser Zeit beide älter geworden. »Habe ich
mich so verändert?« fragte sie, und er verneinte, und
obwohl das eine Lüge war, war es keine absolute Lüge,
denn dieses leise Lächeln (das verschämt und schüchtern die Fähigkeit zu einer Art ewiger Begeisterung aus-
drückte) kam völlig unverändert aus der Ferne vieler
Jahre auf ihn zu und verwirrte ihn: es rief ihm nämlich die damalige Erscheinung dieser Frau derart deut-
lich in Erinnerung, daß es ihm Mühe machte, sie wieder
wegzudenken und die Frau so zu sehen, wie sie in diesem Moment vor ihm stand: sie war fast schon eine alte
Frau.

Er fragte sie, wohin sie gehe und was sie vorhabe, und
sie antwortete, sie habe hier etwas zu erledigen gehabt
und jetzt nichts anderes mehr zu tun, als auf den Zug zu
warten, der sie gegen Abend wieder nach Prag zurück-
bringen würde. Er war sichtlich erfreut über die unver-
hoffte Begegnung, und da sie (mit vollem Recht) darin

übereinstimmten, daß die beiden Kaffeehäuser am Ort überfüllt und schmutzig waren, lud er sie in seine Einzimmerwohnung ein, zu der es nicht weit war, und wo es Tee, Kaffee gab – und vor allem Sauberkeit und Ruhe.

2. Es war heute für sie von Anfang an ein schlechter Tag. Ihr Mann war seinem im Testament verfügten, eigenwilligen Wunsch entsprechend auf dem hiesigen Friedhof begraben (es waren schon fünfundzwanzig Jahre her, daß sie als Jungverheiratete für kurze Zeit hier gelebt hatten, bevor sie nach Prag zogen, wo er ihr vor zehn Jahren gestorben war). Sie hatte das Grab damals für zehn Jahre im voraus bezahlt und vor einigen Tagen mit Schrecken festgestellt, daß die Mietzeit abgelaufen war und sie vergessen hatte, die Frist zu verlängern. Erst wollte sie der Friedhofsverwaltung schreiben, doch als sie dann daran dachte, wie endlos und sinnlos jede Korrespondenz mit den Behörden war, fuhr sie selbst in die Kleinstadt.

Den Weg zum Grab ihres Mannes kannte sie auswendig, und dennoch kam es ihr heute auf einmal so vor, als besuchte sie den Friedhof zum ersten Mal. Sie konnte das Grab nicht finden und hatte den Eindruck, sich verlaufen zu haben. Erst nach einer Weile begriff sie: dort, wo der graue Sandstein mit dem goldenen Namen ihres Mannes gestanden hatte, genau an der Stelle (die beiden Nachbargräber erkannte sie mit Sicherheit) stand jetzt ein Grabstein aus schwarzem Marmor mit einem ganz anderen vergoldeten Namen.

In großer Aufregung ging sie zur Friedhofsverwaltung. Dort wurde ihr gesagt, daß die Gräber nach Ablauf der Frist eingeebnet würden. Sie machte den Verantwortlichen Vorwürfe, weil man sie nicht rechtzeitig darauf aufmerksam gemacht hatte, die Mietzahlung fortzusetzen, und man antwortete ihr, der Friedhof sei zu klein und *die alten Toten müßten den jungen Toten weichen.* Sie war empört und sagte, während sie die Tränen unterdrückte, sie hätten nicht die geringste Ahnung von Menschlichkeit und Ehrfurcht, aber dann begriff sie, daß alles Reden zwecklos war. Sie hatte den Tod ihres Mannes nicht verhindern können und stand jetzt auch diesem zweiten Tod genauso machtlos gegenüber, diesem Tod eines ›alten Toten‹, der nun nicht einmal mehr als Toter existieren durfte.

Sie ging in die Stadt zurück, und ihr Kummer vermischte sich bald mit der ängstlichen Sorge, wie sie vor ihrem Sohn das Verschwinden des Grabes seines Vaters erklären und ihr Versäumnis rechtfertigen sollte. Schließlich übermannte sie die Müdigkeit. Sie wußte nicht, wie sie die lange Zeit bis zur Abfahrt des Zuges zubringen sollte, weil sie hier niemanden mehr kannte, und auch zu einem erinnerungsseligen Spaziergang verlockte sie nichts, zumal sich die Stadt in all den Jahren zu stark verändert hatte und die einst vertrauten Orte sie nun mit einem ganz fremden Gesicht anschauten. Sie nahm deshalb die Einladung des alten (halbvergessenen) Bekannten, den sie unverhofft getroffen hatte, dankbar an: sie konnte sich in seinem Badezimmer die Hände waschen und dann in seinem weichen Sessel sitzen (die Füße taten ihr weh), sich das Zimmer ansehen und zuhören, wie hinter der spanischen Wand, welche die Kochnische vom Zimmer trennte, das Kaffeewasser brodelte.

3. Er war vor kurzem fünfunddreißig geworden, und genau zu dieser Zeit stellte er auf einmal fest, daß seine Haare sich auf dem Scheitel sehr sichtbar zu lichten begannen. Es war noch keine richtige Glatze, aber sie war bereits vorstellbar (die Haut schimmerte unter den Haaren durch) und vor allem mit Sicherheit zu erwarten und nicht mehr fern. Es ist gewiß

lächerlich, aus schütter werdenden Haaren ein Lebens-
problem zu machen, doch war er sich im klaren darüber,
daß sich mit der Glatze sein Gesicht verändern und
folglich auch seine jugendliche Erscheinung (offenbar
die bessere) bald Vergangenheit sein würde.

Und nun stellte er Überlegungen darüber an, wie
denn die Bilanz dieser scheidenden (behaarten) Erscheinung eigentlich aussah, was sie erlebt und genossen
hatte, und die Erkenntnis, wie wenig sie genossen hatte,
ließ ihn erstarren; wenn er daran dachte, fühlte er, wie er
errötete; ja, er schämte sich: denn es war eine Schande,
so lange auf der Welt zu sein und so wenig zu erleben.

Was meinte er eigentlich damit, wenn er sich sagte,
daß er wenig erlebt hatte? Meinte er damit die Reisen,
die Arbeit, das öffentliche Leben, den Sport, die Frauen?
Er meinte damit natürlich alles zusammen, aber dennoch zuallererst die Frauen; die Tatsache, daß sein Leben in den anderen Bereichen armselig war, grämte ihn
zwar, aber er mußte die Schuld daran nicht sich selbst
geben: er konnte schließlich nichts dafür, daß sein Beruf
uninteressant und ohne Aussichten war; er konnte nichts
dafür, daß er für Reisen weder das Geld noch die erfor-
derliche Kaderakte hatte; und er konnte schließlich nicht
einmal etwas dafür, daß er sich mit zwanzig den Me-
niskus verletzt hatte und den Sport, den er liebte, aufge-
ben mußte. Hingegen war das Reich der Frauen für ihn
ein Reich relativer Freiheit, und es gab folglich nichts,
womit er sich hätte herausreden können; hier konnte er
seinen Reichtum beweisen; die Frauen wurden für ihn
zum einzig gültigen Maßstab seiner *Lebensdichte*.

Sein Pech war nun aber, daß es gerade mit den Frauen
immer irgendwie schiefging: bis zum fünfundzwanzig-
sten Lebensjahr war er (obwohl ein gutaussehender junger Mann) von seiner Schüchternheit wie gelähmt; dann
verliebte er sich, heiratete und redete sich sieben Jahre
lang ein, daß es möglich sei, in einer einzigen Frau die
erotische Unendlichkeit zu finden; dann wurde die Ehe

geschieden, die Apologie der Monogamie (und die Illusion der Unendlichkeit) zerrannen, und an deren Stelle trat eine wohltuende und kühne Lust auf Frauen (auf die bunte Endlichkeit ihrer Vielzahl), die aber leider stark gedämpft wurde durch seine schlechte finanzielle Lage (er mußte seiner früheren Frau Alimente für ein Kind bezahlen, das er ein bis zweimal pro Jahr sehen durfte), und durch die Verhältnisse der Kleinstadt, in der die Neugier der Nachbarn ebenso grenzenlos war, wie die Auswahl an Frauen gering.

Und die Zeit verrann sehr schnell, und plötzlich stand er im Badezimmer vor dem ovalen Spiegel über dem Waschbecken, hielt in der rechten Hand einen Taschenspiegel über den Kopf und betrachtete wie gebannt seine beginnende Glatze; der Anblick machte ihn schlagartig (ohne Vorwarnung) mit der banalen Wahrheit vertraut, daß man nicht mehr nachholen kann, was man einmal versäumt hat. Er war dann chronisch schlechter Laune und trug sich sogar mit Selbstmordgedanken. Selbstverständlich (und das muß unterstrichen werden, damit wir in ihm nicht einen Hysteriker oder einen Idioten sehen) war er sich bewußt, daß sie lachhaft waren und er sie nie in die Tat umsetzen würde (innerlich lachte er über seinen Abschiedbrief: *Ich konnte mich nicht mit meiner Glatze abfinden. Lebt wohl!*), aber es genügte schon, daß ihm diese wenn auch platonischen Gedanken überhaupt kamen. Versuchen wir ihn zu verstehen: sie tauchten in ihm auf wie bei einem Marathonläufer das unwiderstehliche Verlangen aufzugeben, wenn er mitten auf der Strecke feststellt, daß er das Rennen schmählich (und überdies durch eigene Schuld, durch eigene Fehler) verlieren wird. Auch er hielt sein Rennen für verloren und wollte nicht mehr weiterlaufen.

Und jetzt beugte er sich über den kleinen Tisch und stellte die eine Kaffeetasse vor das Sofa (auf das er sich dann setzte), die andere vor den bequemen Sessel, in dem seine Besucherin saß, und sagte sich, daß eine ganz besondere Böswilligkeit darin lag, daß er diese Frau, in die er einst bis über beide Ohren verliebt gewesen war und die er sich damals (durch eigene Schuld, durch eigene Fehler) hatte entgehen lassen, ausgerechnet in einer solchen Verfassung und zu einem Zeitpunkt antraf, da sich nichts mehr wiedergutmachen ließ.

4. Sie hätte wohl kaum erraten, daß sie in seinen Augen diejenige war, *die ihm entgangen war*; sie erinnerte sich noch an die Nacht, die sie zusammen verbracht hatten, sie wußte noch, wie er damals ausgesehen hatte (er war zwanzig, verstand sich nicht zu kleiden, errötete ständig und amüsierte sie mit seiner Jungenhaftigkeit), und sie wußte auch noch, wie sie gewesen war (sie war fünfunddreißig, und eine Art Sehnsucht nach Schönheit trieb sie in die Arme fremder Männer, zugleich aber auch wieder aus ihnen heraus; sie hatte sich immer vorgestellt, ihr Leben müßte einem *schönen Tanz* gleichen, und hatte Angst gehabt, die eheliche Untreue würde zu einer häßlichen Gewohnheit).

Ja, sie hatte sich Schönheit auferlegt, wie andere sich sittliche Gebote auferlegen; hätte sie in ihrem Leben etwas Häßliches entdeckt, wäre sie vermutlich verzweifelt. Und weil sie sich jetzt bewußt war, daß sie ihrem Gastgeber nach fünfzehn Jahren alt vorkommen mußte (mit allen Häßlichkeiten, die das mit sich bringt), wollte sie vor ihrem Gesicht rasch einen fiktiven Fächer entfalten: Sie überschüttete den Gastgeber mit überstürzten Fragen; sie fragte ihn, wie er in diese Stadt gekommen war; sie fragte ihn nach seiner Arbeit; sie lobte seine gemütliche kleine Wohnung, den Blick aus dem Fenster auf die Dächer der Stadt (sie sagte, die Aussicht sei zwar nichts besonderes, erwecke aber einen Eindruck von luftiger Weite); sie nannte die Maler der impressionistischen Bilder an der Wand (das war nicht schwierig, in den Wohnungen der armen tschechischen Intellektuellen findet man mit Sicherheit dieselben billigen Reproduktionen), dann stand sie sogar mit der halbvollen Kaffeetasse in der Hand vom Tischchen auf und neigte sich über den kleinen Schreibtisch, auf dem in einem Rahmen einige Fotografien standen (es entging ihr nicht, daß kein einziges Bild einer jungen Frau dabei war), und sie fragte ihn, ob das alte Frauengesicht auf einem der Fotos das seiner Mutter sei (er bejahte).

Dann fragte er sie, was sie gemeint habe mit ihrer Bemerkung, sie habe hier »etwas zu erledigen gehabt«. Es widerstrebte ihr schrecklich, vom Friedhof zu sprechen (sie fühlte sich hier im fünften Stock nicht nur hoch über den Dächern, sondern auch angenehm abgehoben von ihrem Leben); auf sein Drängen hin gestand sie schließlich (nur ganz lakonisch, denn die Schamlosigkeit voreiliger Offenheit war ihr immer fremd gewesen), daß sie vor vielen Jahren einmal hier gelebt hatte, ihr Mann hier begraben war (die Einebnung des Grabes verschwieg sie) und sie schon seit zehn Jahren immer zu Allerseelen mit ihrem Sohn hierherkam.

5. »Jedes Jahr?« Diese Feststellung machte ihn traurig, und er dachte abermals, das Schicksal sei böswillig: wäre er ihr nämlich vor sechs Jahren begegnet, als er hierherzog, hätte er vielleicht noch alles retten können: sie wäre noch nicht so vom Alter gezeichnet gewesen, ihre Erscheinung hätte sich nicht so sehr vom Bild der Frau unterschieden, die er vor fünfzehn Jahren geliebt hatte; es hätte noch in seinen Kräften gelegen, die Verschiedenheit zu überbrücken und die beiden Bilder (das vergangene und das gegenwärtige) als ein einziges wahrzunehmen. Jetzt aber klafften sie hoffnungslos auseinander.

Sie trank den Kaffee aus, redete, und er versuchte, das

Ausmaß ihrer Verwandlung genau zu bestimmen, aufgrund derer sie ihm *zum zweiten Mal* entging: ihr Gesicht war faltig geworden (vergeblich versuchte eine Puderschicht das zu verleugnen), der Hals war welk (vergeblich versuchte ein hoher Kragen das zu verdecken), die Wangen waren schlaff, die Haare (aber das war fast schön!) graumeliert; am meisten faszinierten ihn jedoch ihre Hände (die lassen sich leider weder mit Puder noch mit Schminke verbessern): das blaue Adergeflecht war hervorgetreten, so daß es mit einem Male Männerhände waren.

In ihm mischte sich Bedauern mit Wut, und er wollte das Verspätete dieser Begegnung mit Alkohol herunterspülen; er fragte sie, ob sie Lust auf einen Cognac habe (im Schrank hinter der spanischen Wand stand eine angebrochene Flasche); sie antwortete ihm, nein, sie habe keine Lust, und er erinnerte sich, daß sie auch vor Jahren kaum getrunken hatte, vielleicht, damit der Alkohol ihr Auftreten nie aus dem Gleichgewicht des guten Geschmacks bringen konnte. Und als er die feine Handbewegung sah, mit der sie den angebotenen Cognac ausschlug, wurde ihm bewußt, daß sie immer noch denselben Charme dieses guten Geschmacks besaß, diesen Zauber, diese Güte, von denen er so hingerissen gewesen war, und obwohl sie hinter einer Maske verborgen waren, waren sie für sich genommen immer noch anziehend, wenn auch *vom Alter vergittert*.

Als ihm durch den Kopf ging, daß *sie* vom Alter vergittert sei, empfand er grenzenloses Mitleid mit ihr, und dieses Mitleid brachte sie ihm näher (diese einst so bezaubernde Frau, vor der er stets die Sprache verlor), und er verspürte Lust, mit ihr lange und in der verhaltenen Stimmung melancholischer Resignation zu plaudern wie ein Freund mit einer Freundin. Und er kam ins Reden (tatsächlich sehr lange) und gelangte zum Schluß sogar zu seinen pessimistischen Gedanken, die ihn in letzter Zeit heimsuchten. Die beginnende Glatze verschwieg er natürlich (ganz ähnlich übrigens, wie sie die Einebnung des Grabes verschwiegen hatte); die Vision der Glatze konkretisierte sich dafür in pseudophilosophischen Sentenzen (darüber, daß die Zeit schneller verrinne, als der Mensch zu leben vermöge, daß das Leben grauenvoll sei, weil alles in ihm von unvermeidlichem Verfall gezeichnet sei) und in ähnlichen Phrasen mehr, auf die er von seiner Besucherin ein teilnahmsvolles Echo erwartete, es aber nicht bekam.

»Ich mag solche Reden nicht«, sagte sie fast barsch: »Was Sie da sagen, ist alles schrecklich oberflächlich.«

6. Reden über das Altern und den Tod mochte sie nicht, weil ihnen die physische Häßlichkeit anhaftete, die ihr zuwider war. Mehrmals wiederholte sie ihrem Gastgeber gegenüber beinahe erregt, seine Ansichten seien *oberflächlich*; der Mensch sei schließlich mehr als nur ein Körper, der verfalle, das Wesentliche sei das Werk des Menschen, das, was er den anderen hinterlasse. Diese Ansicht vertrat sie nicht erst seit heute; das erste Mal hatte sie sich damit beholfen, als sie sich vor fünfundzwanzig Jahren in ihren späteren Mann verliebte, der neunzehn Jahre älter war als sie; sie hatte nie aufgehört, ihn aufrichtig zu schätzen (trotz all ihrer Seitensprünge, von denen er übrigens entweder nichts wußte oder nichts wissen wollte) und war stets bemüht, sich selbst davon zu überzeugen, daß sein Intellekt und seine Bedeutung die schwere Last seiner Jahre voll aufwogen.

»Was für ein Werk, ich bitte Sie! Was für ein Werk hinterläßt man hier schon!« protestierte der Gastgeber mit bitterem Lachen.

Sie wollte nicht auf ihren toten Mann verweisen, obwohl sie fest an den bleibenden Wert von allem glaubte, was er geleistet hatte; sie sagte also nur, daß jeder Mensch ein Werk schaffe, und sei es noch so bescheiden, und sein Wert einzig und allein darin liege. Dann fing sie an, von sich zu erzählen, daß sie im Kulturhaus einer Prager Vorstadt arbeitete, wie sie Vorträge und Lyrikabende organisierte, sie sprach (mit einer Emphase, die ihm übertrieben schien) von den ›dankbaren Gesichtern‹ des Publikums; und gleich darauf redete sie ausführlich darüber, wie schön es sei, einen Sohn zu haben und zu sehen, wie die eigenen Gesichtszüge (der Sohn sah ihr ähnlich) sich in ein Männergesicht verwandelten; wie schön es sei, ihm alles zu geben, was eine Mutter ihrem Sohn zu geben vermag, und dann still hinter seinem Leben zu verschwinden.

Es war kein Zufall, daß sie von ihrem Sohn erzählte, er war ihr heute den ganzen Tag nicht aus dem Sinn gegangen und erinnerte sie vorwurfsvoll an den Mißerfolg vom Vormittag; es war seltsam: nie hatte sie sich von einem Mann dessen Willen aufzwingen lassen, der eigene Sohn jedoch hatte sie fest im Griff, ohne daß sie wußte, wie es soweit hatte kommen können. Das Friedhofsfiasko hatte sie vor allem deshalb so aufgeregt, weil sie sich vor ihrem Sohn schuldig fühlte und seine Vorwürfe fürchtete. Sie hatte es allerdings schon lange geahnt: wenn der Sohn so eifersüchtig darüber wachte, wie seine Mutter das Andenken des Vaters ehrte (gerade er war es, der immer an Allerseelen darauf bestand, den Besuch des Grabes ja nicht zu vergessen!), geschah das nicht so sehr aus Liebe zum verstorbenen Vater, als vielmehr aus dem Verlangen heraus, die Mutter zu terrorisieren, sie in die Witwenschranken zu verweisen; und wenn er es auch nicht aussprach und sie sich (erfolglos) bemühte, es nicht zu wissen, so war es doch so, daß ihn die Vorstellung, die Mutter könnte noch ein Sexualleben haben, ekelte; alles war ihm zuwider, was bei ihr (zumindest als Möglichkeit oder Gelegenheit) noch mit Sexualität zu tun hatte; und weil die Vorstellung von Sexualität mit der Vorstellung von Jugend verbunden ist, war ihm alles zuwider, was an ihr jugendlich geblieben war; er war kein Kind mehr, und die Jugendlichkeit seiner Mutter (in Verbindung mit der Aggressivität mütterlicher Fürsorge) durchkreuzte auf unangenehme Weise sein Verhältnis zur Jugendlichkeit der Mädchen, die ihn zu interessieren begannen; er wollte eine alte Mutter haben, nur von einer solchen ertrug er die Liebe, und nur als solche liebte er sie. Und obwohl sie sich bisweilen bewußt war, daß er sie so ins Grab stieß, fügte sie sich schließlich, kapitulierte unter seinem Druck und idealisierte ihre Kapitulation sogar, indem sie sich selber einredete, die Schönheit ihres Lebens läge gerade in jenem stillen Verschwinden hinter einem anderen Leben. Im Namen dieser Idealisierung (ohne die übrigens die Falten in ihrem Gesicht viel mehr gebrannt hätten) führte sie nun dieses Streitgespräch mit ihrem Gastgeber mit so unerwartetem Enthusiasmus.

Aber der Gastgeber beugte sich plötzlich über den niedrigen Tisch, der zwischen ihnen stand, streichelte ihre Hand und sagte: »Verzeihen Sie mir mein Gerede. Sie wissen ja, ich war schon immer ein Dummkopf.«

7. Ihr Streitgespräch hatte ihn nicht erbittert, im Gegenteil, die Besucherin hatte ihm damit nur erneut ihre Identität bestätigt; in ihrem Protest gegen seine pessimistischen Reden (war es denn nicht vor allem ein Protest gegen Häßlichkeit und Geschmacklosigkeit?) erkannte er sie so wieder, wie er sie gekannt hatte, und ihre alte Erscheinung und ihre alte Geschichte nahmen in seinen Gedanken immer mehr Raum ein; er wünschte sich jetzt nur, daß nichts die melancholische Stimmung störte, die dem Gespräch so förderlich war (deshalb hatte er ihre Hand gestreichelt und sich einen Dummkopf gescholten), und er ihr erzählen konnte, was ihm momentan am wichtigsten schien: ihre gemeinsame

Geschichte; er war nämlich überzeugt davon, mit ihr etwas Außergewöhnliches erlebt zu haben, wovon sie nichts ahnte und wofür er selbst nur mit Mühe die richtigen Worte finden würde.

Er erinnerte sich nicht mehr, wie er sie kennengelernt hatte, sie war vermutlich einmal mit seinen Studienfreunden in Kontakt gekommen, an das versteckte kleine Kaffeehaus in Prag jedoch, wo sie das erste Mal allein zusammen waren, erinnerte er sich sehr gut: er hatte ihr in einer Plüschnische gegenübergesessen, bedrückt und wortkarg und zugleich ganz berauscht von den diskreten Andeutungen, mit denen sie ihm ihre Sympathie bekundete. Er hatte sich vorzustellen versucht (obschon er nicht an die Erfüllung dieser Vorstellungen zu hoffen wagte), wie sie aussehen würde, wenn er sie küßte, auszog und liebte, aber das wollte ihm nicht gelingen. Ja, es war sonderbar: tausendmal versuchte er sie sich mitten im Liebesakt vorzustellen, vergeblich: ihr Gesicht sah ihn immer mit ruhigem und sanftem Lächeln an, und er konnte es (selbst unter hartnäckigsten Anstrengungen seiner Phantasie) nicht durch eine Grimasse der Ekstase entstellen. *Sie entzog sich seiner Phantasie vollkommen.*

Und das war eine Situation, die sich in seinem Leben nie mehr wiederholen sollte: er stand damals dem *Unvorstellbaren* gegenüber. Er erlebte offenbar jene kurze Periode (die *paradiesische* Periode), in der die Vorstellungskraft noch nicht genügend durch Erfahrung gesättigt, noch nicht routiniert ist, in der sie wenig weiß und wenig kann, so daß es das Unvorstellbare noch gibt; und wenn sich dieses Unvorstellbare verwirklicht (ohne Vermittlung des Vorstellbaren, ohne Verbindungsbrücke der Vorstellung), wird der Mensch überrumpelt und vom Schwindel befallen. Ein solches Schwindelgefühl erfaßte ihn dann tatsächlich, als sie nach einigen weiteren Rendezvous, bei denen er sich zu nichts hatte durchringen können, anfing, sich ausführlich und mit vielsagender Neugier nach seinem Zimmer im Studentenheim zu erkundigen, so daß er sich beinahe gezwungen sah, sie dorthin einzuladen.

Er teilte dieses Zimmer mit einem Kommilitonen, der ihm für ein Gläschen Rum versprach, erst nach Mitternacht zurückzukommen; es hatte mit seiner jetzigen Einzimmerwohnung nur wenig Ähnlichkeit: zwei Eisenbetten, zwei Stühle, ein Schrank, eine grelle Glühbirne ohne Lampenschirm, eine schreckliche Unordnung. Er räumte auf, und um sieben Uhr (es gehörte zu ihrer Noblesse, immer pünktlich zu erscheinen) klopfte sie an die Tür. Es war September und fing gerade erst an, langsam zu dämmern. Sie setzten sich auf den Rand des Eisenbettes und küßten sich. Dann wurde es zunehmend dunkler, er aber wollte kein Licht machen, weil er froh war, daß man ihn nicht sehen konnte, und er hoffte, die Dunkelheit nähme ihm etwas von seiner Verlegenheit, die ihn befallen würde, wenn er sich vor ihr auszöge. (Wenn er einer Frau schlecht und recht die Bluse aufknöpfen konnte, so entkleidete er selbst sich vor ihr in schamvoller Eile.) Diesmal aber wagte er lange nicht, ihr den ersten Knopf zu öffnen (er glaubte, daß es bei der Ouvertüre des Ausziehens ein dem guten Geschmack entsprechendes elegantes Vorgehen gab, das nur *erfahrene* Männer kannten, und er fürchtete, seine Unwissenheit zu verraten), so daß sie schließlich selbst aufstand und lächelnd sagte: »Soll ich diese Rüstung nicht ablegen ...?« und sich auszuziehen begann; es war aber so dunkel, daß er nur die Schatten ihrer Bewegungen wahrnahm. Hastig zog auch er sich aus und wurde erst wieder etwas sicherer, als sie sich (dank ihrer Geduld) zu lieben anfingen. Er sah ihr dabei ins Gesicht, aber im Halbdunkel entschwand ihm ihr Ausdruck völlig, und selbst ihre Züge konnte er nicht erkennen. Er bedauerte, daß es dunkel war, doch schien es ihm unmöglich, in diesem Augenblick von ihr aufzustehen und zur Tür zu gehen, um Licht zu machen, und so strengte er weiterhin vergeblich seine Augen an: er erkannte sie nicht; es schien ihm, daß er eine andere liebte; jemanden, den man ihm unterschoben hatte, oder jemanden, der ganz unkonkret und ohne Individualität war.

Dann setzte sie sich auf ihn (auch da sah er von ihr nur den aufgerichteten Schatten), und während sie ihre Hüften bewegte, flüsterte sie etwas mit gedämpfter Stimme, wobei nicht klar war, ob sie zu ihm oder nur für sich sprach. Er konnte ihre Worte nicht verstehen und fragte sie, was sie sage.

Sie flüsterte weiter, und selbst als er sie nachher wieder an sich drückte, verstand er nicht, was sie sagte.

8. Sie hörte ihrem Gastgeber zu und war immer mehr gefesselt von all den Details, die sie längst vergessen hatte: etwa, daß sie damals ein hellblaues leichtes Sommerkostüm getragen hatte, in dem sie unantastbar wie ein Engel aussah (ja, an dieses Kostüm erinnerte sie sich), daß sie sich einen großen Hornkamm ins Haar steckte, der ihr ein vornehm altmodisches Aussehen verlieh, daß sie im Kaffeehaus immer Tee mit Rum bestellte (ihr einziges alkoholisches Laster). All das trug sie aufs angenehmste fort vom Friedhof, fort vom eingeebneten Grab, fort von den wundgelaufenen Füßen, fort vom Kulturhaus und fort von den vorwurfsvollen Augen ihres Sohnes. Ja, fuhr ihr plötzlich durch den Kopf, ich mag heute sein, wie ich bin; lebt aber ein Stück meiner Jugend in diesem Mann weiter, so habe ich nicht umsonst gelebt; und unmittelbar darauf sagte sie sich, daß dies eine erneute Bestätigung ihrer Ansicht sei: der Wert eines Menschen liege in dem, worin er über sich selbst hinauswachse, in dem, was er außerhalb seiner selbst, was er in den anderen und für die anderen sei.

Sie hörte ihm zu und widersetzte sich nicht, als er ab und zu ihre Hände streichelte; die Liebkosung verschmolz mit der besänftigenden Stimmung des Gesprächs und enthielt eine entwaffnende Unbestimmtheit (wem galt sie? der Frau, *von der* er sprach oder derjenigen, *zu der* er sprach?); übrigens gefiel ihr der Mann, der sie streichelte; sie sagte sich sogar, daß er ihr besser gefiel als jener Jüngling vor fünfzehn Jahren, dessen Jungenhaftigkeit, wenn sie sich richtig erinnerte, eher anstrengend gewesen war.

Als er davon erzählte, wie ihr Schatten sich über ihm bewegt und er vergeblich versucht hatte, ihr Flüstern zu verstehen, verstummte er für einen Moment, und sie fragte leise (die Närrin, als würde er ihre Worte kennen und sie ihr nun nach Jahren wie irgendein vergessenes Geheimnis in Erinnerung rufen wollen):

»Und was habe ich gesagt?«

9. »Ich weiß es nicht«, antwortete er. Er wußte es nicht: sie hatte sich damals nicht nur seiner Phantasie, sondern auch seiner Wahrnehmung entzogen; sie hatte sich seinen Augen und seinen Ohren entzogen. Als er im Zimmer des Studentenheims Licht machte, war sie bereits angekleidet, alles an ihr war wieder glatt, blendend, perfekt, und er suchte vergeblich einen Zusammenhang herzustellen zwischen diesem Gesicht im hellen Licht und dem, das er vor kurzem noch im Dunkeln nur hatte erahnen können. Sie hatten sich an jenem Tag noch nicht einmal voneinander verabschiedet, als er schon in der Erinnerung an sie dachte; er versuchte sich vorzustellen, wie ihr Gesicht (das er nicht gesehen hatte) und ihr Körper (den er nicht gesehen hatte) eben noch, während der Liebe, ausgesehen hatten. Aber ohne Erfolg; sie entzog sich seiner Einbildungskraft noch immer.

Er nahm sich vor, sie das nächste Mal bei hellem Licht zu lieben. Nur gab es kein nächstes Mal mehr. Geschickt und taktvoll ging sie ihm seit dieser Zeit aus dem Weg, und er verfiel in Unsicherheit und Verzweiflung: es war schön gewesen, miteinander zu schlafen, vielleicht, er wußte aber auch, wie unmöglich er *vorher* gewesen war, und er schämte sich dafür; er fühlte sich jetzt durch ihr Ausweichen bestraft und wagte nicht mehr, sich entschiedener um sie zu bemühen. »Sagen Sie mir, warum sind Sie mir damals ausgewichen?«

»Ich bitte Sie«, sagte sie mit ganz besonders zärtlicher Stimme, »das ist schon so lange her, was weiß ich . . .«, und als er nicht locker ließ, erklärte sie: »Sie sollten nicht ständig in die Vergangenheit zurückschweifen. Es genügt, daß wir ihr gegen unseren Willen so viel Zeit widmen müssen.« Sie sagte das nur, um sein Drängen irgendwie abzuwehren (und vielleicht bezog sich der letzte Satz, den sie mit einem leichten Seufzer aussprach, auf den morgendlichen Friedhofsbesuch), aber er faßte ihre Erklärung anders auf: als wollte sie ihm sehr direkt und absichtlich (die offensichtliche Tatsache) klarmachen, daß es nicht zwei Frauen gab (eine frühere und eine jetzige), sondern eine einzige und immer dieselbe, und daß diese Frau, die ihm vor fünfzehn Jahren entgangen war, jetzt hier war, zum Greifen nah.

»Sie haben recht, die Gegenwart ist wichtiger«, sagte er bedeutungsvoll und sah ihr ganz fest ins lächelnde Gesicht, in ihrem halbgeöffneten Mund blitzten weiß die Zähne. In diesem Moment flog ein Gedanke durch seinen Kopf: damals, im Studentenheim, hatte sie seine Finger in den Mund genommen und ihn so fest gebissen, daß es ihn schmerzte, und er hatte dabei ihre ganze Mundhöhle abgetastet; bis heute wußte er, daß ihr auf einer Seite oben alle hinteren Zähne fehlten; (das hatte ihn damals nicht abgestoßen, im Gegenteil, dieser kleine Defekt paßte zu ihrem Alter, das ihn anzog und erregte). Als er aber jetzt den Spalt zwischen Zähnen und Mundwinkel anschaute, sah er, daß die Zähne auffallend weiß waren und keiner fehlte, und das ließ ihn schaudern:

wieder klafften die beiden Bilder auseinander, aber er wollte das nicht zulassen, wollte sie mit Macht und Gewalt wieder in einem vereinigen und sagte daher: »Haben Sie wirklich keine Lust auf einen Cognac?«, und als sie mit charmantem Lächeln und leicht hochgezogenen Brauen den Kopf schüttelte, ging er hinter die Trennwand, nahm die Flasche, setzte sie an die Lippen und trank hastig. Dann fiel ihm ein, daß sein Atem den heimlichen Schluck verraten könnte und nahm deshalb zwei Gläser und den Cognac und trug sie ins Zimmer. Sie schüttelte wieder den Kopf. »Wenigstens symbolisch«, sagte er und goß die beiden Gläser ein. Dann stießen sie an: »Auf daß ich nur noch in der Gegenwart von Ihnen spreche!« Er trank sein Glas leer, sie netzte ihre Lippen, er setzte sich zu ihr auf den Sessel und nahm ihre Hände in die seinen.

10.

Als sie in seine Wohnung gegangen war, hatte sie nicht geahnt, daß es zu *dieser Berührung* kommen könnte, und erschrak zuerst; als wäre die Berührung gekommen, bevor sie sich hatte darauf vorbereiten können (die *permanente Bereitschaft*, wie die reife Frau sie kennt, hatte sie längst schon verloren); (man könnte dieses Erschrecken vielleicht mit dem Erschrecken eines jungen Mädchens vergleichen, das zum ersten Mal geküßt wird; wenn ein Mädchen *noch nicht* vorbereitet ist und sie *nicht mehr* vorbereitet war, dann sind dieses ›noch nicht‹ und ›nicht mehr‹ auf geheimnisvolle Weise miteinander verwandt, wie auch die Launen des Alters mit denen der Jugend verwandt sind.) Er führte sie dann vom Sessel zum Sofa, zog sie an sich, streichelte ihren ganzen Körper, und sie fühlte sich in seinen Händen formlos weich (ja, weich: denn die gebieterische Sinnlichkeit hatte den Körper längst schon verlassen, diese Sinnlichkeit, die den Muskeln ihren natürlichen Rhythmus von Kontraktion und Entspannung, von Hunderten von feinen Bewegungen eingibt).

Das Erschrecken schmolz aber unter seinen Berührungen schnell dahin, und sie, eben noch weit entfernt von der schönen reifen Frau, die sie einst gewesen war, kehrte jetzt mit rasender Geschwindigkeit in diese zurück, in ihr Selbstgefühl, in ihr Bewußtsein; sie fand die frühere Sicherheit der erotisch erfahrenen Frau wieder, und da es eine seit langem nicht mehr erprobte Sicherheit war, empfand sie sie intensiver als je zuvor; ihr Körper, eben noch überrumpelt, erschrocken, passiv und weich, lebte auf, antwortete dem Gastgeber nun mit eigenen Berührungen; sie spürte die wissende Präzision dieser Berührungen, und das machte sie glücklich; die Berührungen, die Art, wie sie ihr Gesicht auf seinen Körper legte, die zarten Bewegungen, mit denen ihr Leib seine Umarmung erwiderte, das alles fand sie wieder, aber nicht als etwas bloß Angelerntes, etwas, das sie beherrschte und jetzt mit kalter Befriedigung vorführte, sondern als etwas *ihrem Wesen Innewohnendes,* mit dem sie berauscht und begeistert verschmolz, als wäre es ihr *Heimatland,* aus dem man sie verbannt hatte und in das sie nun feierlich zurückkehrte (o Heimatland der Schönheit!).

Ihr Sohn war jetzt unendlich fern: als der Gastgeber sie berührte, sah sie ihn zwar in einem Winkel ihres Bewußtseins, wie er sie ermahnte, aber dann verlor er sich rasch, und weit und breit blieben nur sie und der Mann zurück, der sie liebkoste und umarmte. Erst als er seinen Mund auf den ihren legte und ihr mit der Zunge die Lippen öffnen wollte, schlug plötzlich alles um: sie erwachte. Sie preßte die Zähne fest aufeinander (sie spürte die bittere Fremdartigkeit des Kunststoffes, der sich gegen ihren Gaumen drückte, und hatte das Gefühl, ihr ganzer Mund sei damit angefüllt), und sie ergab sich nicht; dann schob sie ihn sanft von sich und sagte: »Nein. Wirklich, ich bitte Sie, lieber nicht.«

Als er weiter drängte, faßte sie seine beiden Handge-
lenke und wiederholte ihre Weigerung; dann sagte sie zu
ihm (das Reden fiel ihr schwer, doch sie wußte, daß sie
reden mußte, wenn sie wollte, daß er ihr gehorchte), es
sei zu spät, um miteinander zu schlafen; sie rief ihm ihr
Alter in Erinnerung; wenn sie sich liebten, würde es ihn
sicher vor ihr ekeln, und sie wäre darüber verzweifelt,
weil das, was er ihr über sie beide erzählt hatte, für sie
unendlich schön und wichtig war. Ihr Körper sei sterb-
lich und verfalle, aber sie wisse nun, daß etwas Immate-
rielles zurückbleibe, etwas wie das Sternenlicht, das auch
dann noch weiterleuchte, wenn der Stern verloschen sei;
es habe nichts zu bedeuten, daß sie alt werde, da ihre
Jugend in einem anderen unberührt aufbewahrt sei. »Sie
haben mir in Ihrem Innern ein Denkmal errichtet. Wir
dürfen nicht zulassen, daß es zerstört wird. Verstehen Sie
mich«, verteidigte sie sich, »Sie dürfen nicht, nein, das
dürfen Sie nicht!«

11. Er beteuerte, daß sie noch immer schön sei,
daß sich im Grunde genommen nichts geän-
dert habe und der Mensch immer der gleiche
bleibe, aber er wußte, daß er ihr etwas vormachte und sie
recht hatte: er kannte seine physische Überempfindlich-
keit sehr genau, seinen von Jahr zu Jahr stärker werdenden Widerwillen gegen die äußeren Defekte des weiblichen Körpers, der ihn seit geraumer Zeit zu immer
jüngeren und, wie er bitter konstatierte, auch immer
hohleren und dümmeren Frauen hinzog; ja, daran war
nicht zu zweifeln: falls er sie zur körperlichen Liebe
bewegen konnte, würde das mit Ekelgefühlen enden,
und diese Ekelgefühle würden dann nicht nur den gegenwärtigen Augenblick, sondern auch das Bild von der
einst geliebten Frau in den Schmutz ziehen, dieses Bild,
das er wie ein Juwel in seinem Gedächtnis aufbewahrt
hatte.

Das alles weiß er, aber es sind alles nur Gedanken, und Gedanken bedeuten nichts, gemessen an dem Verlangen, das nur noch eines kennt: die Frau, deren einstige Unerreichbarkeit und Unvorstellbarkeit ihn fünfzehn Jahre lang gepeinigt hat, diese Frau ist nun hier, endlich kann er sie bei hellem Licht sehen, endlich kann er aus ihrem jetzigen Körper den früheren Körper herauslesen und aus ihrem jetzigen Gesicht ihr früheres. Endlich kann er sehen, was er sich nie hat vorstellen können: ihre Mimik und ihre Grimassen bei der Liebe.

Er legte den Arm um ihre Schultern und sah ihr in die Augen: »Widersetzen Sie sich nicht. Es ist Unsinn, sich zu widersetzen.«

12. Sie aber schüttelte den Kopf, weil sie wußte, daß es kein Unsinn war, wenn sie sich widersetzte. Sie kannte die Männer und deren Beziehung zum weiblichen Körper, und sie wußte, daß selbst ein noch so schwärmerischer Idealismus in der Liebe dem Äußeren des Körpers nichts von seiner schrecklichen Unabänderlichkeit nimmt; ihre Figur hatte die ursprünglichen Proportionen bewahrt und konnte sich immer noch sehen lassen, und besonders in den Kleidern sah sie noch jugendlich aus; aber sie wußte, daß, wenn sie sich auszöge, die Falten an ihrem Hals zum Vorschein kämen und die lange Narbe, die von einer Magenoperation vor zehn Jahren herrührte.

Und wie das Bewußtsein ihrer gegenwärtigen physischen Erscheinung, das vor einer Weile weggeschwemmt worden war, wieder in sie zurückflutete, so stiegen aus den Niederungen der Straße die Sorgen des Vormittags zum Fenster dieses Zimmers empor (das bis jetzt in sicherer Höhe über ihrem Leben gelegen zu haben schien); sie füllten das Zimmer aus, ließen sich auf den verglasten Reproduktionen nieder, auf dem Sessel, dem

Tisch, der leeren Kaffeetasse, und über diesen Scharen thronte das Gesicht des Sohnes; als sie es erblickte, errötete sie und flüchtete sich irgendwo tief in ihr Inneres; sie war, närrisch genug, nahe daran gewesen, fluchtartig von dem Weg abzuweichen, den er ihr vorgezeichnet und den sie bislang lächelnd und mit begeisterten Reden beschritten hatte, sie war nahe daran gewesen (wenigstens für eine Weile) zu entfliehen, doch jetzt mußte sie folgsam umkehren und zugeben, daß es der einzig richtige Weg war, der für sie in Frage kam. Das Gesicht des Sohnes war so höhnisch, daß sie beschämt spürte, wie sie vor ihm immer kleiner wurde, bis sie sich, erniedrigt, in die bloße Narbe auf ihrem Bauch verwandelt hatte.

Der Gastgeber hatte seine Hände auf ihre Schultern gelegt und wiederholte noch einmal: »Es ist Unsinn, sich zu widersetzen«, und sie schüttelte den Kopf, aber ganz mechanisch, weil sie nicht ihren Gastgeber vor Augen hatte, sondern ihre eigenen jugendlichen Züge im Gesicht des Sohnes, des Feindes, den sie um so mehr haßte, je kleiner und erniedrigter sie sich fühlte. Sie hörte, wie er ihr das eingeebnete Grab vorwarf, und da entsprang dem Chaos in ihrem Kopf ganz unlogisch der Satz, den sie ihm wütend ins Gesicht schleuderte: *»Die alten Toten müssen den jungen Toten weichen, mein Kleiner!«*

13. Er hatte nicht den leisesten Zweifel, daß es tatsächlich mit Ekelgefühlen enden würde, denn schon jetzt war der bloße Blick auf sie (ein forschender, durchdringender Blick) nicht ganz frei von einer Art Ekel, aber das Sonderbare lag gerade darin, daß ihn das nicht störte, ganz im Gegenteil, es reizte ihn auf und stachelte ihn an, als würde er sich diesen Ekel herbeiwünschen: die Lust, mit ihr zu schlafen, näherte sich seiner Lust auf den Ekel; die Lust, aus ihrem Körper endlich das herauszulesen, was er so lange nicht hatte kennenlernen dürfen, vermengte sich mit der Lust, das Gelesene gleich wieder zu entwerten.

Wie kam er bloß dazu? Ob es ihm bewußt war oder nicht, es bot sich ihm eine einmalige Gelegenheit: seine Besucherin stand stellvertretend für alles, was er nicht besessen hatte, was ihm entgangen war, was er verpaßt hatte, für all das, was ihm sein jetziges Alter mit dem schütter werdenden Haar und der trostlos armseligen Bilanz so unerträglich machte; und er, ob er sich darüber klar war oder es nur dunkel ahnte, konnte jetzt all diese ihm vorenthaltenen Freuden ihrer Farbe berauben (denn gerade deren schreckliche Farbigkeit hatte sein Leben so eintönig und traurig gemacht), er konnte aufdecken, daß sie nichtig waren, nur Schein und Vergehen, nur Staub, der sich verstellte, er konnte sich an ihnen rächen, sie erniedrigen, vernichten. »Widersetzen Sie sich nicht«, wiederholte er und versuchte, sie an sich zu ziehen.

14. Sie hatte noch immer das höhnische Gesicht ihres Sohnes vor Augen, und als der Gastgeber sie jetzt mit Gewalt an sich zog, sagte sie: »Bitte, lassen Sie mich einen Augenblick in Ruhe« und entwand sich ihm; sie wollte nämlich nicht unterbrechen, was ihr gerade durch den Kopf ging: die alten Toten müssen den jungen Toten weichen, und Denkmäler sind nutzlos. Auch das Denkmal, das dieser Mann fünfzehn Jahre lang in seinem Gedächtnis verehrt hat, ist nutzlos, ja, mein Kleiner, alle Denkmäler sind nutzlos, sagte sie im Stillen zu ihrem Sohn und beobachtete mit rachsüchtigem Vergnügen, wie er sein Gesicht verzerrte und schrie: So hast du nie gesprochen, Mutter! – Freilich, sie wußte, daß sie nie so gesprochen hatte, aber dieser Augenblick war voll von einem Licht, das alles ganz anders erscheinen ließ:

Es gibt keinen Grund, weshalb man Denkmäler dem Leben vorziehen sollte; das eigene Denkmal hat eine einzige Bedeutung: daß man es in diesem Augenblick für den eigenen Körper, den niemand mehr wirklich beachtet, mißbrauchen kann. Der Mann, der neben ihr sitzt, gefällt ihr, er ist jung und vermutlich (ja sogar ziemlich sicher) der letzte Mann, der ihr gefällt und den sie zugleich auch haben kann; und das allein zählt; ob ihn dann vor ihr ekelt und er ihr Denkmal in seinem Kopf stürzt, ist vollkommen gleichgültig, weil das Denkmal außerhalb ihrer selbst steht, genauso wie das Denken und das Gedächtnis dieses Mannes außerhalb stehen, und alles, was außerhalb ist, ist gleichgültig. – So hast du nie gesprochen, Mutter! hörte sie die Stimme ihres Sohnes. Aber sie beachtete sie nicht. Sie lächelte.

»Sie haben recht, warum sollte ich mich widersetzen«, sagte sie leise und stand auf. Dann begann sie langsam, ihr Kleid aufzuknöpfen. Es war noch lange nicht Abend. Im Zimmer war es diesmal ganz hell.

SECHSTER TEIL

DR. HAVEL ZWANZIG JAHRE SPÄTER

1. Als Dr. Havel zur Badekur abreiste, hatte seine schöne Frau Tränen in den Augen. Zum einen aus Mitgefühl (Havel litt seit einiger Zeit unter Gallenkoliken, und sie hatte ihn bisher nie krank gesehen), zum anderen aber auch, weil die kommenden drei Wochen der Trennung Qualen der Eifersucht in ihr wachriefen. Was? Diese umschwärmte, schöne, so viele Jahre jüngere Schauspielerin soll eifersüchtig sein auf einen älteren Herrn, der in den letzten Monaten das Haus nicht mehr verlassen hat, ohne sich ein Fläschchen Medizin gegen die heimtückischen Schmerzanfälle in die Tasche zu stecken?

So war es aber, und weshalb es so war, das war niemandem bekannt. Selbst Dr. Havel wußte es nicht recht, denn auch ihm schien die Schauspielerin dem äußeren Anschein nach unverletzlich und souverän; um so größer war damals sein Entzücken gewesen, als er sie vor einigen Jahren näher kennengelernt und das Einfache, Häusliche und Unsichere an ihr entdeckt hatte. Es war sonderbar: auch als sie dann verheiratet waren, hatte seine Frau die Überlegenheit ihrer Jugend nie gezeigt; sie war wie verhext von der Liebe und dem schrecklichen Ruf ihres Mannes in Sachen Erotik, so daß er ihr unfaßbar vorkam und sich ihr immer zu entziehen schien, und obwohl er sie tagtäglich mit grenzenloser Geduld (und durchaus aufrichtig) zu überzeugen versuchte, daß über ihr niemand stünde und auch niemals stehen würde, war sie auf schmerzvolle und verzweifelte Weise eifersüchtig; einzig ihr angeborener Edelmut hielt dieses negative Gefühl unter Verschluß, wo es jedoch um so heftiger brodelte und tobte.

Havel wußte das alles; zeitweise war er gerührt, zeitweise gereizt, manchmal müde; da er seine Frau aber liebte, tat er alles, um ihre Qualen zu lindern. Auch diesmal versuchte er, ihr zu helfen: er übertrieb seine Schmerzen und die Gefährdung seines Gesundheitszustandes fürchterlich, weil er wußte, daß die Angst vor seiner Krankheit für sie beruhigend und beglückend war, während die Angst vor seiner Gesundheit (vor Untreue und mysteriösen Eskapaden) sie zerstörte; immer wieder lenkte er das Gespräch auf Franziska, die Ärztin, die ihn am Kurort betreuen würde; die Schauspielerin kannte sie, und das Bild ihrer vollkommen keuschen und gütigen Erscheinung besänftigte sie.

Als Dr. Havel dann im Autobus saß und in die tränenfeuchten Augen des schönen Wesens auf dem Gehweg sah, fühlte er sich, ehrlich gesagt, erleichtert, denn die Liebe seiner Frau war nicht nur süß, sondern auch schwer. Im Kurort jedoch ging es ihm dann nicht sehr gut. Nach dem Genuß des Heilwassers, mit dem er seinen Leib dreimal am Tag durchspülen mußte, hatte er Schmerzen und war müde, und wenn er unter den Kolonnaden gutaussehenden Frauen begegnete, stellte er mit Schrecken fest, daß er sich alt fühlte und keine begehrte. Die einzige Frau, die ihm in unbeschränktem Maße vergönnt war, war die gute Franziska, die ihm Spritzen verabreichte, den Blutdruck maß, den Bauch abtastete und ihn mit Informationen über die Verhältnisse am Ort und über ihre beiden Kinder versorgte, vor allem den Sohn, der ihr angeblich ähnlich sah.

In einer solchen Verfassung erhielt er einen Brief von seiner Frau. O weh, ihr Edelmut hatte den Verschluß, unter dem die Eifersucht brodelte, diesmal schlecht zugehalten; es war ein Brief voller Beschwerden und Gejammer; sie wolle ihm nichts vorwerfen, aber sie könne nächtelang nicht schlafen; sie wisse gut, daß sie ihm mit ihrer Liebe zur Last falle und könne sich vorstellen, wie glücklich er jetzt sei, da er sich von ihr erholen könne; ja, sie habe begriffen, daß sie unausstehlich sei; und sie wisse auch, daß sie zu schwach sei, um sein Los zu verändern und sein Leben, durch das immer ganze Horden von Frauen ziehen würden; ja, sie wisse es und protestiere auch nicht dagegen, aber sie weine und könne nicht schlafen . . .

Als Dr. Havel diese Klageliste gelesen hatte, tauchten die drei Jahre vor ihm auf, da er mit mühsamen Überzeugungskünsten vergeblich versucht hatte, sich vor seiner Frau als bekehrter Lüstling und liebender Gatte darzustellen, und er fühlte sich unendlich müde und mutlos. Wütend zerknüllte er den Brief und warf ihn in den Papierkorb.

2. Erstaunlicherweise ging es ihm am nächsten Tag etwas besser; die Galle schmerzte nicht mehr, und er verspürte eine leise, aber deutliche Lust auf einige der Frauen, die er am Morgen durch die Kolonnaden wandeln sah. Dieser kleine Gewinn wurde jedoch von einer weit schlimmeren Erkenntnis zunichte gemacht: die Frauen gingen an ihm vorbei, ohne ihn im geringsten zu beachten; er verschwamm für sie mit den blassen Quellwasser-Schluckern zu einer einzigen Krankenschar.

»Siehst du, es geht schon besser«, sagte Frau Doktor Franziska, als sie ihn am Vormittag abtastete. »Halte die Diät nur ordentlich ein. Die Patientinnen, denen du unter den Kolonnaden begegnest, sind zum Glück alt und krank genug, um dich nicht mehr zu beunruhigen, und das sind die besten Bedingungen für dich, denn du brauchst Ruhe.«

Havel stopfte sich das Hemd in die Hose; dabei stand er vor einem kleinen Spiegel, der in der Ecke über dem Waschbecken hing, und betrachtete verdrossen sein Gesicht. Dann sagte er sehr traurig: »Das stimmt nicht. Ich habe sehr wohl bemerkt, daß zwischen der Vielzahl alter Frauen auch eine Minderheit von hübschen Frauen durch die Kolonnaden spaziert. Nur haben sie mich keines Blickes gewürdigt.«

»Wenn ich dir alles glaube, aber das nicht«, lächelte die Ärztin ihm zu, und Dr. Havel wandte seinen Blick vom trostlosen Spiegelbild ab und sah in Franziskas gutgläubige, treue Augen; er war ihr sehr dankbar, obwohl er wußte, daß nur Traditionsglaube aus ihr sprach, der Glaube an die langjährige Rolle, in der sie ihn (mit stiller Mißbilligung, aber trotzdem liebevoll) zu sehen gewohnt war.

Dann klopfte es an die Tür. Als Franziska öffnete, war der sich verneigende Kopf eines jungen Mannes zu sehen. »Ach, Sie sind es! Ich hatte ganz vergessen!« Sie bat den jungen Mann ins Sprechzimmer und erklärte Havel: »Seit zwei Tagen schon versucht der Redakteur des hiesigen Lokalblattes, dich aufzuspüren.«

Der junge Mann begann, sich wortreich zu entschuldigen, den Herrn Doktor in einer so delikaten Situation gestört zu haben, und er versuchte (leider etwas unangenehm verkrampft), einen scherzhaften Ton anzuschlagen: der Herr Doktor solle der Frau Doktor nicht böse sein, daß diese ihn verraten habe, denn er hätte ihn ohnehin aufgestöbert, notfalls im Kohlensäurebad; und ihm dürfe der Herr Doktor auch nicht böse sein für seine Unverschämtheit, denn diese Eigenschaft gehöre nun mal zu den notwendigen Übeln des Journalistenberufes, um die er nicht herumkomme. Dann fing er an, von einem illustrierten Blatt zu erzählen, das hier einmal im Monat erschiene, und erklärte, jede Nummer enthielte gewöhnlich ein Interview mit einem bedeutenden Patienten, der hier kuriert werde; als Beispiele führte er einige Namen an, darunter ein Regierungsmitglied, eine Schlagersängerin und einen Eishockeyspieler.

»Siehst du«, sagte Franziska, »die schönen Frauen unter den Kolonnaden haben kein Interesse für dich bekundet, dafür weckst du die Aufmerksamkeit von Journalisten.«

»Das ist ein entsetzlicher Abstieg«, sagte Havel, nahm dann aber gern mit der Aufmerksamkeit des Redakteurs vorlieb, schenkte ihm ein Lächeln und lehnte sein Angebot mit rührend offensichtlicher Unaufrichtigkeit ab:

»Ich, Herr Redakteur, bin weder Regierungsmitglied noch Hockeyspieler, und noch viel weniger eine Sängerin. Ich will meine wissenschaftlichen Forschungen nicht unterschätzen, aber sie interessieren doch eher Fachleute als ein breites Publikum.«

»Ich will das Interview ja nicht mit Ihnen machen; auf diese Idee wäre ich gar nicht gekommen«, antwortete der junge Mann freimütig und schlagfertig. »Ich möchte es mit Ihrer Frau machen. Ich habe gehört, daß sie Sie hier besuchen wird.«

»Da sind Sie besser informiert als ich«, sagte Havel recht kühl; er trat wieder vor den Spiegel und betrachtete sein Gesicht, das ihm mißfiel. Er knöpfte sich schweigend den Hemdkragenknopf zu, während der junge Redakteur verlegen wurde und seine behauptete Journalistenfrechheit schlagartig verlor; er entschuldigte sich bei der Frau Doktor, er entschuldigte sich beim Herrn Doktor und war froh, als er wieder gehen konnte.

3. Der Redakteur war eher ein Wirrkopf als ein Dummkopf. Er hielt keine großen Stücke auf sein Kurblatt, da er aber der einzige Redakteur war, mußte er wohl oder übel alles tun, um die vierundzwanzig Seiten Monat für Monat mit den nötigen Wörtern und Fotos zu füllen. Im Sommer ging es einigermaßen leicht, weil es im Kurort von erlauchten Gästen wimmelte, verschiedene Orchester sich bei Promenadenkonzerten ablösten und keine Not an kleinen Sensationen herrschte. Zur Regenzeit hingegen füllten sich die Straßen mit Frauen vom Lande und mit Langeweile, so daß man sich keine Gelegenheit entgehen lassen durfte. Als er am Vortag irgendwo aufgeschnappt hatte, daß der Mann einer bekannten Schauspielerin zur Kur gekommen sei, und zwar ausgerechnet der Mann jener Darstellerin aus dem Kriminalfilm, der die gelangweilten Bade-

gäste schon wochenlang erfolgreich zerstreute, roch er Lunte und machte sich sofort auf die Pirsch.

Jetzt aber schämte er sich.

Er war nämlich hinsichtlich seiner eigenen Person noch sehr unsicher und fast sklavisch abhängig von den Leuten, mit denen er verkehrte und aus deren Blick und Urteil er furchtsam herauszulesen versuchte, wer er war und was er galt. So entschied er jetzt, für einen kläglichen, lästigen Dummkopf gehalten worden zu sein, und er ertrug dies um so schwerer, als der Mann, der ihn so abgeurteilt hatte, ihm auf den ersten Blick sympathisch gewesen war. Er war so beunruhigt, daß er noch am selben Tag die Ärztin anrief, um sie zu fragen, wer der Mann dieser Schauspielerin denn eigentlich sei, und er erfuhr, daß es sich nicht nur um eine bekannte Kapazität auf dem Gebiet der Medizin, sondern auch um einen anderweitig sehr berühmten Mann handelte; ob der Herr Redakteur denn wirklich noch nie von ihm gehört habe? Dieser verneinte, und die Ärztin sagte mit gutmütiger Nachsicht: »Aber natürlich, Sie sind ja noch ein Kind. Auf dem Gebiet, auf dem Dr. Havel sich hervorgetan hat, kennen Sie sich zum Glück nicht aus.«

Als er sich durch weitere Nachfragen bei mehreren Leuten davon überzeugt hatte, daß mit besagtem Gebiet erotische Sachkenntnis gemeint war, in der Dr. Havel angeblich landesweit keine Konkurrenz kannte, schämte er sich, für einen Ignoranten gehalten zu werden und diesen Eindruck noch dadurch verstärkt zu haben, daß er noch nie etwas von Havel gehört hatte. Und weil er immer voller Sehnsucht davon geträumt hatte, einmal ein solcher Experte zu werden wie dieser Mann, ärgerte es ihn, daß er sich gerade vor ihm, seinem Meister, wie ein unsympathischer Tölpel aufgeführt hatte; er rief sich seine Geschwätzigkeit in Erinnerung, seine dummen Witze, seinen Mangel an Takt, und er erklärte sich demütig damit einverstanden, daß die Strafe verdient war, die der Meister ihm auferlegt hatte, indem er abweisend verstummt war und abwesend in den Spiegel geblickt hatte.

Der Kurort, in dem diese Geschichte spielt, ist nicht groß, und man sieht sich mehrmals am Tag, ob einem dies lieb ist oder nicht. So war es für den jungen Redakteur nicht schwierig, schon bald dem Mann zu begegnen, der ihm nicht aus dem Kopf ging. Es war am späten Nachmittag, und zwischen den Säulenreihen der Kolonnaden schob sich die Schlange der Gallenkranken langsam voran. Dr. Havel schlürfte das übelriechende Wasser aus einem Porzellanbecher und schnitt eine Grimasse. Der junge Redakteur trat auf ihn zu und begann verwirrt, sich zu entschuldigen. Er habe überhaupt nicht geahnt, daß ausgerechnet er der Ehemann der berühmten Havel sei, Dr. Havel und nicht irgendein anderer Havel; es gebe in Böhmen so viele Havels, und leider habe er nicht sofort eine Verbindung hergestellt zwischen dem Mann der Schauspielerin und dem berühmten Doktor, von dem er selbstredend längst schon gehört habe, und dies nicht nur dank seiner Erfolge auf dem Gebiet der Medizin, sondern – vielleicht dürfe er sich erlauben, das zu sagen – vor allem aufgrund der verschiedensten Geschichten und Gerüchte.

Es gibt keinen Grund zu verheimlichen, daß die Worte des jungen Mannes Dr. Havel in seinem Griesgram gut taten, vor allem die Erwähnung der Geschichten und Gerüchte, von denen Havel sehr wohl wußte, daß sie den Gesetzen von Alter und Verfall genauso unterworfen waren wie der Mensch selbst.

»Sie brauchen sich nicht zu entschuldigen«, sagte er zu dem jungen Mann, und da er dessen Betretenheit bemerkte, faßte er ihn leicht am Arm und forderte ihn auf, mit ihm durch die Kolonnaden zu promenieren. »Das ist nicht der Rede wert«, tröstete er ihn, kam dann aber selbstgefällig auf die Entschuldigung zurück, indem er mehrmals wiederholte: »Sie haben also von mir gehört?« und dabei jedesmal glücklich lachte.

»Ja«, bestätigte der Redakteur eifrig, »aber ich habe Sie mir überhaupt nicht so vorgestellt.«

»Und wie haben Sie sich mich vorgestellt?« fragte Dr. Havel mit aufrichtigem Interesse, und als der Redakteur etwas zusammenstammelte, weil er nichts zu sagen wußte, sagte Havel melancholisch: »Ich weiß. Im Unterschied zu uns sind die Personen von Geschichten, Legenden oder Anekdoten aus einem Stoff geformt, welcher der Verderbnis des Alters nicht unterworfen ist. Nein, damit will ich nicht sagen, Legenden und Anekdoten seien unsterblich; sicher werden auch sie älter, und mit ihnen ihre Personen, nur altern sie so, daß deren Erscheinung sich weder verändert noch verdirbt, sondern nur allmählich verblaßt, transparent wird, bis sie zuletzt in der Helle des Raumes zerfließt. Wie einst Kohn aus der Anekdote, wird auch Havel-der-Große-Sammler verschwinden, aber auch Moses und Pallas Athene und Franz von Assisi; bedenken Sie jedoch, daß Franz ganz langsam verblassen wird, mitsamt den Vögeln auf seinen Schultern, dem Rehkitz zu seinen Füßen und dem Olivenhain, der ihm Schatten spendet, daß seine ganze Landschaft zusammen mit ihm transparent wird und sich langsam in ein tröstliches Himmelblau verwandeln wird, während wir, lieber Freund, sind wir einmal aus der Legende gerissen, vor dem Hintergrund einer höhnisch-farbenfrohen Landschaft und dem Angesicht einer höhnisch-lebenslustigen Jugend vergehen werden.«

Havels Rede hatte den jungen Mann verwirrt und begeistert, und die beiden Männer wanderten noch lange durch die anbrechende Dämmerung. Als sie sich voneinander verabschiedeten, verkündete Havel, er habe die Schonkost schon satt und würde morgen gern ein menschenwürdiges Abendessen zu sich nehmen; er fragte den Redakteur, ob er ihm nicht Gesellschaft leisten wolle.

Natürlich wollte der junge Mann das.

4. »Sagen Sie es der Frau Doktor nicht«, sagte Havel, als er sich dem Redakteur gegenüber an den Tisch setzte und die Speisekarte zur Hand nahm, »aber ich habe meine eigene Auffassung von Diät: ich meide strikt alle Gerichte, die mir nicht schmecken.« Dann fragte er den jungen Mann, was er gern als Aperitif hätte.

Der Redakteur war es nicht gewohnt, vor dem Essen Alkohol zu trinken, und weil ihm nichts anderes einfiel, sagte er: »Wodka.«

Dr. Havel machte ein unzufriedenes Gesicht: »Wodka riecht nach russischer Seele.«

»Das stimmt«, sagte der Redakteur und war von dem Moment an verloren. Er benahm sich wie ein Abiturient vor der Prüfungskommission. Er bemühte sich nicht zu sagen, was er dachte, und zu tun, was er wollte, sondern war bestrebt, die Examinatoren zufriedenzustellen; er versuchte, ihre Gedanken, ihre Launen und ihren Geschmack zu erraten; er wollte ihrer würdig sein. Um nichts auf der Welt hätte er gestanden, daß sein Abendessen gewöhnlich schlicht und schlecht war und er keine Ahnung hatte, welcher Wein zu welchem Fleisch paßte. Und Dr. Havel quälte ihn unabsichtlich, indem er sich ständig mit ihm über die Wahl der Vorspeise, des Hauptgangs, des Weins und der Käsesorten unterhielt.

Als der Redakteur feststellte, daß der Prüfungsexperte ihm im Fach Feinschmeckerei viele Punkte abgezogen hatte, wollte er den Verlust durch erhöhten Einsatz wieder wettmachen, und schon in der Pause zwischen Vorspeise und Hauptgang sah er sich auffällig nach den im Lokal anwesenden Frauen um; mit ein paar Bemerkungen bemühte er sich dann, sein Interesse und seine Kenntnisse unter Beweis zu stellen. Aber er hatte wieder das Nachsehen. Als er von einer rothaarigen Dame, die zwei Tische weiter saß, behauptete, sie wäre bestimmt eine perfekte Liebhaberin, fragte Havel ohne Hintergedanken, woraus er das schließe. Der Redakteur antwortete ausweichend, und als sich der Doktor nach seinen Erfahrungen mit Rothaarigen erkundigte, verstrickte der junge Mann sich in unglaubliche Lügen und verstummte alsbald.

Dr. Havel hingegen fühlte sich unter den bewundernden Blicken des Redakteurs wohl und entspannt. Er bestellte eine Flasche Rotwein zum Fleisch, woraufhin der junge Mann, vom Alkohol angeregt, einen weiteren Versuch unternahm, der Gunst des Meisters würdig zu werden; er fing an, von einem Mädchen zu erzählen, das er kürzlich entdeckt hatte und um das er sich seit einigen Wochen mit großer Hoffnung auf Erfolg bemühte. Seine Angaben waren nicht besonders aussagekräftig, und das gekünstelte Lächeln, das sein Gesicht überzog und in seiner gewollten Zweideutigkeit auch das Ungesagte sagen sollte, sagte nur, daß er seine Unsicherheit überwunden hatte. Havel bemerkte das alles sehr wohl und fragte den jungen Mann in einem Anflug von Mitgefühl nach verschiedenen physischen Eigenheiten des erwähnten Mädchens, um ihm die Gelegenheit zu geben, so lange wie möglich beim geliebten Thema zu verweilen und sich freier auszudrücken. Aber auch diesmal enttäuschte der junge Mann unglaublich: seine Antworten waren sonderbar unklar; es stellte sich heraus, daß er unfähig war, sowohl die Gesamtarchitektur als auch die einzelnen Details ihres Körpers präzise genug zu beschreiben, und ihr Gemüt natürlich noch viel weniger. So fing Dr. Havel schließlich selbst an zu erzählen, und während er sich von der Gemütlichkeit des Abends und dem Wein berauschen ließ, überschüttete er den Redakteur mit einem geistvollen Monolog aus Erinnerungen, Anekdoten und Einfällen.

Der Redakteur nippte an seinem Glas und hörte mit gemischten Gefühlen zu: vor allem war er unglücklich: er war sich seiner eigenen Unscheinbarkeit und Dummheit bewußt, er kam sich vor wie ein fehlbarer Lehrling im Angesicht des unfehlbaren Meisters, und er schämte sich, den Mund aufzumachen; zugleich aber war er glücklich: es schmeichelte ihm, daß der Meister ihm gegenübersaß, von Mann zu Mann mit ihm plauderte und ihm verschiedene diskrete und wertvolle Beobachtungen anvertraute.

Als Havels Rede schon etwas zu lange dauerte, verspürte der junge Mann trotz allem das Bedürfnis, den eigenen Mund aufzumachen, eine Brücke zu schlagen, den Anschluß zu finden, sich als kompetenter Gesprächspartner zu zeigen; er redete also wieder über seine Freundin und bat Havel ungezwungen, sie sich doch morgen anzusehen, damit er ihm dann sage, wie sie ihm im Verhältnis zum Standard seiner Erfahrungen erschiene, anders ausgedrückt, damit der Meister sie (ja, er gebrauchte in seiner Laune das Wort) *genehmigte*.

Was war ihm da bloß eingefallen? War es nur ein spontaner Einfall, geboren aus dem Wein und dem brennenden Wunsch, etwas zu sagen?

Wie spontan auch immer der Einfall gewesen sein mochte, der Redakteur hoffte damit auf einen mindestens dreifachen Nutzen:

durch das Verschwörerische einer gemeinsamen und geheimen Beurteilung (der Beglaubigung) würden sich zwischen Redakteur und Meister vertraute Bande knüpfen; Kameradschaft und Komplizenschaft, nach denen sich der Redakteur so sehnte, würden gefestigt;

wenn der Meister seine Anerkennung äußerte (was der junge Mann hoffte, denn er selbst war von dem erwähnten Mädchen ziemlich eingenommen), so bedeutete dies Anerkennung für den jungen Mann, für seinen Überblick und seinen guten Geschmack, so daß er in den Augen des Meisters vom Lehrling zum Gesellen aufsteigen und auch vor sich selbst mehr gelten würde als bisher;

und schließlich: auch das Mädchen würde dem jungen Mann mehr bedeuten als bisher, und die Glückseligkeit, die er in ihrer Gegenwart empfand, würde sich von einer fiktiven in eine wahrhaftige Glückseligkeit verwandeln (denn dem jungen Mann war es zeitweise klar, daß die Welt, in der er lebte, für ihn ein Labyrinth von Werten war, deren Bedeutung er nur ganz dunkel ahnte, und daß folglich aus Scheinwerten erst nach einer *Überprüfung* wirkliche Werte werden konnten).

5. Als Dr. Havel am nächsten Morgen aufwachte, verspürte er als Folge des gestrigen Abendessens einen leichten Druck in der Gallengegend; als er auf die Uhr schaute, stellte er fest, daß in einer halben Stunde die Therapie begann und er sich folglich beeilen mußte, was er im Leben am meisten haßte; als er sich kämmte, sah er im Spiegel ein Gesicht, das ihm mißfiel. Der Tag fing schlecht an.

Er hatte nicht einmal Zeit zu frühstücken (was er ebenfalls als schlechtes Zeichen betrachtete, denn er legte Wert auf einen geregelten Lebensrhythmus) und eilte ins Badehaus. Dort gab es einen langen Korridor mit vielen Türen; er klopfte an, und eine hübsche Blondine im weißen Kittel streckte den Kopf heraus; mürrisch warf sie ihm seine Verspätung vor und forderte ihn auf einzutreten. Dr. Havel war gerade hinter dem Vorhang der Umkleidekabine, um sich auszuziehen, als er schon hörte: »Machen Sie endlich vorwärts!« Die Stimme der Therapeutin wurde immer unfreundlicher, beleidigte Havel und forderte ihn zu einem Vergeltungsakt heraus (und o weh, Dr. Havel hatte es sich im Laufe der Jahre angewöhnt, Frauen gegenüber nur noch eine Art von Vergeltung walten zu lassen!). Er zog also die Unterhose aus und den Bauch ein und wollte mit geschwellter Brust aus der Kabine marschieren; da ihn dieses unwürdige Gebaren, das er an anderen lächerlich fand, jedoch anwiderte, lockerte er die Bauchmuskeln wieder und schritt mit einer Lässigkeit, die er als das einzig seiner Person

Würdige betrachtete, auf die Wanne zu und tauchte ins lauwarme Wasser.

Die Therapeutin, die weder seine Brust noch seinen Bauch beachtet hatte, hantierte an den Hähnen auf dem Schaltbrett herum, und als Dr. Havel schon ausgestreckt in der Wanne lag, hob sie sein rechtes Bein hoch und setzte die Schlauchmündung, aus der ein scharfer Wasserstrahl schoß, unter seine Fußsohle. Dr. Havel, der kitzelig war, zuckte mit dem Fuß, woraufhin die Therapeutin ihn abermals zurechtweisen mußte.

Es wäre gewiß nicht schwierig gewesen, die Blondine mit einem Witz, einer Anekdote oder einer Scherzfrage aus ihrer unterkühlten Unhöflichkeit zu locken, doch dafür war Havel zu gereizt und zu gekränkt. Er sagte sich, die Blondine habe eine Strafe verdient und es gehöre sich nicht, ihr die Situation zu erleichtern. Als sie ihm mit dem Schlauch über die Leisten fuhr und er mit den Händen das Glied abdeckte, damit der scharfe Strahl ihm nicht wehtun konnte, fragte er sie, was sie am Abend vorhabe. Ohne ihn anzusehen, fragte sie, warum er das wissen wolle. Er erklärte ihr, er sei allein in einem Einbettzimmer und wolle, daß sie ihn heute abend dort besuche. »Sie verwechseln mich offensichtlich«, sagte die Blondine und befahl ihm, sich auf den Bauch zu drehen.

Und so lag Dr. Havel da, den Bauch auf dem Boden der Badewanne und das Kinn hochgestreckt, um zu atmen. Er spürte, wie der Wasserstrahl seine Waden massierte, und war zufrieden mit der korrekten Art, in der er die Therapeutin angesprochen hatte. Dr. Havel bestrafte widerspenstige, freche oder verwöhnte Frauen seit jeher nämlich so, daß er sie kalt und ohne Zärtlichkeit, ja fast ohne Worte zu seiner Couch führte und sie nachher ebenso frostig wieder entließ. Erst eine Weile später wurde ihm bewußt, daß er das Mädchen zwar mit der gehörigen Kälte und ohne jede Zärtlichkeit angesprochen hatte, aber auf seine Couch hätte er sie nicht geführt, würde er sie kaum je führen. Er begriff, daß er abgewiesen worden war und dies eine neue Beleidigung darstellte. Deshalb war er froh, als er sich in der Kabine in ein Badetuch wickeln konnte.

Dann eilte er aus dem Gebäude und auf den Schaukasten des ›Zeit-Kinos‹ zu; dort hingen drei Standfotos; auf einem war seine Frau zu sehen, wie sie voller Entsetzen neben einer Leiche kniete. Dr. Havel betrachtete dieses zärtliche, von Grauen verzerrte Gesicht und verspürte grenzenlose Liebe und grenzenlose Sehnsucht. Lange konnte er sich nicht vom Kasten losreißen. Dann beschloß er, bei Franziska vorbeizuschauen.

6. »Gib mir die Fernvermittlung, ich muß meine Frau sprechen«, sagte Havel zu ihr, nachdem sie einen Patienten verabschiedet und ihn zum Eintreten aufgefordert hatte.

»Ist etwas passiert?«

»Ja«, sagte Havel, »ich habe Sehnsucht nach ihr.«

Franziska sah ihn mit ungläubigen Augen an, wählte die Zentrale und verlangte die Nummer, die Havel ihr vorsagte. Dann legte sie den Hörer auf und fragte: »Du willst Sehnsucht haben?«

»Und warum sollte ich nicht?« erboste sich Havel, »du bist wie meine Frau. Ihr seht in mir jemanden, der ich schon lange nicht mehr bin. Ich bin demütig, ich bin verwaist, ich bin traurig. Die Jahre machen sich bemerkbar. Und ich kann dir sagen, angenehm ist das nicht.«

»Du hättest Kinder haben sollen«, antwortete ihm die Ärztin. »Du würdest nicht so viel an dich denken. Die Jahre machen sich auch bei mir bemerkbar, aber ich denke nicht daran. Wenn ich meinen Sohn sehe, wie er sich von einem Kind in einen Jungen verwandelt, so freue ich mich schon darauf, wie er als Mann aussehen wird, und ich jammere nicht über die Zeit. Stell dir vor, was er mir gestern wieder gesagt hat: warum es Ärzte gebe auf der Welt, wenn die Menschen ohnehin alle sterben müßten. Was sagst du dazu? Was hättest du ihm darauf geantwortet?«

Dr. Havel mußte zum Glück nicht antworten, denn das Telefon klingelte. Er hob den Hörer ab, und als er die Stimme seiner Frau vernahm, legte er sogleich los: er fühle sich traurig, er habe niemanden zum Plaudern, niemanden zum Anschauen, er halte es hier allein nicht aus.

Im Hörer erklang, zunächst mißtrauisch, stockend, ja fast stotternd, eine zarte Stimme, die erst unter dem Ansturm der Worte des Ehemannes etwas auftaute.

»Bitte, komm zu mir, komm sofort hierher, so schnell du kannst!« sagte Havel in den Hörer hinein und hörte seine Frau antworten, sie würde gerne kommen, habe aber fast jeden Tag Vorstellung.

»Fast jeden Tag ist nicht jeder Tag«, sagte Havel, und er erfuhr, daß seine Frau morgen zwar frei habe, jedoch nicht wisse, ob es sich für den einen Tag lohne.

»Wie kannst du bloß so reden? Weißt du denn nicht, was für eine Kostbarkeit ein Tag in unserem kurzen Leben bedeutet?«

»Und du bist mir wirklich nicht böse?« fragte die zarte Stimme.

»Warum sollte ich böse sein?« wurde Havel böse.

»Wegen dieses Briefes. Du hast Schmerzen, und ich belästige dich mit einer dämlichen Eifersuchtsszene.«

Dr. Havel überhäufte den Telefonhörer mit Zärtlichkeiten, und seine Frau sagte (mit einer schon ganz weichen Stimme), sie würde morgen kommen.

»Jedenfalls beneide ich dich«, sagte Franziska, als Havel aufgelegt hatte. »Du hast alles. Ein Mädchen an jedem Finger und auch noch eine glückliche Ehe.«

Havel sah seine alte Freundin an, die von Neid sprach, vor lauter Herzensgüte vermutlich aber auf niemanden neidisch sein konnte, und sie tat ihm auf einmal leid, denn er wußte, daß die Freude an Kindern andere Freuden nicht ersetzen kann, abgesehen davon, daß eine Freude, die dazu da ist, andere Freuden zu ersetzen, sich rasch erschöpft.

Dann aß er zu Mittag, nach dem Essen schlief er, und als er aufwachte, kam ihm in den Sinn, daß der junge Redakteur ihn im Kaffeehaus erwartete, um ihm seine Freundin vorzuführen. Er zog sich also an und verließ das Zimmer. Als er die Treppe des Kurhauses hinunterstieg, sah er im Vestibül vor der Garderobe eine hochgewachsene Frau, die einem rassigen Rennpferd glich. Ach, das hätte nicht passieren dürfen: genau solche Frauen hatten Havel nämlich immer ausnehmend gut gefallen. Die Garderobiere gab der großen Frau einen Regenmantel, und Dr. Havel sprang hinzu, um ihr beim Anziehen behilflich zu sein. Die Frau, die einem Pferd glich, dankte ihm beiläufig, und Havel sagte: »Kann ich noch etwas für Sie tun?« Er lächelte sie an, aber sie verneinte, ohne zu lächeln, und verließ eilig das Gebäude.

Dr. Havel empfand dies als Ohrfeige und ging in einem Zustand erneuter Verwaisung ins Kaffeehaus.

7. Der Redakteur saß schon eine gute Weile neben seiner Freundin in einer Nische (er hatte den Platz so ausgesucht, daß er den Eingang sehen konnte) und war völlig außerstande, sich auf das Gespräch zu konzentrieren, das sonst immer fröhlich und unermüdlich zwischen ihnen beiden hin- und herplätscherte. Er hatte Lampenfieber vor Havels Erscheinen. Er hatte heute zum ersten Mal versucht, das Mädchen mit kritischeren Augen zu sehen, und während sie etwas erzählte (zum Glück erzählte sie ständig etwas, so daß die innere Unruhe des jungen Mannes unbemerkt blieb), entdeckte er einige kleine Schönheitsfehler; das verunsicherte ihn sehr, obwohl er sich im selben Atemzug sagte,

diese kleinen Fehler würden ihre Schönheit nur noch interessanter machen, und gerade durch sie sei ihm ihr ganzes Wesen so ans Herz gewachsen.

Denn der junge Mann liebte das Mädchen.

Wenn er sie aber liebt, warum hat er sich auf diesen für sie so erniedrigenden Einfall eingelassen, sie von diesem Doktor der Lüste genehmigen zu lassen? Wir könnten ihm gegebenenfalls einen Teil seiner Sünden erlassen und einräumen, es handle sich für ihn nur um einen Jungenstreich, wie kommt es dann aber, daß er vor einem bloßen Spiel so nervös und unsicher wird?

Es war kein Spiel. Der junge Mann wußte wirklich nicht, wie seine Freundin war; er vermochte das Maß ihrer Schönheit und Attraktivität nicht zu beurteilen.

Aber war er denn so naiv und so gänzlich unerfahren, daß er eine hübsche Frau nicht von einer häßlichen unterscheiden konnte?

Keineswegs. Der junge Mann war nicht so ganz unerfahren, er hatte schon mehrere Frauen gekannt und verschiedene Affären gehabt, nur war er dabei immer mehr auf sich selbst als auf seine Partnerinnen konzentriert gewesen. Beachten Sie zum Beispiel dieses interessante Detail: der junge Mann erinnerte sich genau, wie er in Begleitung welcher Frau angezogen war, er wußte, daß er dann und dann zu weite Hosen getragen und darunter gelitten hatte, daß sie nicht saßen, er wußte, daß er ein andermal einen weißen Pullover getragen hatte, in dem er wie ein eleganter Sportler aussah, aber er wußte überhaupt nicht, wie seine Freundinnen wann gekleidet waren.

Ja, das ist bemerkenswert: während seiner flüchtigen Bekanntschaften hatte er oft vor dem Spiegel lange und ausführliche Studien über sich selbst angestellt, während er sein weibliches Gegenüber nur global und allgemein wahrgenommen hatte; es war für ihn viel wichtiger, wie er selbst in den Augen seiner Partnerinnen aussah, als wie sie in den seinen wirkten. Das soll nicht heißen, daß ihm nichts daran lag, ob die Frau, mit der er befreundet war, gut aussah oder nicht. Es lag ihm sehr wohl daran. Denn nicht nur er allein wurde von den Augen der Partnerin gesehen, sie beide zusammen wurden von den Augen der anderen (von den Augen der Welt) gesehen und beurteilt, und es war ihm sehr wichtig, daß die Welt zufrieden war mit seiner Freundin: er wußte, in ihrer Person wurden seine Wahl, sein Geschmack, sein Niveau, also er selbst beurteilt. Aber gerade weil ihm so viel am Urteil der anderen gelegen war, hatte er sich bisher nicht besonders auf seine eigenen Augen verlassen, sondern damit begnügt, auf die Stimme der öffentlichen Meinung zu hören und sie sich anzueignen.

Was aber war die Stimme der öffentlichen Meinung gegen die Stimme eines Meisters und Kenners? Der Redakteur schaute ungeduldig zum Eingang, und als er Havels Gestalt endlich in der Glastür erblickte, gab er sich überrascht und sagte zu seiner Freundin, ganz zufällig sei ein gewisser bedeutender Mann hier aufgetaucht, mit dem er in den nächsten Tagen ein Interview für sein Blatt machen wolle. Er ging auf Havel zu und führte ihn zu seinem Tisch. Das Mädchen wurde durch das Vorstellen einen Moment lang in ihrem Erzählfluß gestört, hatte aber bald den Faden ihrer unermüdlichen Gesprächigkeit wieder gefunden und redete weiter.

Dr. Havel, der vor zehn Minuten bei der Frau, die einem Rennpferd glich, abgeblitzt war, sah das geschwätzige Mädchen lange an und versank immer tiefer in seiner Verdrossenheit. Die Kleine war nicht gerade eine Schönheit, sie war aber ganz reizend, und es gab keinen Zweifel, daß Dr. Havel (von dem behauptet worden war, er sei wie der Tod und nehme alles) sie jederzeit genommen hätte, sehr gern sogar. Sie hatte Züge an sich, die sich durch eine sonderbare ästhetische Zweideutigkeit auszeichneten: um die Nasenwurzel herum prangte ein gesprenkeltes Bouquet goldener Sommersprossen, was man auf der weißen Haut als störend empfinden konnte, genausogut aber als natürliches Schmuckstück; sie war sehr zierlich, was man als ungenügende Erfüllung idealer weiblicher Proportionen auffassen konnte, genausogut aber als aufreizende Zartheit des Kindes in der Frau; sie war unendlich redselig, was man als unangenehme Schwatzhaftigkeit erleben konnte, genausogut aber als vorteilhaften Charakterzug, der es dem Partner vergönnte, sich unter den Arkaden ihrer Worte jederzeit unbeobachtet den eigenen Gedanken zu überlassen, ohne dabei ertappt zu werden.

Der Redakteur beobachtete das Gesicht des Doktors insgeheim und bange, und als ihm schien, es sei gefährlich (und für seine Hoffnungen ungünstig) gedankenverloren, rief er den Kellner und bestellte drei Cognacs. Das Mädchen protestierte, sie werde nicht trinken, ließ sich dann aber auf zeitraubende Weise davon überzeugen, daß sie trinken durfte und sollte, und Dr. Havel wurde klar, daß dieses ästhetisch zweideutige Wesen, das im Wasserfall seiner Worte die ganze Einfachheit seines Innern offenbarte, mit allergrößter Wahrscheinlichkeit zu seinem dritten Mißerfolg des Tages würde, wenn er sich um sie bemühte, denn er, Dr. Havel, einst mächtig wie der Tod, war nicht mehr der Mann, der er einmal gewesen war.

Dann servierte der Kellner die Cognacs. Alle drei erhoben ihre Gläser zum Anstoßen, und Dr. Havel sah in die blauen Augen des Mädchens wie in die feindlichen Augen von jemandem, der ihm nicht gehören würde. Und als er diese Augen in ihrer ganzen Bedeutung als feindselig eingestuft hatte, vergalt er dies mit Feindseligkeit und sah auf einmal ein ästhetisch ganz eindeutiges Wesen vor sich: eine unerträglich schwatzhafte, gebrechliche Göre mit einem von Sommersprossen verdreckten Gesicht.

Obwohl diese Verwandlung Havel freute, genauso wie die Augen des jungen Mannes ihn freuten, die mit banger Ungewißheit an ihm hingen, waren diese Freuden allzu bescheiden, verglichen mit der Verdrossenheit, die wie ein Abgrund in ihm klaffte. Havel begriff, daß er diese Zusammenkunft, die ihm kein Glück brachte, nicht noch verlängern durfte; er ergriff deshalb rasch das Wort, gab vor dem jungen Mann und dem Mädchen noch ein paar charmante Sprüche zum besten, sagte dann, wie es ihn gefreut habe, mit den beiden einen angenehmen Augenblick zu verbringen, behauptete, er habe es eilig, und verabschiedete sich.

Als Havel aus der Glastür trat, faßte sich der junge Mann an den Kopf und sagte zu dem Mädchen, er habe ganz vergessen, mit dem Herrn Doktor den Zeitpunkt für das Interview festzulegen. Er sprang auf und holte Havel auf der Straße ein. »Also, was sagen Sie zu ihr?« fragte er.

Havel sah dem jungen Mann lange in die Augen, deren unterwürfige Ungeduld ihm das Herz wärmte.

Der Redakteur hingegen erschauderte, als Havel schweigsam blieb, und er machte von vornherein einen Rückzieher: »Ich weiß, eine Schönheit ist sie nicht.«

Havel sagte: »Nein, eine Schönheit ist sie nicht.«

Der Redakteur senkte den Kopf: »Sie redet ein biß-chen viel. Aber sonst ist sie lieb!«

»Ja, die Kleine ist wirklich lieb«, sagte Havel, »aber lieb sein kann auch ein Hund, ein Kanarienvogel oder ein Entlein, das über den Hof watschelt. Im Leben, lieber Freund, geht es nicht darum, eine größtmögliche Anzahl von Frauen zu erobern, denn das wäre ein zu äußerlicher Erfolg. Es geht vielmehr darum, die eigenen Ansprüche zu heben. Merken Sie sich, lieber Freund, ein richtiger Fischer wirft kleine Fische zurück ins Wasser.«

Der junge Mann begann, sich zu entschuldigen und behauptete, er habe hinsichtlich des Mädchens selber erhebliche Zweifel gehegt, was schon daraus ersichtlich sei, daß er Havel um eine Begutachtung gebeten habe.

»Das ist egal«, sagte Havel, »machen Sie sich deswe-gen keine Sorgen!«

Der junge Mann brachte aber weitere Entschuldigungen und Rechtfertigungen vor und wies auf den Umstand hin, daß im Herbst im Kurort an schönen Frauen Mangel herrsche und man mit dem Vorhandenen vorlieb nehmen müsse.

»In dieser Hinsicht bin ich nicht mit Ihnen einverstanden«, widersprach Havel. »Ich habe hier einige außergewöhnlich attraktive Frauen gesehen. Aber ich will Ihnen etwas sagen. Es gibt eine Art von ansprechendem Aussehen der Frau, das vom kleinstädtischen Geschmack irrtümlicherweise als Schönheit gesehen wird. Und dann gibt es die echte erotische Schönheit der Frau. Diese auf einen Blick zu erkennen, ist allerdings keine Kleinigkeit. Das ist eine Kunst.« Daraufhin gab er dem jungen Mann die Hand und entfernte sich.

8. Der Redakteur verfiel in einen schrecklichen Zustand: er begriff, daß er ein unverbesserlicher Trottel war, verloren in der unübersehbaren Wüste der eigenen Jugend (ja, unübersehbar und endlos schien sie ihm); ihm wurde klar, daß er in Dr. Havels Augen durchgefallen war; und darüber hinaus tauchten Zweifel auf, ob seine Freundin nicht doch uninteressant, bedeutungslos und unansehnlich war. Als er sich wieder neben sie in die Nische setzte, schien es ihm, als wüßten es alle Gäste und auch die geschäftigen Kellner des Kaffeehauses, als würden alle ihn böswillig bemitleiden. Er verlangte die Rechnung und erklärte dem Mädchen, er habe eine dringende Arbeit und müsse jetzt gehen. Das Mädchen wurde traurig, und dem jungen Mann krampfte sich das Herz zusammen: obwohl er wußte, daß er sie wie ein richtiger Fischer ins Wasser zurückwarf, hatte er sie tief in seinem Herzen (heimlich und beschämt) doch noch sehr gern.

Auch der nächste Morgen brachte keinen Lichtstrahl

in seine Trübsal, und als er Dr. Havel mit einer eleganten Frau über den Hauptplatz kommen sah, verspürte er in seinem Innern einen haßähnlichen Neid: diese Dame war fast unverschämt schön, und Dr. Havel, der ihm sogleich fröhlich zuwinkte, war in einer fast unverschämt guten Stimmung, so daß der Redakteur sich in diesem Licht noch armseliger vorkam.

»Das ist der Redakteur des hiesigen Lokalblattes; er hat sich mit mir nur abgegeben, um dich kennenzulernen«, stellte Havel ihn der Schönheit vor.

Als der junge Mann begriff, daß vor ihm die Frau stand, die er von der Leinwand her kannte, wurde seine Unsicherheit noch größer; Havel überredete ihn, mit ihnen zusammen einen Spaziergang zu machen, und da der Redakteur nicht wußte, was er sagen sollte, begann er, sein ursprüngliches journalistisches Vorhaben zu erläutern und ergänzte es durch einen neuen Einfall: er würde die Ehepartner zusammen interviewen.

»Aber, mein guter Freund«, wies Havel ihn zurecht, »die Gespräche, die wir miteinander geführt haben, waren angenehm und durch Ihr Verdienst auch interessant, aber sagen Sie mir, wozu sollten wir sie in einem Organ veröffentlichen, das für Gallenleidende und Besitzer von Zwölffingerdarmgeschwüren bestimmt ist?«

»Eure Gespräche kann ich mir vorstellen«, lächelte Frau Havel.

»Wir haben über Frauen diskutiert«, erklärte Dr. Havel, »ich habe in dem Herrn Redakteur einen vortrefflichen Gesprächspartner für dieses Thema gefunden, einen fröhlichen Freund meiner trüben Tage.«

Frau Havel wandte sich an den jungen Mann: »Hat er Sie nicht gelangweilt?«

Der Redakteur war erfreut, daß der Doktor ihn seinen fröhlichen Freund genannt hatte, und so mischte sich sein Neid wieder mit dankbarer Ergebenheit; er erwiderte, vermutlich habe vielmehr er den Herrn Doktor gelangweilt; er sei sich nur zu gut darüber im klaren, wie unerfahren und uninteressant, ja – fügte er sogar hinzu – wie minderwertig er sei.

»Ach, Liebster«, lachte die Schauspielerin, »du mußt ja fürchterlich aufgeschnitten haben!«

»Das stimmt nicht«, verteidigte der Redakteur den Doktor, »Sie, gnädige Frau, wissen gar nicht, was eine Kleinstadt, was dieses Kurkaff ist, in dem ich wohne.«

»Aber es ist doch hübsch hier!« protestierte die Schauspielerin.

»Ja, für Sie schon, die Sie nur zu Besuch gekommen sind. Ich aber lebe hier, und ich werde weiter hier leben. Immer derselbe Kreis von Leuten, die ich schon in- und auswendig kenne. Immer dieselben Leute, die alle dasselbe denken, und das, was sie denken, sind lauter Platitüden und Dummheiten. Ich muß wohl oder übel mit ihnen auskommen, und ich merke gar nicht immer, daß ich mich langsam anpasse. Was für ein Horror, auch einer von ihnen zu werden! Was für ein Horror, die Welt mit ihren kurzsichtigen Augen zu sehen!«

Der Redakteur redete mit wachsender Begeisterung, und der Schauspielerin schien es, als hörte sie in seinen Worten einen Hauch jenes ewigen Protests der Jugend; sie war gerührt, sie war hingerissen und sagte: »Sie dürfen sich nicht anpassen! Das dürfen Sie nicht!«

»Ich weiß«, sagte der junge Mann zustimmend. »Der Herr Doktor hat mir gestern die Augen geöffnet. Ich muß um jeden Preis den Teufelskreis dieses Milieus durchbrechen. Den Teufelskreis dieser Kleinkariertheit, dieser Durchschnittlichkeit. Durchbrechen muß ich ihn«, wiederholte er, »durchbrechen.«

»Wir haben davon gesprochen«, erklärte Havel seiner Frau, »daß der banale Geschmack der Kleinstadt ein falsches Schönheitsideal hervorbringt, das seinem Wesen nach unerotisch, ja antierotisch ist, während der wirkliche, explosiv erotische Zauber diesem Geschmack verschlossen bleibt. Es gehen Frauen an uns vorbei, die fähig wären, einen Mann zu den schwindelerregendsten

Sinnesabenteuern zu verführen, aber hier sieht sie niemand.«

»Das ist so«, bestätigte der junge Mann.

»Niemand sieht sie«, fuhr der Doktor fort, »weil sie nicht den Normen der hiesigen Schneider entsprechen; der erotische Zauber zeigt sich nämlich eher in der Deformation als in der Regelmäßigkeit, eher im Ausdrucksstarken als im Gemäßigten, eher in der Originalität als in der Konfektionsschönheit.«

»Ja«, erklärte der junge Mann sich einverstanden.

»Du kennst doch Franziska«, sagte Havel zu seiner Frau.

»Aber natürlich«, sagte die Schauspielerin.

»Und du weißt, wie viele unserer Freunde ihr Vermögen für eine Nacht mit ihr hergeben würden. Ich wette meinen Kopf, daß sie in diesem Städtchen von niemandem beachtet wird. Sagen Sie doch, Herr Redakteur, Sie kennen die Frau Doktor schließlich, haben Sie je bemerkt, was für eine außergewöhnliche Frau sie ist?«

»Nein, wahrhaftig nicht«, sagte der junge Mann. »Es wäre mir nie eingefallen, in ihr eine Frau zu sehen!«

»Klar«, sagte Havel, »sie schien Ihnen nicht mager genug. Sie vermißten an ihr die Sommersprossen und die Geschwätzigkeit.«

»Ja«, sagte der junge Mann unglücklich, »Sie haben gestern feststellen können, was für ein Idiot ich bin.«

»Aber haben Sie wenigstens bemerkt, wie sie geht?« fuhr Havel fort. »Haben Sie bemerkt, wie ihre Beine etwas erzählen, wenn sie gehen? Herr Redakteur, wenn Sie hören könnten, was diese Beine sagen, so würden Sie erröten, obwohl ich weiß, daß Sie sonst ein ganz wilder Wüstling sind!«

9. »Du hältst unschuldige Leute zum Narren«, sagte die Schauspielerin zu ihrem Mann, nachdem sie den Redakteur verabschiedet hatten.

»Du weißt doch, daß das bei mir ein Zeichen guter Laune ist. Und ich schwöre dir, die habe ich hier zum ersten Mal, seit ich angekommen bin.«

Diesmal log Dr. Havel nicht; als er kurz vor Mittag den Autobus an der Haltestelle vorfahren sah, als er seine Frau hinter der Fensterscheibe sitzen und sie dann lachend auf dem Trittbrett stehen sah, da war er glücklich, und weil die verflossenen Tage seinen Fröhlichkeitsvorrat nicht angetastet hatten, stellte er den ganzen Tag lang eine fast verrückte Freude zur Schau. Sie wandelten durch die Kolonnaden, knabberten runde, süße Oblaten, schauten auf einen Sprung bei Franziska vorbei, um sich die neuesten Informationen über die letzten Äußerungen ihres Sohnes anzuhören, sie absolvierten den im vorangegangenen Kapitel geschilderten Spaziergang mit dem Redakteur und machten sich über die Patienten lustig, die auf der Gesundheit förderliche Weise durch die Straßen promenierten. Bei dieser Gelegenheit bemerkte Havel, daß einige Passanten lange Blicke auf die Schauspielerin hefteten; als er sich umdrehte, stellte er fest, daß sie stehengeblieben waren und ihnen nachschauten.

»Du bist entdeckt«, sagte Havel. »Die Leute hier haben nichts zu tun und gehen leidenschaftlich gern ins Kino.«

»Stört es dich?« fragte die Schauspielerin, der die Öffentlichkeit ihres Berufes wie eine Art Verschulden vorkam, weil sie sich, wie alle richtigen Liebenden, nach stiller und verborgener Liebe sehnte.

»Im Gegenteil«, sagte Havel und lachte. Er amüsierte sich dann lange mit einem kindlichen Ratespiel, wer von den Vorbeigehenden die Schauspielerin erkennen würde und wer nicht, und er wettete mit ihr, wie viele Leute sich in der nächsten Straße nach ihr umsehen würden.

Großväter, Bäuerinnen und Kinder drehten ihre Köpfe, aber auch die wenigen gutaussehenden Frauen, die sich um diese Jahreszeit noch im Bad aufhielten.

Havel, der die letzten Tage in erniedrigender Unsichtbarkeit zugebracht hatte, war von der Aufmerksamkeit der Spaziergänger beglückt und wünschte sich, so viele Strahlen des Interesses wie möglich möchten auch auf ihn fallen; er legte also seinen Arm um die Taille der Schauspielerin, neigte sich zu ihr hinab, flüsterte ihr alle möglichen liebevollen und frivolen Wörter ins Ohr, so daß auch sie sich an ihn schmiegte und mit heiteren Augen zu ihm aufschaute. Und Havel spürte unter den vielen Blicken, wie die verlorene Sichtbarkeit wieder in ihn zurückströmte, wie seine verschwommenen Züge wahrnehmbar und ausdrucksvoll wurden, und er empfand von neuem eine stolze Freude an seinem Körper, an seiner Gangart, an seiner Existenz.

Als sie so verliebt umschlungen in der Hauptstraße an den Auslagen vorbeibummelten, sah Havel in einem Geschäft für Jagdzubehör die blonde Therapeutin, die ihn gestern so unwirsch abgefertigt hatte; sie stand im menschenleeren Laden und schwatzte mit der Verkäuferin. »Komm«, sagte er zu seiner verdutzten Frau, »du bist das beste Wesen auf der Welt, ich will dir ein Geschenk kaufen«, und er nahm sie bei der Hand und führte sie ins Geschäft.

Die beiden schwatzenden Frauen verstummten; die Therapeutin warf einen langen Blick auf die Schauspielerin, dann einen kurzen auf Havel, und daraufhin sah sie nochmals die Schauspielerin und dann nochmals Havel an; dieser registrierte das äußerst zufrieden, aber ohne ihr auch nur einen Blick zu schenken. Er sah sich die feilgebotene Ware aber an: Geweihe, Taschen, Schrotbüchsen, Fernrohre, Stöcke und Hundekörbchen.

»Was wünschen Sie?« fragte die Verkäuferin.

»Einen Augenblick«, sagte Havel; endlich hatte er unter dem Glas des Verkaufstresens schwarze Pfeifen gesichtet; er zeigte auf eine von ihnen. Die Verkäuferin reichte sie ihm, Havel setzte die Pfeife an die Lippen, pfiff, sah sie sich von allen Seiten an und pfiff abermals leise. »Vortrefflich«, lobte er und legte die verlangten fünf Kronen vor die Verkäuferin. Die Pfeife gab er seiner Frau.

Die Schauspielerin sah in diesem Geschenk das Kindliche und Spitzbübische, das sie an ihrem Mann so anbetete, seinen Sinn für Unsinn, und sie dankte ihm mit einem wundervollen, verliebten Blick. Aber Havel war das zuwenig; er flüsterte ihr zu: »Ist das dein ganzer Dank für ein so schönes Geschenk?« So gab ihm die Schauspielerin einen Kuß. Die beiden Frauen ließen das Paar auch dann noch nicht aus den Augen, als es den Laden bereits verlassen hatte.

Und wieder bummelten sie durch Straßen und Parkanlagen, knabberten Oblaten, trillerten auf der Pfeife, saßen auf einer Bank und wetteten, wie viele Passanten sich umsehen würden. Als sie gegen Abend ein Restaurant betraten, wären sie beinahe mit der Frau, die einem Rennpferd glich, zusammengestoßen. Diese sah sie überrascht an, die Schauspielerin lange und Havel kurz, dann wieder die Schauspielerin, und als sie Havel nochmals ansah, verneigte sie sich unwillkürlich leicht. Havel verbeugte sich ebenfalls und neigte dann den Kopf zu seiner Frau hinab, um ihr ins Ohr zu flüstern, ob sie ihn denn liebe. Die Schauspielerin sah ihn verliebt an und streichelte über sein Gesicht.

Dann setzten sie sich an einen Tisch, gönnten sich ein bescheidenes Essen (die Schauspielerin achtete ängstlich auf die Einhaltung der Diät ihres Mannes), tranken Rotwein (den einzigen Alkohol, der ihm erlaubt war), und dann war für Frau Havel der Moment der Rührung gekommen. Sie neigte sich zu ihrem Mann, nahm seine Hand und sagte, es sei dies einer der schönsten Tage, den sie erlebt habe; sie gestand ihm, wie traurig ihr zumute gewesen sei, als er zur Kur gefahren war; sie

entschuldigte sich nochmals für den absurden Eifer-
suchtsbrief und dankte ihm, daß er sie angerufen und
eingeladen hatte; sie sagte, es hätte sich sogar gelohnt,
ihm nachzureisen, um ihn eine einzige Minute zu sehen;
sie sprach dann lange darüber, daß das Leben mit ihm
für sie ein Leben in steter Unruhe und Unsicherheit sei,
als würde sich Havel ihr in einem fort entziehen, daß
aber gerade deshalb jeder Tag ein neues Erlebnis, ein
neues Sich-Verlieben, ein neues Geschenk sei.

Dann gingen sie gemeinsam in Havels Einbettzimmer, und die Freude der Schauspielerin erreichte bald
schon ihren Höhepunkt.

10. Zwei Tage später hatte Dr. Havel wieder
Unterwasser-Massage, und wieder kam er
etwas zu spät; er kam, ehrlich gesagt, nie
rechtzeitig irgendwohin. Und wieder war die blonde
Therapeutin anwesend, nur machte sie diesmal kein
böses Gesicht mehr, sondern lächelte ihn an und nannte
ihn »Herr Doktor«, woran Havel erkannte, daß sie sich
seine Krankenkarte angeschaut oder sonst nach ihm
erkundigt hatte. Dr. Havel nahm dieses Interesse mit
Genugtuung zur Kenntnis und begann sich hinter dem
Vorhang der Kabine auszuziehen. Als die Therapeutin
ihm zurief, die Wanne sei voll, kam er mit selbstsicher
vorgestrecktem Bauch daher und ließ sich mit Wonne
ins Wasser gleiten.

Die junge Frau hantierte an den Hähnen auf dem
Schaltbrett herum und fragte ihn, ob seine Frau immer
noch hier sei. Havel sagte nein, und sie fragte weiter, ob
seine Frau bald wieder in einem schönen Film spielen
würde. Havel sagte ja, und die Therapeutin hob sein
rechtes Bein. Als der Wasserstrahl seine Fußsohle kit-
zelte, lächelte sie und sagte, der Herr Doktor habe offensichtlich einen sehr zarten, sensiblen Körper. Dann rede-

ten sie weiter, und Havel erwähnte die Langeweile des Kurortes. Die Therapeutin lächelte vieldeutig und meinte, der Herr Doktor wisse sich das Leben sicher so einzurichten, daß er sich nicht langweile. Und als sie sich tief über ihn beugte, um ihm mit der Schlauchmündung über die Brust zu fahren, und Havel ihren Busen lobte, dessen obere Hälfte er gut sehen konnte, gab die Therapeutin zur Antwort, er habe sicher schon schönere gesehen.

Das alles machte Havel klar, daß die kurze Anwesenheit seiner Frau ihn in den Augen des lieben, muskulösen Mädchens vollkommen verwandelt hatte, daß er plötzlich Charme und Zauber besaß, und noch mehr: sein Körper stellte für sie zweifellos die Gelegenheit dar, der Schauspielerin heimlich näher zu kommen, sich auf die Ebene des Ruhmes dieser Frau zu stellen, nach der sich alle umsahen. Havel begriff, daß ihm mit einem Mal alles erlaubt, alles von vornherein stillschweigend versprochen war.

Wie es aber nun mal so geht, wenn der Mensch zufrieden ist, schlägt er die Gelegenheiten, die sich ihm bieten, gerne göttergleich aus, um sich in seliger Sattheit zu sonnen. Havel genügte es völlig, daß die Blondine ihre unhöfliche Unnahbarkeit verloren hatte, daß sie eine süße Stimme und ergebene Augen hatte und sich ihm so indirekt anbot – und er verspürte kein Verlangen nach ihr.

Dann mußte er sich auf den Bauch drehen, das Kinn aus dem Wasser strecken und wieder den scharfen Strahl von den Fersen bis zum Kopf über sich ergehen lassen. Diese Lage kam ihm vor wie eine religiöse, rituelle Haltung der Demut und Danksagung: er dachte an seine Frau, wie schön sie war, wie sehr er sie und sie ihn liebte, und auch daran, daß sie sein glücklicher Stern war, der ihm die Gunst von Zufällen und muskulösen Mädchen vermittelte.

Als die Massage zu Ende war und er sich in der Wanne aufrichtete, um herauszusteigen, erschien ihm

195

die Therapeutin mit ihren Schweißperlen so gesund und so prächtig schön, schienen ihm ihre Augen so folgsam ergeben, daß er Lust hatte, sich in die Richtung zu verneigen, in der er in der Ferne seine Frau wähnte. Ihm schien, als stünde der Körper der Therapeutin auf der großen Handfläche der Schauspielerin, als bringe ihm die Hand diesen Körper als Liebesbotschaft, als Liebesgabe dar. Und es kam ihm plötzlich vor wie eine Rüpelei der eigenen Frau gegenüber, dieses Geschenk einfach auszuschlagen, diese nette kleine Aufmerksamkeit. Er lächelte also die verschwitzte Therapeutin an und sagte zu ihr, er habe den heutigen Abend für sie freigehalten und erwarte sie um sieben vor der Thermalquelle. Sie willigte ein, und Dr. Havel hüllte sich in ein großes Badetuch.

Während er sich anzog und sein Haar kämmte, stellte er fest, daß er ausnehmend gut gelaunt war. Er wollte etwas plaudern und ging bei Franziska vorbei, der sein Besuch gerade recht kam, denn auch sie war in Hochform.

Sie erzählte alles mögliche durcheinander, kam aber immer wieder auf das Thema zu sprechen, das sie bei ihrem letzten Gespräch angeschnitten hatten: sie redete über ihr Alter und machte unklare Anspielungen, man dürfe nicht kapitulieren vor der Anzahl der Jahre, das Alter sei nicht immer ein Nachteil, und es sei ein wunderbares Gefühl, sich davon zu überzeugen, daß man es sehr wohl noch mit Jüngeren aufnehmen könne. »Und Kinder sind auch nicht alles«, sagte sie auf einmal wie aus heiterem Himmel, »nein, ich habe meine Kinder gern«, präzisierte sie, »du weißt ja, wie gern ich sie habe, aber es gibt auch noch andere Dinge auf der Welt . . .«

Franziskas Überlegungen wichen keinen Augenblick von ihrer vagen Abstraktheit ab, und Uneingeweihte hätten sie vermutlich für reines Gerede gehalten. Havel aber war kein Uneingeweihter und sah auf den Grund dessen, was sich hinter dem vermeintlichen Gerede versteckte. Er schloß daraus, daß sein eigenes Glück nur ein Glied in einer ganzen Glückskette war, und weil er ein wohlwollendes Herz hatte, fühlte er sich nun doppelt so gut.

11. Ja, Dr. Havel hatte richtig geraten: der Redakteur hatte die Ärztin noch an dem Tag aufgesucht, da sein Meister sie ihm angepriesen hatte. Schon nach ein paar Sätzen fand er eine überraschende Kühnheit in sich und sagte ihr, sie gefalle ihm und er wolle mit ihr ausgehen. Die Ärztin stotterte erschrocken, sie sei älter als er und habe Kinder. Dadurch wuchs das Selbstvertrauen des Redakteurs noch mehr, und die Worte sprudelten nur so aus ihm heraus: er behauptete, die Frau Doktor besitze eine verborgene Schönheit, die wertvoller sei als ein banal gefälliges Äußeres; er lobte ihre Gangart und sagte, ihre Beine würden beim Gehen gleichsam etwas erzählen.

Und zwei Tage später, am selben Abend, da Dr. Havel zufrieden auf die Thermalquelle zuspazierte, wo er die muskulöse Blondine schon von weitem stehen sah, ging der Redakteur ungeduldig in seiner engen Mansarde auf und ab; er war sich des Erfolges zwar fast sicher, fürchtete sich aber um so mehr vor Fehlern oder Zufällen, die ihn zunichte machen könnten; immer wieder öffnete er die Tür, um in das Treppenhaus hinunterzuspähen; endlich erblickte er die Ärztin.

Die Sorgfalt, mit der Frau Franziska gekleidet und geschminkt war, hatte sie der Alltagserscheinung der Frau in weißer Hose und weißem Kittel etwas entrückt; dem erregten jungen Mann schien es, als stünde ihr bisher nur erahnter erotischer Zauber nun fast schamlos entblößt vor ihm, so daß ihn eine respektvolle Schüchternheit befiel; um sie zu überwinden, umarmte er die Ärztin noch in der offenen Tür und begann sie wie wild zu küssen. Sie war erschrocken über diese Plötzlichkeit und sagte, sie wolle sich erst einmal setzen. Er ließ sie los, setzte sich aber sogleich zu ihren Füßen und küßte die Strümpfe auf ihren Knien. Sie legte ihre Hand in sein Haar und versuchte, ihn sanft wegzustoßen.

Wir wollen uns merken, was sie zu ihm sagte. Zunächst wiederholte sie mehrmals: »Sie müssen artig sein, Sie müssen artig sein, versprechen Sie mir, artig zu sein.« Als der junge Mann sagte: »Ja, ja, ich werde artig sein«, und dabei den Mund den glatten Stoff entlang höher gleiten ließ, sagte sie: »Nein, nein, das nicht, das nicht«, und als er in noch höhere Regionen vordrang, begann sie ihn plötzlich zu duzen und erklärte: »Bist du ein Draufgänger, oh, bist du ein Draufgänger!«

Mit dieser Erklärung war alles entschieden. Der junge Mann stieß auf keine weiteren Widerstände mehr. Er war entzückt; entzückt von sich selbst, entzückt von der Schnelligkeit seines Erfolges, entzückt von Dr. Havel, dessen Genius bei ihm weilte und ihn durchdrang, entzückt von der Nacktheit der Frau, die in der Liebesvereinigung unter ihm lag. Er wollte ein Meister, er wollte ein Virtuose sein, er wollte seine Sinnlichkeit und sein entfesseltes Temperament unter Beweis stellen. Er hob seinen Rumpf von der Ärztin ab, umfaßte ihren daliegenden Körper mit einem wilden Blick und murmelte: »Du bist schön, du bist herrlich, du bist herrlich . . .«

Die Ärztin bedeckte ihren Bauch mit beiden Händen und sagte: »Du darfst dich nicht lustigmachen . . .«

»Was soll der Unsinn? Ich mache mich nicht lustig, du bist herrlich!«

»Schau mich nicht an.« Sie drückte ihn an sich, damit er sie nicht sehen konnte: »Ich habe zwei Kinder hinter mir, verstehst du?«

»Zwei Kinder?« wiederholte der junge Mann verständnislos.

»Man sieht es mir an, du darfst mich nicht anschauen.«

Das bremste den anfänglichen Elan des jungen Mannes etwas, und nur mit Mühe brachte er sich wieder in die gehörige Ekstase; damit es etwas besser ging, versuchte er, dem aus der Wirklichkeit fliehenden Rausch mit Worten aufzuhelfen, und flüsterte der Ärztin ins Ohr, wie schön es sei, daß sie nackt, so ganz nackt mit ihm zusammen sei.

»Du bist lieb, du bist so lieb«, sagte die Ärztin zu ihm.

Der junge Mann wiederholte weitere Worte über ihre Nacktheit und fragte sie, ob es für sie erregend sei, nackt mit ihm zusammen zu sein.

»Du bist ein Kind«, sagte die Ärztin, »ja, es ist erregend«, aber nach einer Weile fügte sie hinzu, es hätten sie schon so viele Ärzte nackt gesehen, daß es eigentlich nichts mehr bedeute, »mehr Ärzte als Liebhaber«, lachte sie und fing an, von ihren schweren Geburten zu erzählen. »Aber es hat sich gelohnt«, sagte sie schließlich, »ich habe zwei schöne Kinder. Wirklich schöne.«

Die mühsam erarbeitete Ekstase des Redakteurs verflüchtigte sich erneut, ja, er hatte plötzlich den Eindruck, er sitze im Kaffeehaus und unterhalte sich mit der Ärztin bei einer Tasse Tee; das empörte ihn; er begann sie wieder mit heftigen Bewegungen zu lieben und versuchte noch einmal, sie an sinnlichere Vorstellungen zu fesseln: »Als ich dich das letzte Mal besuchen kam, hast du da gewußt, daß wir zusammen schlafen würden?«

»Und du?«

»Ich *wollte* es«, sagte der Redakteur, »ich *wollte* es wahnsinnig!« und legte eine grenzenlose Leidenschaft in das Wort ›wollen‹.

»Du bist wie mein Sohn«, lachte die Ärztin ihm ins Ohr, »der will auch immer alles. Ich frage ihn dann jeweils: willst du nicht noch das Blaue vom Himmel?«

So also liebten sie sich; Frau Franziska unterhielt sich glänzend.

Als sie dann nackt und müde nebeneinander auf der Couch saßen, strich die Ärztin dem Redakteur übers Haar und sagte: »Du hast den selben Wirbel wie er.«

»Wie wer?«

»Wie mein Sohn.«

»Ständig denkst du an deinen Sohn«, sagte der Redakteur mit zaghafter Mißbilligung.

»Ja«, sagte die Ärztin stolz, »er ist halt Mamas Liebling, Mamas Liebling.«

Dann stand sie auf und zog sich wieder an. Und plötzlich überfiel sie in dieser Junggesellenbude das Gefühl, selbst jung zu sein, ein ganz junges Mädchen, und sie fühlte sich überaus wohl. Als sie sich verabschiedete, umarmte sie den Redakteur und hatte vor Dankbarkeit feuchte Augen.

12. Nach einer schönen Nacht begann für Havel ein schöner Tag. Beim Frühstück wechselte er ein paar bedeutsame Worte mit der Frau, die einem Rennpferd glich, und als er um zehn Uhr von der Therapie zurückkam, wartete im Zimmer ein liebevoller Brief seiner Frau auf ihn. Dann ging er inmitten einer Menge anderer Patienten unter den Kolonnaden spazieren; er hob den Porzellanbecher an den Mund und strahlte vor Behaglichkeit. Die Frauen, die vorher achtlos an ihm vorbeigegangen waren, hefteten nun lange Blicke auf ihn, worauf er sich leicht zum Gruß verneigte. Als er den Redakteur erblickte, nickte er ihm fröhlich zu: »Ich habe heute vormittag die Doktorin besucht, und gewissen Anzeichen folgend, die einem guten Psychologen nicht entgehen, scheint mir, daß Sie erfolgreich waren!«

Der junge Mann hatte keinen größeren Wunsch, als sich seinem Meister anzuvertrauen, aber der eigentliche Verlauf des vergangenen Abends hatte ihn etwas verwirrt; er war sich nicht sicher, ob der Abend wirklich so hinreißend gewesen war, wie er hätte sein sollen, und wußte deshalb nicht, ob ein genaues und wahrheitsgetreues Referat in Havels Augen für ihn eine Auszeichnung oder eine Herabsetzung bedeuten würde; er zögerte, was er ihm anvertrauen sollte und was nicht.

Als er jetzt aber Havels vor Fröhlichkeit und Unverschämtheit strahlendes Gesicht sah, konnte er nicht anders, als ihm in ähnlich fröhlichem und unverschämtem Ton zu antworten, und so lobte er die Frau, die Havel ihm empfohlen hatte, mit begeisterten Worten. Er erzählte davon, wie sie ihm gleich gefallen hatte, als er sie das erste Mal mit nichtkleinstädtischen Augen ansah, er erzählte davon, wie schnell sie eingewilligt hatte, ihn zu besuchen, und auch davon, wie schnell er sie erobert hatte.

Als Dr. Havel ihm verschiedene Fragen und Nebenfragen stellte, um alle Nuancen der besprochenen Sache zu erfahren, näherte sich der junge Mann in seinen Aussagen wohl oder übel immer mehr der Wahrheit und bemerkte schließlich, obwohl er mit allem äußerst zufrieden gewesen sei, habe ihn die Konversation, welche die Ärztin während des Liebesaktes mit ihm geführt habe, doch etwas in Verlegenheit gebracht.

Dr. Havel interessierte das sehr, und als er den Redakteur dazu gebracht hatte, ihm den Dialog wörtlich zu wiederholen, unterbrach er dessen Schilderung durch begeisterte Ausrufe: »Ausgezeichnet! Nein, ist das phantastisch!« »Diese ewigen Mütter!« und: »Mein Freund, darum beneide ich Sie!«

In diesem Moment blieb die Frau, die einem Rennpferd glich, vor den beiden Männern stehen. Dr. Havel verneigte sich, und die Frau reichte ihm die Hand: »Seien Sie mir nicht böse«, entschuldigte sie sich, »ich habe mich etwas verspätet!«

»Das macht nichts«, sagte Havel, »ich unterhalte mich hier glänzend mit meinem Freund. Sie müssen mir verzeihen, wenn ich das Gespräch mit ihm noch zu Ende führe.«

Und ohne die Hand der hochgewachsenen Frau loszulassen, wandte er sich noch einmal an den Redakteur:

»Lieber Freund, das, was Sie mir gerade erzählt haben, hat all meine Erwartungen übertroffen. Sie müssen nämlich begreifen, daß das eigentliche Vergnügen des Körpers, wenn man es in seiner Stummheit beläßt, auf ärgerliche Weise gleichförmig ist; eine Frau ahmt darin die andere nach, und alle werden sie in allen vergessen sein. Aber wir stürzen uns doch vor allem in Liebesfreuden, um uns daran zu erinnern! Damit ihre Lichtblicke unsere Jugend in einem strahlenden Band mit unserem Alter verbinden! Damit eine ewige Flamme sie in unserem Gedächtnis bewahrt! Und Sie müssen wissen, mein Freund, nur ein in dieser alltäglichsten aller alltäglichen Szenen ausgesprochenes Wort besitzt die Kraft, diese in einem solchen Licht erscheinen zu lassen, daß sie unvergeßlich bleiben wird. Man erzählt sich von mir, ich sei ein Frauensammler. In Wirklichkeit bin ich viel mehr ein Wörtersammler. Glauben Sie mir, Sie werden den gestrigen Abend nie mehr vergessen, und seien Sie glücklich darüber!«

Dann nickte er dem jungen Mann zu und entfernte sich mit der großen Frau, die einem Rennpferd glich, und führte sie an seiner Hand langsam die Kurpromenade entlang.

SIEBTER TEIL

EDUARD UND GOTT

1. Eduards Geschichte lassen wir sinnvollerweise im Landhaus seines älteren Bruders beginnen. Der Bruder lag auf dem Sofa und sagte zu Eduard: »Wende dich ruhig an dieses Weibsbild. Sie ist zwar ein Luder, aber ich glaube, daß auch solche Kreaturen ein Gewissen haben. Gerade weil sie einmal so hundsgemein zu mir gewesen ist, wird sie jetzt vielleicht froh sein, wenn du ihr die Gelegenheit gibst, an dir die alte Schuld wiedergutzumachen.«

Eduards Bruder war immer derselbe: ein herzensguter Faulpelz. Genau so hatte er vermutlich vor vielen Jahren auf dem Sofa seiner Studentenbude herumgelegen und (da war Eduard noch ein Knirps) Stalins Tod vertrödelt und verpennt; am nächsten Tag war er nichtsahnend in die Fakultät gekommen und hatte die Kommilitonin Kladiva bemerkt, die in ostentativer Erstarrung wie eine Trauerstatue mitten im Vestibül emporragte; dreimal ging er um sie herum und fing dann schrecklich zu lachen an. Das Mädchen war beleidigt, bezeichnete das Lachen ihres Kommilitonen als politische Provokation, und der Bruder mußte die Universität verlassen und zum Arbeiten auf ein Dorf gehen, wo er sich seit jener Zeit ein Haus, einen Hund, eine Frau, zwei Kinder und sogar ein Wochenendhäuschen zugelegt hatte.

In diesem selben Haus auf dem Dorf also lag er auf dem Sofa und sprach zu Eduard: »Wir nannten sie damals die Zuchtrute der Arbeiterklasse. Aber das kann dir egal sein. Heute ist sie eine ältere Frau, und für junge Männer hat sie schon immer eine Schwäche gehabt, so daß sie dir den Gefallen tun wird.«

Eduard war damals noch sehr jung. Er hatte gerade die pädagogische Fakultät absolviert (dieselbe, die sein Bruder nicht absolviert hatte) und suchte eine Stelle. Die Ratschläge seines Bruders befolgend, klopfte er am nächsten Tag an die Tür des Direktionszimmers. Da sah er eine lange, knochige Frau mit zigeunerhaft schwarzen, fettigen Haaren, schwarzen Augen und schwarzem

Flaum unter der Nase. Ihre Häßlichkeit verscheuchte seine Aufregung, die weibliche Schönheit ihm wegen seiner Jugend noch immer verursachte, so daß er es schaffte, in aller Liebenswürdigkeit sehr gelöst, ja sogar galant mit ihr zu sprechen. Die Direktorin reagierte sichtlich erfreut auf seinen Tonfall und sagte mehrmals mit merklicher Begeisterung: »Wir brauchen junge Leute hier.« Sie versprach, seine Bewerbung zu berücksichtigen.

2. Und so wurde Eduard Lehrer in einer böhmischen Kleinstadt. Das bereitete ihm weder Freude noch Kummer. Er hatte sich immer bemüht, zwischen Ernst und Unernst zu unterscheiden, und ordnete seine Lehrerlaufbahn der Kategorie des *Unernsten* zu. Nicht, daß die Lehrtätigkeit an sich oder im Hinblick auf seinen Lebensunterhalt unernst gewesen wäre (in dieser Hinsicht hing er sogar daran, weil er wußte, daß er sich anders nicht hätte durchschlagen können), aber er betrachtete sie als unernst im Hinblick auf sein eigenes Wesen. Er hatte sie nicht gewählt. Gesellschaftliche Nachfrage, Kaderakte, Abschlußzeugnisse und Aufnahmeprüfungen hatten sie für ihn ausgewählt. Die Summe all dieser Kräfte hatte ihn schließlich vom Gymnasium an die pädagogische Fakultät verladen (wie ein Kran einen Zementsack auf einen Lastwagen verlädt). Er studierte ungern dort (hinsichtlich der Fakultät war er seit dem Mißerfolg des Bruders abergläubisch), aber er fand sich schließlich damit ab. Er begriff jedoch, daß sein Beruf zu den Zufälligkeiten seines Lebens gehören würde, daß er an seiner Person kleben würde wie ein künstlicher Schnurrbart, der einen zum Lachen brachte.

Wenn die *Pflicht* jedoch etwas Unernstes (etwas zum Lachen) ist, so ist vielleicht gerade das ernst, was man *freiwillig* tut: Eduard hatte an seinem neuen Wohnort rasch eine junge Frau gefunden, die ihm gefiel, und er begann sich ihr mit einem fast echt wirkenden Ernst zu widmen. Sie hieß Alice und war, wie er bei den ersten Verabredungen zu seinem Leidwesen feststellen mußte, ziemlich zurückhaltend und tugendhaft.

Mehrmals versuchte er, ihr während der abendlichen Spaziergänge den Arm so um den Rücken zu legen, daß er von hinten den Rand ihrer rechten Brust berührte, aber jedesmal ergriff sie seine Hand und schob sie weg. Als er diesen Versuch eines Tages erneut wiederholte und sie (erneut) seine Hand wegschob, blieb sie stehen und sagte: »Glaubst du an Gott?«

Mit seinen feinen Ohren hörte Eduard den Nachdruck in dieser Frage und vergaß die Brust auf der Stelle.

»Glaubst du an ihn?« wiederholte Alice ihre Frage, und Eduard wagte nicht zu antworten. Nehmen wir ihm diesen mangelnden Mut zur Aufrichtigkeit nicht übel; er fühlte sich an dem neuen Ort verlassen, und Alice gefiel ihm zu sehr, als daß er sie wegen einer einzigen Antwort hätte verlieren mögen.

»Und du?« fragte er, um Zeit zu gewinnen.

»Aber sicher«, sagte Alice und drängte wieder auf eine Antwort.

Bis jetzt wäre es Eduard nie eingefallen, an Gott zu glauben. Er begriff jedoch, daß er das nicht zugeben durfte, ganz im Gegenteil, jetzt mußte er die Gelegenheit nutzen und sich aus der Liebe zu Gott ein schönes Holzpferd schnitzen, in dessen Bauch er sich nach dem antiken Vorbild unbemerkt in das Herz des Mädchens einschleichen konnte. Nur konnte Eduard nicht so einfach *ja, ich glaube an Gott* sagen; er war durchaus nicht zynisch und schämte sich zu lügen; die vulgäre Geradlinigkeit der Lüge widerstrebe ihm; und wenn eine Lüge unumgänglich war, wollte er selbst beim Lügen so wahrheitsgetreu wie möglich sein. Deshalb antwortete er mit außergewöhnlich nachdenklicher Stimme: »Ich weiß gar nicht, was ich dir sagen soll, Alice. Gewiß, ich glaube an Gott. Aber –«, er setzte einen Gedankenstrich, und Alice sah überrascht zu ihm auf, »aber ich will ganz aufrichtig zu dir sein. Darf ich aufrichtig zu dir sein?«

»Du mußt aufrichtig sein«, sagte Alice. »Sonst hätte es gar keinen Sinn, daß wir zusammen sind.«

»Wirklich?«

»Wirklich«, sagte Alice.

»Ich werde manchmal von Zweifeln verfolgt«, sagte Eduard leise. »Manchmal zweifle ich, ob es ihn wirklich gibt.«

»Aber wie kannst du nur zweifeln!« schrie Alice beinahe.

Eduard schwieg, und nach kurzem Nachdenken kam ihm ein altbekannter Gedanke in den Sinn: »Wenn ich so viel Böses um mich herum sehe, frage ich mich oft, wie es möglich ist, daß es einen Gott gibt, der das alles zuläßt.«

Das klang so traurig, daß Alice seine Hand ergriff: »Ja, die Welt ist wahrhaft voll von Bösem. Das weiß ich nur zu gut. Aber gerade deshalb mußt du an Gott glauben. Ohne ihn wäre alles Leiden umsonst. Nichts hätte einen Sinn. Und dann könnte ich überhaupt nicht mehr leben.«

»Vielleicht hast du recht«, sagte Eduard nachdenklich und ging am Sonntag mit ihr in die Kirche. Er tauchte seine Finger ins Weihwasser und bekreuzigte sich. Dann wurde die Messe gelesen und gesungen, und er sang mit den anderen ein frommes Lied, dessen Melodie ihm irgendwie bekannt vorkam, nicht aber der Text. Anstelle der vorgeschriebenen Worte sang er daher nur verschiedene Vokale und setzte mit dem Ton immer einen Sekundenbruchteil später ein als die anderen, weil er auch die Melodie nur vage kannte. Dafür ließ er seine Stimme, sobald er von der Richtigkeit des Tones überzeugt war, in voller Stärke erklingen, wodurch ihm zum ersten Mal im Leben bewußt wurde, daß er einen schönen Baß hatte. Dann begannen alle, das Vaterunser zu beten, und einige alte Frauen knieten nieder. Er konnte das dringliche Bedürfnis nicht unterdrücken, ebenfalls auf den Steinboden niederzuknien. Er bekreuzigte sich mit ausholenden Gebärden und empfand dabei das wunderbare Gefühl, etwas zu tun, was er noch nie im Leben getan hatte, was er weder in der Schule noch auf der Straße tun konnte, nirgends sonst. Er fühlte sich herrlich frei.

Als alles zu Ende war, sah Alice ihn mit strahlenden Augen an: »Kannst du immer noch sagen, daß du an ihm zweifelst?«

»Nein«, sagte Eduard.

Und Alice sagte: »Ich möchte dich lehren, ihn so zu lieben, wie ich ihn liebe.«

Sie standen auf der breiten Kirchentreppe, und Eduards Seele war voller Lachen. Unglücklicherweise ging genau in diesem Moment die Direktorin vorbei und sah die beiden.

3. Das war schlimm. Erinnern wir uns (für die Leser, denen der historische Hintergrund nicht bekannt ist): auch wenn die Kirche damals nicht verboten war, so war es doch nicht ganz ungefährlich, den Gottesdienst zu besuchen.

Das ist nicht so schwer zu verstehen. Wer gekämpft hat für etwas, das er Revolution nennt, hegt einen großen Stolz, und der heißt: *auf der richtigen Seite der Front zu stehen.* Liegt diese Revolution dann zehn, zwölf Jahre zurück (wie zur Zeit unserer Geschichte ungefähr), so beginnt die Frontlinie zu verschwimmen und mit ihr die richtige Seite. Kein Wunder also, daß die einstigen Anhänger der Revolution sich betrogen fühlen und deswegen rasch nach *Ersatzfronten* suchen; dank der Religion können sie (als Atheisten gegen die Gläubigen) wieder in allen Ehren auf der richtigen Seite stehen und sich so das gewohnte und kostbare Pathos ihrer Überlegenheit bewahren.

Aber, ehrlich gesagt, auch den anderen kam diese Ersatzfront damals gelegen, und es ist vielleicht nicht verfrüht, wenn wir verraten, daß Alice zu ihnen gehörte. So wie die Direktorin auf der *richtigen* Seite stehen wollte, wollte Alice auf der *entgegengesetzten* Seite stehen. In den sogenannten Revolutionstagen hatte man das Geschäft ihres Vaters verstaatlicht, und Alice haßte diejenigen, die ihm das angetan hatten. Wie aber sollte sie ihren Haß zum Ausdruck bringen? Sollte sie etwa ein Messer nehmen und den Vater rächen? Das ist in Böhmen nicht üblich. Alice hatte eine bessere Möglichkeit, ihre Opposition zum Ausdruck zu bringen: sie begann, an Gott zu glauben.

So kam der Herrgott beiden Seiten (die den eigentlichen Grund ihrer Parteinahme fast schon vergessen hatten) zu Hilfe, und Eduard stand durch dessen Verdienst zwischen zwei Feuern.

Als die Direktorin am Montagmorgen im Konferenzzimmer auf ihn zukam, fühlte er sich sehr verunsichert. Er konnte sich nicht mehr auf die freundschaftliche Atmosphäre ihrer ersten Unterhaltung berufen, weil er danach (aus Naivität oder Nachlässigkeit) nie wieder galante Gespräche mit ihr geführt hatte. Die Direktorin hatte also guten Grund, ihn mit einem ostentativ kühlen Lächeln anzusprechen: »Wir haben uns gestern gesehen, nicht wahr?«

»Ja«, sagte Eduard.

Die Direktorin fuhr fort: »Ich verstehe nicht, wie ein junger Mensch in die Kirche gehen kann.« Eduard zuckte verlegen mit den Schultern, und die Direktorin schüttelte den Kopf: »Ein junger Mensch.«

»Ich habe mir die barocke Ausstattung der Kirche angeschaut«, sagte Eduard entschuldigend.

»Ach so«, sagte die Direktorin ironisch, »ich wußte gar nicht, daß Sie solche künstlerischen Interessen haben.«

Das Gespräch war Eduard höchst unangenehm. Er erinnerte sich, wie sein Bruder dreimal um die Kommilitonin herumgegangen war und dann schrecklich gelacht hatte. Es schien ihm, Familiengeschichten könnten sich wiederholen, und er bekam es mit der Angst zu tun. Am Samstag entschuldigte er sich telefonisch bei Alice, er könne nicht in die Kirche kommen, weil er erkältet sei.

»Du bist aber sehr empfindlich«, sagte Alice in der folgenden Woche vorwurfsvoll, und Eduard schienen ihre Worte gefühllos zu klingen. Deshalb begann er (rätselhaft und verworren, weil er sich schämte, seine Angst und deren wahre Gründe einzugestehen), ihr von dem Unrecht zu erzählen, das ihm in der Schule widerfahren sei, und von der abscheulichen Direktorin, die ihn grundlos verfolge. Er wollte Alice zu Bedauern und gefühlvoller Anteilnahme bewegen, aber sie sagte: »Meine Chefin hingegen ist ganz prima«, und sie fing an, ihm gutgelaunt irgendwelchen Klatsch von ihrer Arbeit zu erzählen. Eduard hörte der fröhlichen Stimme zu und wurde immer mißmutiger.

4. Meine Damen und Herren, das waren qualvolle Wochen! Eduard verspürte ein höllisches Verlangen nach Alice. Ihr Körper reizte ihn, und ausgerechnet dieser Körper war ihm vollkommen verwehrt. Qualvoll war auch die Kulisse, vor der sich ihre Treffen abspielten; entweder bummelten sie eine oder zwei Stunden durch die schlecht beleuchteten Straßen, oder sie gingen ins Kino; das Monotone sowie die minimalen erotischen Möglichkeiten dieser beiden Varianten (andere gab es nicht) machten Eduard klar, daß er bei Alice vielleicht größere Erfolge verzeichnen könnte, wenn er sie in einer anderen Umgebung träfe. Deshalb schlug er ihr einmal mit harmloser Miene vor, sie könnten übers Wochenende aufs Land fahren, zu seinem

Bruder, der in einem waldigen Tal ein kleines Haus am Fluß besaß. Er schilderte ihr begeistert die unschuldigen Schönheiten der Natur, doch Alice (die sonst in allem naiv und vertrauensselig war) hatte ihn schnell durchschaut und lehnte entschieden ab. Es war nämlich nicht nur Alice, die sich ihm verweigerte. Es war Alices (ewig wachender und beschützender) Gott persönlich.

Dieser Gott war erschaffen aus einer einzigen Idee (andere Wünsche und Gedanken hatte er nicht): er verbot außereheliche Liebesbeziehungen. Er war also ein ziemlich komischer Gott, aber lachen wir deshalb nicht über Alice. Von den zehn Geboten, die Moses der Menschheit übergab, waren neun für Alices Seele ganz ungefährlich, weil Alice weder töten noch den Vater nicht ehren, noch das Weib des Nachbarn begehren wollte; ein einziges Gebot empfand sie als *nicht selbstverständlich,* also als echtes Hindernis und als Aufgabe; es war das berühmte siebte: *du sollst nicht Unzucht treiben.* Wenn sie ihren religiösen Glauben irgendwie verwirklichen, bezeugen und unter Beweis stellen wollte, so mußte sie sich gerade auf dieses eine Gebot konzentrieren, wodurch sie aus dem unklaren, verschwommenen und abstrakten Gott für sich einen bestimmten, verständlichen und konkreten Gott machte: den *Antibeischlafgott.*

Ich frage Sie, wo beginnt denn eigentlich die Unzucht? Jede Frau bestimmt diese Grenze für sich selbst nach ganz geheimnisvollen Kriterien. Alice erlaubte Eduard ganz gern, daß er sie küßte, und nach seinen unzähligen Versuchen fand sie sich sogar damit ab, daß er ihre Brüste streichelte, in der Mitte ihres Körpers aber, sagen wir in Höhe des Bauchnabels, hatte sie streng und kompromißlos eine Linie gezogen, unterhalb derer sich das Land der geheiligten Verbote befand, das Land der Gebote Moses' und des Zorns des Herrn.

Eduard begann, die Bibel zu lesen und die grundlegenden theologischen Schriften zu studieren; er beschloß, Alice mit ihren eigenen Waffen zu bekämpfen.

»Aliceschätzchen«, sagte er also, »wenn wir Gott lieben, so ist uns nichts verwehrt. Wenn uns nach etwas verlangt, so geschieht das nach seiner Fügung. Christus hat nichts anderes gewollt, als daß wir alle in der Liebe leben.«

»Ja«, sagte Alice, »aber in einer anderen als in der, an die du denkst.«

»Es gibt nur eine Liebe«, sagte Eduard.

»Das könnte dir so passen«, sagte Alice, »aber Gott hat gewisse Gebote erlassen, die wir einhalten müssen.«

»Ja, der Gott des Alten Testaments«, sagte Eduard, »nicht aber der Gott der Christen.«

»Wie denn das? Es gibt doch nur einen Gott«, wandte Alice ein.

»Gewiß«, sagte Eduard, »nur haben die Juden des Alten Testaments ihn etwas anders interpretiert als wir. Bevor Christus auf die Welt kam, mußte der Mensch vor allem ein gewisses System göttlicher Gebote und Gesetze einhalten. Wie es in seinem Inneren aussah, war nicht so wichtig. Christus betrachtete diese verschiedenen Verbote und Verordnungen aber als etwas Äußerliches. Für ihn war am wichtigsten, wie der Mensch in seinem Inneren war. Wenn der Mensch sich nach seinem glühenden, gläubigen Inneren richtet, wird alles, was er tut, gut sein und Gott gefallen. Darum hat der Heilige Paulus doch gesagt: dem Reinen ist alles rein.«

»Ob aber ausgerechnet du dieser Reine bist«, sagte Alice.

Eduard fuhr fort: »Und der Heilige Augustinus hat gesagt: Liebe Gott und tu, was dir gefällt. Verstehst du das, Alice? Liebe Gott und tu, was dir gefällt!«

»Das, was dir gefällt, gefällt mir aber nicht«, antwortete Alice, und Eduard begriff, daß seine theologische Attacke diesmal völlig fehlgeschlagen war; also sagte er: »Du hast mich nicht gern.«

»Doch«, sagte Alice ganz sachlich, »und deshalb will ich nicht, daß wir etwas tun, das wir nicht tun dürfen.«

Wie schon gesagt, es waren qualvolle Wochen. Und diese Qualen waren um so größer, als Eduards Verlangen nach Alice bei weitem nicht nur ein Verlangen nach ihrem Körper war; im Gegenteil, je mehr sie ihm ihren Körper verweigerte, desto sehnsüchtiger und betrübter wurde er, desto mehr wünschte er, auch ihr Herz zu besitzen; doch wollten weder ihr Körper noch ihr Herz etwas davon wissen, sie waren beide gleich kalt, gleich auf sich selbst bezogen und auf eine zufriedene Art selbstgenügsam.

Am meisten reizte Eduard an Alice dieses unerschütterlich Ausgeglichene ihrer Äußerungen. Obwohl er sonst ein ganz nüchterner junger Mann war, begann er sich nach einer radikalen Tat zu sehnen, um Alice aus ihrer Unerschütterlichkeit aufzurütteln. Und weil es zu riskant war, sie durch radikale Blasphemie oder radikalen Zynismus zu provozieren (was seiner Natur eher entsprochen hätte), mußte er die entgegengesetzte (und folglich viel mühsamere) Radikalität wählen, die aus Alices eigener Haltung hervorging, diese dann aber dermaßen übersteigern, daß Alice sich würde schämen müssen. Mit anderen Worten: Eduard begann, seine Frömmigkeit zu übertreiben. Er ließ keinen Kirchenbesuch aus (das Verlangen nach Alice war stärker als die Angst vor Unannehmlichkeiten), und er verhielt sich dort übertrieben demütig: er kniete bei jeder Gelegenheit nieder, während Alice neben ihm im Stehen betete und sich bekreuzigte, weil sie Angst um ihre Strümpfe hatte.

Eines Tages warf er ihr religiöse Lauheit vor. Er rief ihr die Worte Jesu in Erinnerung: ›Nicht jeder, der da sagt, mein Herr, mein Herr, wird eingehen ins Himmelsreich‹. Er warf ihr vor, ihr Glaube sei formal, äußerlich, lau. Er warf ihr Bequemlichkeit vor. Er warf ihr Selbstzufriedenheit vor. Er warf ihr vor, niemanden außer sich selbst zu sehen.

Und als er so auf sie einredete (Alice war auf den Angriff nicht vorbereitet und wehrte sich nur schwach), sah er plötzlich ein Kruzifix vor sich am Straßenrand; ein altes, vernachlässigtes Metallkreuz mit einem rostenden Blechchristus. Er zog seine Hand ostentativ unter Alices Arm hervor, blieb stehen und bekreuzigte sich unübersehbar und trotzig (aus Protest gegen ihr ungerührtes Herz und zum Zeichen seiner neuen Offensive). Er konnte aber nicht feststellen, wie das auf Alice wirkte, weil er in diesem Moment auf der anderen Straßenseite die Hauswartsfrau der Schule erblickte. Sie sah ihn lange an. Eduard begriff, daß er verloren war.

5. Seine Vorahnung bestätigte sich, als die Hauswartsfrau ihn zwei Tage später auf dem Korridor ansprach und ihm laut mitteilte, er habe sich morgen um zwölf auf der Direktion einzufinden: »Wir müssen mit dir reden, Genosse.«

Eduard bekam es mit der Angst zu tun. Am Abend traf er Alice, um wie gewohnt eine oder zwei Stunden durch die Straßen zu bummeln, aber er benahm sich nicht mehr wie ein inbrünstiger religiöser Eiferer. Er war kleinlaut und hätte Alice gerne anvertraut, was ihm zugestoßen war; er wagte es aber nicht, weil er wußte, daß er bereit war, zur Rettung seiner ungeliebten (aber unentbehrlichen) Arbeit den Herrgott ohne Zögern schon morgen zu verraten. Deshalb verlor er kein Wort über die verhängnisvolle Vorladung, so daß ihm auch kein Trost zuteil wurde. Er betrat das Direktionszimmer am nächsten Tag in vollkommener innerer Verlassenheit.

Im Raum warteten vier Richter auf ihn: die Direktorin, die Hauswartsfrau, ein Kollege Eduards (klein und bebrillt) und ein unbekannter Herr (grauhaarig), den die anderen mit Genosse Inspektor anredeten. Die Direktorin bat Eduard, Platz zu nehmen, und sagte ihm dann, sie hätten ihn zu einem freundschaftlichen und inoffiziellen

Gespräch geladen, denn die Art und Weise, wie er sich in seinem außerschulischen Leben benehme, würde sie alle beunruhigen. Bei diesen Worten sah sie den Inspektor an, und dieser nickte zustimmend; dann richtete sie ihren Blick auf den bebrillten Lehrer, der sie die ganze Zeit über aufmerksam angesehen hatte, und kaum hatte er ihren Blick aufgefangen, ließ er eine Rede vom Stapel; er sprach darüber, daß man eine gesunde und vorurteils-lose Jugend erziehen wolle und die ganze Verantwor-tung für sie trage: Wir (wir Lehrer) dienen ihr als Vor-bild, und gerade aus diesem Grund können wir keine Frömmler in unserem Rücken dulden; diesen Gedan-ken führte er lang und breit aus und erklärte schließ-lich, Eduards Auftreten sei eine Schande für die ganze Schule.

Noch vor wenigen Minuten war Eduard überzeugt gewesen, den Gott, den er sich erst kürzlich zugelegt hatte, zu verleugnen und zu gestehen, daß die Kirchen-besuche und die öffentlichen Bekreuzigungen nur ein Jux gewesen seien. Mit der wirklichen Situation kon-frontiert, spürte er nun aber, daß er das nicht tun konnte; er konnte diesen vier so seriösen und voreingenomme-nen Leuten nicht sagen, daß sie sich mit einem Miß-verständnis, ja einer Dummheit befaßten; er begriff, daß er sich über ihre Seriosität lustig machen würde; er ver-gegenwärtigte sich auch, daß sie alle von ihm nur Aus-flüchte und Ausreden erwarteten und von vornherein entschlossen waren, diese zurückzuweisen; er begriff (schlagartig, für langes Überlegen war keine Zeit), daß es in diesem Moment das Wichtigste war, glaubwürdig zu bleiben, genauer gesagt, des Bildes würdig, das sie sich von ihm gemacht hatten; wollte er es schaffen, dieses Bild in einem gewissen Maße zu korrigieren, so mußte er ihnen in einem gewissen Maße entgegenkommen. Des-halb sagte er: »Genossen, darf ich aufrichtig sein?«

»Gewiß«, sagte die Direktorin, »dafür sind Sie ja hier.«

»Und werden Sie nicht böse sein?«

»Reden Sie ruhig«, sagte die Direktorin.

»Gut, dann will ich es gestehen«, sagte Eduard. »Ich glaube tatsächlich an Gott.«

Er sah seine Richter an, und es schien ihm, als würden sie alle erleichtert aufatmen; nur die Hauswartsfrau fuhr ihn an: »In der heutigen Zeit, Genosse? In der heutigen Zeit?«

Eduard fuhr fort: »Ich habe gewußt, daß Sie böse sein würden, wenn ich die Wahrheit sage. Aber ich kann nicht lügen. Sie können nicht von mir verlangen, daß ich Sie anlüge.«

Die Direktorin sagte (milde): »Niemand will, daß Sie lügen. Es ist gut, die Wahrheit zu sagen. Aber sagen Sie mir bitte, wie Sie an Gott glauben können, Sie, ein junger Mensch!«

»Heutzutage, wo man auf den Mond fliegt!« ereiferte sich der Lehrer.

»Ich kann nichts dafür«, sagte Eduard. »Ich will nicht an ihn glauben. Wirklich nicht. Ich will es nicht.«

»Was heißt denn da nicht wollen, wenn Sie glauben?« mischte sich der grauhaarige Herr (in außergewöhnlich liebenswürdigem Ton) ins Gespräch.

»Ich will nicht glauben, und doch glaube ich«, wiederholte Eduard sein Geständnis leise.

Der Lehrer lachte: »Darin liegt doch ein Widerspruch!«

»Genossen, es ist so, wie ich sage«, sagte Eduard. »Ich weiß sehr gut, daß der Glaube an Gott uns von der Wirklichkeit wegführt. Wo käme der Sozialismus hin, wenn alle glaubten, die Welt liege in Gottes Händen? Es würde niemand mehr etwas tun, und jeder würde sich nur auf Gott berufen.«

»Na also«, pflichtete die Direktorin bei.

»Es hat noch nie jemand die Existenz Gottes bewiesen«, verkündete der bebrillte Lehrer.

Eduard fuhr fort: »Die Geschichte der Menschheit unterscheidet sich von ihrer Urgeschichte dadurch, daß die Menschen ihr Schicksal selbst in die Hand genommen haben und Gott nicht mehr brauchen.«

»Der Glaube an Gott führt zum Fatalismus«, sagte die Direktorin.

»Der Glaube an Gott ist ein Relikt des Mittelalters«, sagte Eduard, und dann sagte die Direktorin wieder etwas und dann der Lehrer und dann der Inspektor, und alle ergänzten sich gegenseitig in harmonischer Eintracht, bis dem bebrillten Lehrer schließlich der Kragen platzte, und er Eduard unterbrach: »Warum bekreuzigst du dich denn auf der Straße, wenn du das alles weißt?«

Eduard sah ihn mit einem unendlich traurigen Blick an und sagte dann: »Weil ich an Gott glaube.«

»Aber da liegt doch ein Widerspruch!« wiederholte der Lehrer erfreut.

»Ja«, gestand Eduard, »das stimmt. Es ist der Widerspruch zwischen Wissen und Glauben. Wissen ist eine Sache und Glauben eine andere. Ich sehe ein, daß der Glaube an Gott uns zum Obskurantismus hinführt. Ich sehe ein, daß es besser wäre, wenn es Gott nicht gäbe. Aber wenn ich da drinnen . . .« er wies mit dem Finger auf sein Herz, »fühle, daß er doch existiert. Ich bitte Sie, Genossen, ich sage Ihnen, wie es ist, es ist besser, es Ihnen zu gestehen, weil ich nicht heucheln will; ich will, daß Sie wissen, wie es um mich steht.« Und er senkte den Kopf.

Der Verstand des Lehrers war kaum länger als sein Körper; er wußte nicht, daß selbst der grimmigste Revolutionär Gewalt nur als notwendiges Übel betrachtet und das eigentlich *Gute* der Revolution für ihn in der Umerziehung liegt. Er, der sich seine revolutionäre Gesinnung über Nacht zugelegt hatte, war bei der Direktorin nicht besonders beliebt, und er ahnte nicht, daß in dem Moment Eduard, der sich seinen Richtern als zwar schwieriges, aber formbares Umerziehungs-Objekt dargeboten hatte, tausendmal wertvoller war als er selbst.

Und weil er es nicht ahnte, herrschte er Eduard heftig an und erklärte, daß Leute, die sich nicht von einem mittelalterlichen Glauben lösen könnten, auch ins Mittelalter gehörten und die Schule zu verlassen hätten.

Die Direktorin ließ ihn ausreden und brachte dann ihren Verweis an: »Ich mag nicht, wenn Köpfe fallen. Der Genosse ist aufrichtig gewesen und hat uns die Dinge gesagt, wie sie sind. Wir sollten das zu schätzen wissen.« Dann wandte sie sich an Eduard: »Die Genossen haben allerdings recht, wenn sie sagen, daß Frömmler unsere Jugend nicht erziehen dürfen. Sagen Sie selbst, was schlagen Sie vor?«

»Ich weiß es nicht, Genossen«, sagte Eduard unglücklich.

»Ich sehe die Sache so«, sagte der Inspektor. »Der Kampf zwischen Alt und Neu verläuft nicht nur zwischen den Klassen, sondern auch in jedem einzelnen Menschen. Ein solcher Kampf findet jetzt im Inneren des Genossen statt. Er weiß mit der Vernunft, aber das Gefühl reißt ihn zurück. Sie müssen dem Genossen helfen in seinem Kampf, damit die Vernunft siegt.«

Die Direktorin nickte: »Ich werde mich persönlich um ihn kümmern.«

6. Die unmittelbare Gefahr hatte Eduard also abgewendet; das Schicksal seiner Lehrerexistenz lag in den exklusiven Händen der Direktorin, was er mit einiger Genugtuung konstatierte: er erinnerte sich an die frühere Bemerkung seines Bruders, daß die Direktorin für junge Männer immer schon eine Schwäche gehabt habe, und mit der ganzen Labilität seines jugendlichen (bald verschüchterten, bald übersteigerten) Selbstvertrauens beschloß er, den Kampf zu gewinnen und sich als Mann in die Gunst seiner Gebieterin einzuschmeicheln.

Als er sie wie verabredet an einem der folgenden Tage im Direktionszimmer aufsuchte, bemühte er sich, einen ungezwungenen Ton anzuschlagen und nutzte jede Gelegenheit, um bald eine vertrauliche Bemerkung, bald ein verstecktes Kompliment fallen zu lassen, oder aber mit diskreter Zweideutigkeit die besondere Lage eines Mannes in den Händen einer Frau hervorzuheben. Doch war es ihm nicht vergönnt, den Ton des Gesprächs selbst zu bestimmen. Die Direktorin redete freundlich, aber vollkommen zurückhaltend mit ihm; sie fragte ihn, was er lese, nannte dann einige Bücher und empfahl sie ihm zur Lektüre, weil sie hinsichtlich seiner Denkweise offenbar eine langfristige Umerziehungsarbeit in Angriff nehmen wollte. Die kurze Zusammenkunft endete damit, daß sie ihn zu sich nach Hause einlud.

Dank der Reserviertheit der Direktorin war Eduards Selbstvertrauen wieder zusammengeschrumpft, so daß er ihre Einzimmer-Wohnung demütig und ohne die Absicht betrat, seine Chefin mit männlichem Charme zu bezwingen. Sie ließ ihn in einem Sessel Platz nehmen und schlug einen sehr freundschaftlichen Ton an; sie fragte ihn, worauf er Lust habe: Kaffee? Er verneinte. Also Alkohol? Er wurde fast verlegen: »Wenn Sie einen Cognac hätten . . .«, und erschrak sogleich, weil er fürchtete, sich eine Kühnheit herausgenommen zu haben. Die Direktorin aber sagte freundlich: »Nein, Cognac habe ich nicht, nur ein wenig Wein«, und sie brachte eine halbleere Flasche, deren Inhalt gerade ausreichte, um zwei Gläser zu füllen.

Dann sagte sie, Eduard dürfe sie nicht als Inquisitorin betrachten; jeder habe schließlich das volle Recht, sich im Leben zu dem zu bekennen, was er für richtig halte. Selbstverständlich sei es eine andere Sache (fügte sie sofort hinzu), ob man sich dann zum Lehrer eigne oder nicht; deshalb hätten sie Eduard (ungern zwar) vorladen und mit ihm sprechen müssen, und sie seien sehr zufrieden gewesen (zumindest sie selbst und der Inspektor), daß er so offen gesprochen und nichts geleugnet habe. Sie habe dann noch lange mit dem Inspektor über Eduard diskutiert, und sie hätten beschlossen, ihn in einem halben Jahr zu einem neuen Gespräch einzuladen; bis zu dem Zeitpunkt sollte die Direktorin der Entwicklung Eduards durch ihren persönlichen Einfluß nachhelfen. Und von neuem betonte sie, sie wolle ihm nur *freundschaftlich helfen,* sie sei weder eine Inquisitorin noch eine Polizistin. Sie erinnerte dann an den Lehrer, der Eduard so scharf angegriffen hatte, und sagte: »Der sitzt selber in der Tinte und wäre daher bereit, andere anzuschwärzen. Auch die Hauswartsfrau verbreitet überall, Sie wären frech gewesen und hätten stur auf ihrem Standpunkt beharrt. Sie will sich nicht ausreden lassen, daß Sie von der Schule fliegen sollten. Ich bin da allerdings anderer Meinung, aber so ganz wundern dürfen Sie sich nicht. Ich wäre auch nicht gerade entzückt, wenn jemand, der sich öffentlich auf der Straße bekreuzigt, meine Kinder unterrichtete.«

So führte die Direktorin Eduard in einem Atemzug sowohl die verlockenden Möglichkeiten ihrer Barmherzigkeit wie auch die bedrohlichen Möglichkeiten ihrer Strenge vor Augen, und dann ging sie, zum Beweis der Freundschaftlichkeit ihres Zusammenseins, auf andere Themen über; sie redete über Literatur, führte Eduard vor ihre Bücherwand, schwärmte von Romain Rollands ›Verzauberter Seele‹ und nahm es ihm übel, daß er dieses Werk noch nicht gelesen hatte. Dann fragte sie ihn, wie er sich eigentlich in der Schule fühle, und nach seiner nichtssagenden Antwort kam sie selbst ins Erzählen: sie sagte, sie sei dem Schicksal dankbar für ihren Beruf, sie habe die Arbeit an der Schule gern, weil sie durch die Erziehung von Kindern in einem ständigen, konkreten Kontakt mit der Zukunft stehe und schließlich nur die Zukunft alle Leiden (»ja, wir müssen es uns eingestehen«), von denen die Umwelt erfüllt sei, rechtfertigen würde. »Wenn ich nicht glaubte, daß ich für etwas Höheres als nur mein Leben lebte, könnte ich vermutlich überhaupt nicht leben.«

Diese Worte klangen auf einmal ganz echt, und es war nicht klar, ob die Direktorin damit eine Beichte ablegen oder die zu erwartende ideologische Polemik über den Sinn des Lebens eröffnen wollte; Eduard beschloß, sie lieber als vertrauliche Anspielung zu verstehen und fragte deshalb mit leiser, diskreter Stimme: »Und wie ist Ihr Leben sonst?«

»Mein Leben?« wiederholte sie.

Auf ihrem Gesicht erschien ein bitteres Lächeln, und sie tat Eduard in diesem Moment fast leid. Sie war auf eine rührende Weise widerlich: die schwarzen Haare warfen einen Schatten auf ihr längliches, knochiges Gesicht, und die schwarzen Härchen unter der Nase hatten die Form eines Schnurrbarts. Er stellte sich mit einem Male alle Traurigkeit ihres Lebens vor; er bemerkte ihre zigeunerhaften Züge, die Sinnlichkeit verrieten, und er bemerkte ihre Häßlichkeit, die das Unerfüllte dieser Sinnlichkeit verrieten; er stellte sich vor, wie sie sich angesichts Stalins Tod mit Leidenschaft in eine lebendige Trauerstatue verwandelte, wie sie mit Leidenschaft Hunderttausende von Sitzungen absaß, wie sie mit Leidenschaft das arme Jesuskind bekämpfte, und er begriff, daß all das nur traurige Ersatzventile waren für ihre Sehnsucht, die nicht dorthin strömen durfte, wohin sie wollte. Eduard war jung, und sein Mitgefühl war unverbraucht. Er blickte die Direktorin verständnisvoll an. Als ob sie sich für den Augenblick des unbeabsichtigten Schweigens schämte, verlieh sie ihrer Stimme jetzt eine temperamentvolle Intonation und fuhr fort: »Darauf, Eduard, kommt es überhaupt nicht an. Der Mensch ist schließlich nicht nur für sich auf der Welt. Er lebt immer für etwas.« Sie sah ihm tiefer in die Augen: »Die Frage ist aber, wofür. Für etwas Wirkliches oder etwas Erdachtes? Gott – das ist ein schöner Gedanke. Aber die Zukunft der Menschen, Eduard, das ist die Wirklichkeit. Und für sie habe ich gelebt, für sie habe ich alles geopfert.«

Auch diese Worte sprach sie mit einer solchen inneren Anteilnahme aus, daß Eduard nicht aufhörte, dieses plötzliche menschliche Verständnis für sie zu verspüren, das eben in ihm erwacht war; es kam ihm albern vor, einem anderen Menschen ins Gesicht zu lügen, und es schien ihm, als böte die intimer gewordene Atmosphäre ihrer Unterhaltung die Gelegenheit, endlich das unwürdige (und übrigens auch mühsame) Frömmlerspiel zu beenden:

»Aber ich bin ganz mit Ihnen einig«, versicherte er rasch, »ich ziehe die Wirklichkeit ebenfalls vor. Das mit meiner Religiosität brauchen Sie nicht so ernst zu nehmen.«

Im Handumdrehen erkannte er, daß man sich nie von hirnverbrannten Gefühlsregungen verführen lassen sollte. Die Direktorin sah ihn erstaunt an und sagte dann merklich kühl: »Verstellen Sie sich nicht. Sie haben mir gefallen, weil Sie aufrichtig waren. Jetzt machen Sie etwas aus sich, was Sie nicht sind.«

Nein, es war Eduard nicht erlaubt, das Religionskostüm, in das er einmal geschlüpft war, wieder auszuziehen; rasch versöhnte er sich damit und versuchte, den schlechten Eindruck wiedergutzumachen: »Aber nein, ich wollte mich nicht herausreden. Selbstverständlich glaube ich an Gott, das würde ich nie leugnen. Ich wollte nur sagen, daß ich genauso an die Zukunft der Menschheit, den Fortschritt und all das glaube. Würde ich nicht daran glauben, wozu wäre dann meine ganze Arbeit als Lehrer, wozu würden Kinder geboren, wozu würden wir überhaupt leben? Aber ich habe mir eben gedacht, es sei auch der Wille Gottes, daß die Gesellschaft immer weiter vorwärtsschreite, einer immer besseren Zukunft entgegen. Ich habe mir gedacht, daß der Mensch an Gott und den Kommunismus glauben kann, daß sich beides verbinden läßt.«

»Nein«, lächelte die Direktorin mit mütterlicher Autorität, »diese beiden Dinge lassen sich nicht verbinden.«

»Ich weiß«, sagte Eduard traurig, »seien Sie mir nicht böse.«

»Das bin ich nicht. Sie sind noch ein junger Mensch und stehen störrisch hinter dem, was Sie glauben. Niemand versteht Sie besser als ich. Ich war auch einmal so jung wie Sie. Ich weiß, was Jugend ist. Und Ihre Jugend gefällt mir an Ihnen. Sie sind mir sympathisch.«

Und jetzt war es endlich da. Nicht früher und nicht später, sondern gerade jetzt, genau in diesem Moment. (Nicht er hatte ihn bestimmt, man könnte fast sagen, dieser Moment habe ihn nur dazu benutzt, um sich zu erfüllen.) Als die Direktorin sagte, er sei ihr sympathisch, antwortete er nicht allzu laut: »Sie mir auch.«

»Wirklich?«

»Ja, wirklich.«

»Ich bitte Sie, ich, eine alte Frau . . .« wandte die Direktorin ein.

»Das stimmt doch nicht«, mußte Eduard nun sagen.

»O doch«, sagte die Direktorin.

»Sie sind gar nicht alt, das ist Quatsch«, mußte er sehr resolut sagen.

»Meinen Sie?«

»Zufällig gefallen Sie mir sehr.«

»Lügen Sie nicht. Sie wissen doch, daß Sie nicht lügen dürfen.«

»Ich lüge nicht. Sie sind hübsch.«

»Hübsch?« fragte die Direktorin ungläubig.

»Jawohl, hübsch«, sagte Eduard, und weil er sich vor der augenfälligen Unwahrscheinlichkeit seiner Behauptung fürchtete, versuchte er, sie sogleich zu untermauern: »So eine Schwarzhaarige. Das gefällt mir wahnsinnig.«

»Ihnen gefallen Schwarzhaarige?« fragte die Direktorin.

»Wahnsinnig gut«, sagte Eduard.

»Und warum haben sie die ganze Zeit, seit Sie an der

Schule sind, nie mehr bei mir vorbeigeschaut? Ich hatte das Gefühl, Sie weichen mir aus.«

»Ich habe mich geschämt«, sagte Eduard. »Alle hätten gesagt, daß ich vor Ihnen krieche. Niemand hätte geglaubt, daß ich Sie besuche, nur weil Sie mir gefallen.«

»Jetzt brauchen Sie sich aber nicht mehr zu schämen«, sagte die Direktorin. »Jetzt ist sogar *beschlossen* worden, daß wir uns von Zeit zu Zeit sehen müssen.«

Sie sah ihm mit ihrer braunen Iris (geben wir zu, daß sie für sich genommen schön war) in die Augen, und beim Abschied streichelte sie ihm flüchtig die Hand, so daß dieser Tor sie mit einem frohen Siegesgefühl verließ.

7. Eduard war sicher, daß die leidige Affäre sich zu seinen Gunsten entschieden hatte, und ging am folgenden Sonntag mit Alice unverfroren und sorglos in die Kirche; und nicht nur das, er ging auch wieder selbstbewußt hin, denn er empfand den Verlauf seines Besuches bei der Direktorin (wie sehr wir auch mitleidig darüber lächeln mögen) in der Erinnerung als strahlenden Beweis seiner männlichen Anziehungskraft.

Übrigens bemerkte er gerade an diesem Sonntag in der Kirche, daß Alice irgendwie anders war: gleich als sie sich trafen, nahm sie seinen Arm und ließ ihn auch in der Kirche nicht los; während sie sich sonst bescheiden und unauffällig benahm, sah sie sich diesmal ständig um und grüßte mindestens zehn Bekannte mit einer lächelnden Verneigung.

Das war sonderbar, und Eduard verstand es nicht.

Als sie dann zwei Tage später durch die schlecht beleuchteten Straßen spazierten, konstatierte Eduard verblüfft, daß ihre einst so unangenehm sachlichen Küsse feuchter, heißer und leidenschaftlicher geworden waren. Als sie dann unter einer Laterne stehenblieben, stellte er fest, daß ihn zwei verliebte Augen anblickten.

»Damit du es weißt, ich hab dich gern«, sagte Alice aus heiterem Himmel und legte ihm gleich die Hand auf den Mund: »Nein, nein, sag nichts, ich schäme mich so, ich will nichts hören.«

Sie gingen ein Stück weiter, blieben wieder stehen, und Alice sagte: »Jetzt begreife ich alles. Jetzt begreife ich, weshalb du mir vorgeworfen hast, ich sei so bequem in meinem Glauben.«

Eduard begriff jedoch nichts, und deshalb sagte er auch nichts. Als sie nochmals ein paar Schritte gegangen waren, sagte Alice: »Und du hast mir nichts gesagt. Warum hast du mir nichts gesagt?«

»Und was hätte ich dir sagen sollen?« fragte Eduard.

»Ja, das bist ganz du«, sagte sie in stiller Begeisterung, »andere würden damit prahlen, und du schweigst. Aber gerade deshalb habe ich dich gern.«

Eduard begann zu ahnen, wovon die Rede war, fragte aber trotzdem: »Wovon redest du da?«

»Von dem, was dir passiert ist.«

»Und woher weißt du das?«

»Ich bitte dich! Alle wissen es. Man hat dich vorgeladen, man hat dir gedroht, und du hast ihnen ins Gesicht gelacht. Hast nichts widerrufen. Alle bewundern dich.«

»Aber ich habe gar niemandem davon erzählt.«

»Sei doch nicht so naiv. So etwas spricht sich herum. Schließlich ist das keine Lappalie. Wo findet man denn heute noch jemanden, der auch nur ein bißchen Mut hätte?«

Eduard wußte, daß sich in einer Kleinstadt jedes Ereignis rasch in eine Legende verwandelte, aber er hatte trotzdem nicht vermutet, daß sogar seine belanglosen Geschichten, deren Bedeutung er selbst nie überschätzt hatte, eine solche legendenbildende Kraft in sich trugen; er war sich nicht ganz im klaren, wie gelegen er seinen Mitbürgern kam, die bekanntlich keine Vorliebe für *dramatische* (kämpfende und siegende) Helden haben, sondern für *Märtyrer,* denn diese bestärken sie beschwich-

226

tigend in ihrer loyalen Passivität und versichern sie, daß das Leben nur eine Alternative bietet: vernichtet zu werden oder gehorsam zu sein. Niemand hatte daran gezweifelt, daß Eduard vernichtet würde, und alle erzählten es voll Bewunderung und Befriedigung weiter, bis Eduard über Alice nun selbst auf das wunderschöne Bild seiner eigenen Kreuzigung stieß. Er akzeptierte es kaltblütig und sagte: »Aber nichts zu widerrufen, das ist doch selbstverständlich. So hätte sich jeder andere auch verhalten.«

»Jeder andere?« platzte Alice heraus. »Schau doch, wie sich alle ringsherum verhalten! Wie feige sie sind! Sie würden die eigene Mutter verleugnen!«

Eduard schwieg, und Alice schwieg. Sie gingen dahin und hielten sich an den Händen. Dann sagte Alice flüsternd: »Ich würde alles tun für dich.«

Einen solchen Satz hatte noch nie jemand zu Eduard gesagt; ein solcher Satz war ein unverhofftes Geschenk. Eduard wußte allerdings, daß es sich um ein unverdientes Geschenk handelte, aber er sagte sich, daß er, wenn ihm das Schicksal verdiente Geschenke vorenthalte, das volle Recht habe, unverdiente anzunehmen, und so sagte er: »Für mich kann niemand mehr etwas tun.«

»Warum denn?« flüsterte Alice.

»Man wird mich von der Schule jagen, und die heute von mir als einem Helden reden, werden keinen Finger rühren für mich. Ich habe eine einzige Gewißheit. Daß ich ganz allein sein werde.«

»Das wirst du nicht«, schüttelte Alice den Kopf.

»O doch«, sagte Eduard.

»Nein, das wirst du nicht!« schrie Alice beinahe.

»Alle haben mich fallenlassen«, sagte Eduard.

»Ich werde dich niemals fallenlassen«, sagte Alice.

»Du wirst mich fallenlassen«, sagte Eduard traurig.

»Nein«, sagte Alice.

»Doch, Alice«, sagte Eduard, »du liebst mich nicht. Du hast mich nie geliebt.«

»Das stimmt nicht«, flüsterte Alice, und Eduard stellte mit Genugtuung fest, daß sie feuchte Augen hatte.

»Doch, Alice, so etwas spürt man. Du warst mir gegenüber immer ganz kühl. So verhält sich keine liebende Frau. Das weiß ich sehr gut. Und nun hast du Mitleid mit mir, weil du weißt, daß man mich vernichten will. Aber lieben tust du mich nicht, und ich will nicht, daß du dir etwas vormachst.«

Sie gingen immer noch dahin, schwiegen und hielten sich an den Händen. Alice weinte still vor sich hin, blieb plötzlich stehen und schluchzte: »Nein, das ist nicht wahr, das darfst du nicht glauben, das ist nicht wahr.«

»Es ist wahr«, sagte Eduard, und als Alice nicht aufhörte zu weinen, schlug er ihr vor, am Samstag aufs Land zu fahren. In einem lieblichen Tal am Ufer eines Flusses stand das Haus seines Bruders, in dem sie beide allein sein würden.

Alice hatte ein tränenfeuchtes Gesicht und nickte stumm.

8. Das war am Dienstag, und als Eduard am Donnerstag wieder in die Wohnung der Direktorin eingeladen war, marschierte er in fröhlichem Selbstvertrauen dorthin, denn er zweifelte nicht im geringsten daran, daß der Charme seines Wesens die Kirchenaffäre endgültig in ein Rauchwölkchen verwandelt hatte, in das reine Nichts. Aber so geht es im Leben: man meint, man spiele seine Rolle in einem bestimmten Spiel und ahnt nicht, daß inzwischen auf der Bühne unbemerkt der Dekor ausgewechselt worden ist und man unvermutet in einem anderen Stück mitspielt.

Er saß wieder der Direktorin gegenüber im Sessel; zwischen ihnen stand ein niedriger Tisch und darauf eine Flasche Cognac mit zwei Gläsern daneben. Und genau diese Flasche Cognac war der neue Dekor, aufgrund dessen ein scharfsinniger Mann von nüchternem

Geist augenblicklich erkannt hätte, daß die Kirchenaffäre nicht mehr das war, worum es hier ging.

Doch der unschuldige Eduard war in einem Maße von sich selbst berauscht, daß er sich das zunächst nicht vergegenwärtigte. Er beteiligte sich ganz munter an der (inhaltlich unbestimmten und allgemeinen) einleitenden Konversation, trank das angebotene Glas leer und langweilte sich völlig arglos. Nach einer halben oder einer ganzen Stunde ging die Direktorin diskret zu persönlicheren Themen über; sie plauderte über sich, und aus ihren Worten sollte vor Eduard die Frau erstehen, als die sie erscheinen wollte: eine vernünftige Frau in mittleren Jahren, nicht besonders glücklich und trotzdem würdevoll mit ihrem Los versöhnt, eine Frau, die nichts bereut und sich sogar glücklich nennt, nicht verheiratet zu sein, weil sie schließlich nur so den vollen Genuß ihrer Unabhängigkeit auskosten könne, wie auch die Freude am Privatleben, das ihr die schöne Wohnung verschaffe, in der sie sich wohl fühle und wo es Eduard jetzt hoffentlich auch nicht unangenehm sei.

»Nein, ich fühle mich hier ganz prima«, sagte Eduard, und er sagte es beklommen, weil er sich genau von diesem Moment an nicht mehr prima fühlte. Die Flasche Cognac (um die er bei seinem letzten Besuch so unbedacht gebeten hatte und die nun in bedrohlicher Bereitschaft auf den Tisch geeilt war), die vier Wände der Wohnung (die einen immer engeren, immer geschlosseneren Raum zu bilden schienen), der Monolog der Direktorin (der sich auf immer persönlichere Themen konzentrierte), ihr Blick (der immer gefährlicher und durchdringender wurde), all das bewirkte, daß ihm die *Programmänderung* endlich aufging; er begriff, daß er sich auf eine Situation eingelassen hatte, deren Entwicklung unwiderruflich vorherbestimmt war; es wurde ihm klar, daß seine Existenz an der Schule nicht durch die Abneigung der Direktorin gegen ihn bedroht war, sondern ganz im Gegenteil: durch seine physische Abneigung gegen diese hagere Frau, die Flaum unter der Nase hatte und ihn zum Trinken anhielt. Die Angst schnürte ihm die Kehle zu.

Er gehorchte der Direktorin und trank einen Schluck, aber seine Angst war nun so groß, daß der Alkohol überhaupt keine Wirkung mehr hatte. Dafür schwebte die Direktorin schon nach ein paar Gläschen ganz über ihrer üblichen Nüchternheit, und ihre Worte wurden fast drohend enthusiastisch: »Um eines beneide ich Sie«, sagte sie, »um Ihre Jugend. Sie können noch nicht wissen, was Ernüchterungen, was Enttäuschungen sind. Sie sehen die Welt noch voll von Hoffnung und Schönheit.«

Sie beugte sich über das Tischchen zu Eduard und richtete ihre furchtbar großen Augen in plötzlichem, bangen Schweigen (und mit einem verkrampften, starren Lächeln) auf ihn, während er sich sagte, daß dieser Abend, falls er es nicht schaffte, sich etwas zu betrinken, für ihn mit einem schrecklichen Fiasko enden würde; er goß sich also noch einen Cognac ein und trank das Glas rasch aus.

Und die Direktorin fuhr fort: »Ich will die Welt aber so sehen! So wie Sie!« Und dann richtete sie sich im Sessel auf, streckte die Brust vor und sagte: »Ich bin keine langweilige Frau. Das bin ich nicht!« Und sie kam langsam um den Tisch herum und ergriff Eduards Hand: »Das bin ich nicht!«

»Nein«, sagte Eduard.

»Kommen Sie, wir wollen tanzen«, sagte sie, ließ Eduards Hand los und stürzte zum Radio, wo sie so lange am Knopf drehte, bis sie eine Tanzmusik gefunden hatte. Dann blieb sie lächelnd über Eduard stehen.

Eduard stand auf, umfaßte die Direktorin und führte sie im Rhythmus der Musik durch das Zimmer. Die Direktorin legte ihm abwechselnd zärtlich den Kopf auf die Schulter und hob abrupt das Gesicht, um ihm in die Augen zu blicken, zeitweise summte sie halblaut die Melodie mit.

Eduard fühlte sich so elend in seiner Haut, daß er den Tanz mehrere Male unterbrach, um zu trinken. Er wünschte nichts sehnlicher, als der Peinlichkeit dieses sich endlos dahinschleppenden Schreitens ein Ende zu setzen, aber er fürchtete auch nichts mehr als das, denn die Peinlichkeit dessen, was auf den Tanz folgen würde, kam ihm noch unerträglicher vor. Und so führte er die trällernde Frau durch das enge Zimmer und beobachtete dabei ständig (und ängstlich) die ersehnte Wirkung des Alkohols. Als er endlich das Gefühl hatte, daß seine Gedanken durch den Cognac etwas getrübt waren, preßte er die Direktorin mit der rechten Hand fest an seinen Körper und legte ihr die linke Hand auf die Brust.

Jawohl, er tat genau das, wovor ihm den ganzen Abend lang gegraut hatte; er hätte alles dafür gegeben, es nicht tun zu müssen; wenn er es jetzt tat, dann nur aus dem Grund, glauben Sie mir, weil er es tun *mußte:* die Situation, auf die er sich zu Beginn des Abends eingelassen hatte, war nämlich so zwingend, daß es zwar möglich war, ihren Verlauf zu verlangsamen, nicht aber, ihn auf irgendeine Weise zu stoppen, so daß Eduard, als er seine Hand auf die Brust der Direktorin legte, nur dem Gebot einer gänzlich unabwendbaren Notwendigkeit folgte.

Die Folgen seiner Tat übertrafen jedoch alle Erwartungen. Wie auf einen Zauberspruch begann die Direktorin, sich in seinen Armen zu winden und legte ihm zugleich ihre behaarte Oberlippe auf den Mund. Dann zog sie ihn aufs Sofa, wälzte sich wie wild, stöhnte laut und biß ihn in die Lippe und zu guter Letzt auch noch in die Zungenspitze, was Eduard sehr weh tat. Dann entwand sie sich seinen Armen, sagte »warte« und eilte ins Badezimmer.

Eduard leckte sich einen Finger und stellte fest, daß seine Zunge leicht blutete. Der Biß tat so weh, daß die mühsam erreichte Trunkenheit wieder abflaute und seine Kehle sich erneut zuschnürte vor Angst, als er daran dachte, was ihn erwartete. Aus dem Badezimmer war ein lautes Rauschen und Plätschern zu hören. Eduard nahm die Flasche zur Hand, setzte sie an den Mund und nahm einen tiefen Schluck. Aber da erschien auch schon die Direktorin in der Tür, in einem durchsichtigen Nylonnachthemd (mit reichverziertem Spitzeneinsatz über der Brust), und schritt langsam auf Eduard zu. Sie umarmte ihn. Dann trat sie etwas zurück und sagte vorwurfsvoll: »Warum bist du noch angezogen?«

Eduard zog seine Jacke aus, und als er die Direktorin ansah (sie hielt ihre großen Augen auf ihn geheftet), konnte er an nichts anderes denken, als daß sein Körper mit größter Wahrscheinlichkeit seinen beflissenen Willen sabotieren würde. Da er seinen Körper irgendwie aufmuntern wollte, sagte er mit zaghafter Stimme: »Ziehen Sie sich ganz aus!«

Mit einer heftigen, begeistert folgsamen Bewegung warf sie das Hemd von sich und entblößte eine dünne, weiße Gestalt, in deren Mitte eine buschige Schwärze in melancholischer Verlassenheit prangte. Sie kam langsam auf Eduard zu, und er mußte sich mit Schrecken von dem überzeugen, was er ohnehin schon wußte: sein Körper war völlig geknebelt vor Angst.

Ich weiß, meine Herren, Sie haben sich im Laufe der Jahre an die zeitweilige Befehlsverweigerung ihres eigenen Körpers gewöhnt, und das bringt Sie keineswegs aus der Fassung. Aber verstehen Sie, Eduard war damals jung! Die Sabotage seines Körpers versetzte ihn jedesmal in unvorstellbare Panik, und er ertrug sie wie eine nicht wiedergutzumachende Schande, ob nun ein hübsches Gesicht als Zeuge zugegen war oder ein so häßliches und komisches wie das der Direktorin. Die Direktorin stand nur noch einen Schritt von ihm entfernt, und plötzlich sagte er, erschrocken und unschlüssig, was er tun sollte, und ohne selbst zu wissen, warum (es war eher eine Frucht der Eingebung als einer hinterlistigen Erwägung): »Nein, nein, um Gottes willen, nein! Nein, das ist eine Sünde, das wäre eine Sünde!« Und er sprang weg.

Die Direktorin rückte immer näher und murmelte mit dunkler Stimme: »Was für eine Sünde! Es gibt keine Sünde!«

Eduard zog sich hinter den runden Tisch zurück, an dem sie vor einer Weile noch gesessen hatten: »Nein, das darf ich nicht, das darf ich nicht!«

Die Direktorin rückte den Sessel, der ihr im Weg stand, zur Seite und verfolgte Eduard weiter, während sie ihre großen schwarzen Augen nicht von ihm ließ: »Es gibt keine Sünde! Es gibt keine Sünde.«

Eduard ging um den Tisch herum, hinter dem nur noch das Sofa stand; die Direktorin war noch einen einzigen Schritt von ihm entfernt. Jetzt gab es kein Entrinnen mehr, und vielleicht war es die Verzweiflung selbst, die ihm in dieser ausweglosen Sekunde plötzlich riet, ihr zu befehlen: »Knie nieder!«

Sie sah ihn verständnislos an, als er aber von neuem mit fester (wenn auch verzweifelter) Stimme wiederholte: »Knie nieder!«, da fiel sie begeistert vor ihm auf die Knie und umarmte seine Beine.

»Nimm die Hände weg«, schrie er sie an. »Falte sie!«

Wieder sah sie ihn verständnislos an.

»Falte sie! Hast du gehört?«

Sie faltete die Hände.

»Bete!« befahl er.

Sie hielt die Hände gefaltet und blickte ergeben zu ihm auf.

»Bete, daß Gott uns vergebe«, zischte er.

Sie hielt die Hände gefaltet, sah ihn mit ihren großen Augen an, und Eduard gewann nicht nur einen kostbaren Aufschub, sondern verlor auch, wie er so von oben auf sie herabschaute, allmählich das bedrückende Gefühl, nichts als ein Beutestück zu sein, und gewann sein Selbstvertrauen wieder. Er trat zurück, um sie ganz zu mustern, und befahl ihr nochmals »Bete!«

Und als sie immer noch schwieg, schrie er: »Aber laut!«

Und in der Tat: die kniende, magere, nackte Frau begann aufzusagen: »Vater unser, der du bist im Himmel, geheiligt werde dein Name, dein Reich komme . . .«

Während sie die Worte des Gebets aufsagte, schaute sie zu ihm empor, als sei er Gott selbst. Er beobachtete sie mit wachsendem Genuß: vor ihm war eine kniende Direktorin, erniedrigt durch einen Untergebenen; vor ihm war eine nackte Revolutionärin, erniedrigt durch das Gebet; vor ihm war eine betende Frau, erniedrigt durch die Nacktheit.

Dieses dreifache Bild der Erniedrigung berauschte Eduard, und plötzlich passierte etwas Unerwartetes: sein Körper gab den passiven Widerstand auf; Eduard war erregt!

Im Moment, als die Direktorin sagte, »und führe uns nicht in Versuchung«, warf er rasch alle Kleider von sich. Und als sie »Amen« sagte, hob er sie stürmisch vom Boden hoch und schleifte sie aufs Sofa.

9. Das war also am Donnerstag, und am Samstag fuhr Eduard mit Alice zu seinem Bruder aufs Land. Der Bruder empfing sie freundlich und lieh ihnen den Schlüssel zum nahegelegenen Wochenendhäuschen.

Das Liebespaar verabschiedete sich, und die beiden streiften den ganzen Nachmittag durch Felder und Wälder. Sie küßten sich, und Eduard konstatierte mit zufriedenen Händen, daß die fiktive Linie, die auf der Höhe des Bauchnabels gezogen war und die Sphäre der Unschuld von der Sphäre der Unzucht trennte, ihre Gültigkeit verloren hatte. Er wollte dieses langersehnte Ereignis erst mit Worten bekräftigen, fürchtete sich dann aber davor und begriff, daß er schweigen mußte.

Er entschied offenbar ganz richtig: Alices plötzliche Kehrtwendung hatte unabhängig von seinen wochenlangen Überredungskünsten, unabhängig von seiner Argumentation, unabhängig von jeglicher *logischen* Überlegung stattgefunden; sie beruhte vielmehr auf dem Wissen um Eduards Martyrium, also auf einem *Irrtum*; und selbst von diesem Irrtum war sie ganz *unlogisch* hergeleitet; denn bedenken wir doch: warum sollte Eduards märtyrerhafte Glaubenstreue zur Folge haben, daß Alice selbst nun dem göttlichen Gebot untreu wurde? Wenn Eduard Gott vor der Untersuchungskommission nicht verleugnet hatte, warum sollte Alice Gott jetzt vor Eduard verleugnen?

In einer solchen Situation könnte jeder laut geäußerte Gedanke Alice ungewollt das Unlogische ihres Verhaltens offenbaren. Und so schwieg Eduard vernünftigerweise, was übrigens keineswegs auffiel, da Alice selbst genug redete; sie war guter Dinge und nichts wies darauf hin, daß die Kehrtwendung in ihrer Seele dramatisch oder schmerzhaft verlaufen wäre.

Als es dunkel wurde, gingen sie ins Haus, zündeten das Licht an, richteten das Bett und küßten sich, worauf Alice Eduard bat, das Licht zu löschen. Durch das Fenster fiel aber noch das Sternenlicht, so daß Eduard auf Alices Bitten auch die Läden schließen mußte. In vollkommener Dunkelheit zog sie sich aus und gab sich ihm hin.

So viele Wochen lang hatte Eduard sich auf diesen Moment gefreut, und als es nun endlich soweit war, hatte er seltsamerweise überhaupt nicht das Gefühl, daß es sich um etwas so Bedeutungsvolles handelte, wie die Zeitspanne des Wartens hatte vermuten lassen; es kam ihm so einfach und so selbstverständlich vor, daß er sich während des Liebesaktes fast nicht konzentrieren konnte und vergeblich die Gedanken verscheuchte, die durch seinen Kopf rasten: es tauchten all die langen, erfolglosen Wochen wieder auf, da Alice ihn mit ihrer Kälte gequält hatte, es tauchten all die Unannehmlichkeiten in der Schule auf, die sie ihm verursacht hatte, so daß

anstelle von Dankbarkeit für ihre Hingabe Rachege-
fühle und Zorn in ihm wach wurden. Er verdroß ihn,
wie leicht und sorglos sie jetzt ihren Antibeischlafgott
verriet, zu dem sie sich früher so fanatisch bekannt hatte;
es verdroß ihn, daß nichts sie aus ihrem Gleichgewicht
werfen konnte, kein Verlangen, kein Ereignis, keine
Wende; es verdroß ihn, wie sie alles ohne inneren Kon-
flikt erlebte, selbstbewußt und unbeschwert. Und als
dieser Verdruß völlig von ihm Besitz ergriffen hatte,
versuchte er, sie wild und wütend zu lieben, um eine
Stimme, ein Stöhnen, ein Wort, ein Wimmern von ihr zu
erzwingen, doch er schaffte es nicht. Das Mädchen blieb
still, und trotz all seiner Anstrengungen kam ihr Liebesakt zu einem lautlosen und undramatischen Ende.

Dann kuschelte sie sich an seine Brust und schlief
rasch ein, während er noch lange wach lag und sich
bewußt wurde, daß er überhaupt keine Freude verspürte. Er versuchte, sich Alice vorzustellen (nicht ihre
physische Erscheinung, sondern ihr Wesen in seiner
Ganzheit) und stellte auf einmal fest, daß er sie *verschwom-
men* sah.

Verweilen wir etwas bei diesem Wort: Alice, wie Eduard sie bisher gesehen hatte, war bei all ihrer Naivität ein
klar umrissenes Wesen: die schöne Einfachheit ihres
Äußeren schien ganz der Einfachheit ihres Glaubens zu
entsprechen, und ihr bescheidenes Schicksal schien die
Begründung für ihre Haltung zu sein. Eduard hatte sie
bis jetzt als geschlossenes und kohärentes Wesen gesehen; er mochte über sie lachen, sie verfluchen und zu
überlisten versuchen, aber er mußte sie (wider Willen)
respektieren.

Nun aber hatte die unvorsätzliche Falle einer falschen
Nachricht die Geschlossenheit ihres Wesens aufgebrochen, und es schien Eduard, als hätten ihre Ansichten
nur an ihrem Schicksal *geklebt,* als hätte ihr Schicksal an
ihrem Körper geklebt, er sah sie als zufällige Verbindung
von Körper, Gedanken und Biographie, als unorgani-

sche, arbiträre und labile Verbindung. Er stellte sich Alice vor (sie atmete tief an seiner Schulter) und sah ihren Körper und ihre Gedanken voneinander getrennt; der Körper gefiel ihm, die Gedanken kamen ihm lächerlich vor, und zusammen bildete das kein Wesen; er sah sie als zerflossene Linie auf einem Löschpapier: ohne Konturen, ohne Form.

Dieser Körper gefiel ihm tatsächlich. Als Alice am nächsten Morgen aufstand, drängte er sie, nackt zu bleiben, und sie, die gestern noch unnachgiebig auf geschlossenen Fensterläden beharrt hatte, da sogar das milde Sternenlicht sie störte, vergaß nun völlig ihre Scham. Eduard betrachtete sie (sie hüpfte fröhlich umher und suchte ein Päckchen Tee und Zwieback zum Frühstück), und als Alice ihn nach einer Weile ansah, bemerkte sie, daß er nachdenklich war. Sie fragte ihn, was mit ihm los sei. Eduard antwortete, er müsse nach dem Frühstück zu seinem Bruder.

Der Bruder fragte Eduard, wie es ihm an der Schule ginge. Eduard sagte, eigentlich ganz gut, und der Bruder sagte: »Diese Kladiva ist eine Sau, aber ich habe ihr längst verziehen. Ich habe ihr verziehen, denn sie wußte nicht, was sie tat. Sie wollte mir schaden, und dabei hat sie mir zu einem schönen Leben verholfen. In der Landwirtschaft verdiene ich mehr, und der Kontakt mit der Natur bewahrt mich vor der Skepsis, der die Stadtbewohner unterliegen.«

»Auch mir hat die Alte eigentlich Glück gebracht«, sagte Eduard nachdenklich und erzählte seinem Bruder, wie er sich in Alice verliebt und den Glauben an Gott vorgetäuscht hatte, wie er verurteilt worden war, wie Kladiva ihn umerziehen wollte und Alice sich ihm schließlich als einem Märtyrer hingegeben hatte. Nur wie er die Direktorin gezwungen hatte, das Vaterunser zu beten, erzählte er nicht, weil er in den Augen des Bruders Mißbilligung sah.

Er verstummte, und der Bruder sagte: »Ich habe sicher

manchen Fehler, einen aber bestimmt nicht. Ich habe mich nie verstellt und jedem geradeheraus gesagt, was ich denke.«

Eduard mochte seinen Bruder, und die Mißbilligung kränkte ihn; er versuchte, sich zu rechtfertigen, und sie begannen zu streiten. Schließlich sagte Eduard: »Ich weiß, Bruderherz, du bist ein aufrichtiger Mensch und stolz darauf. Aber stell dir einmal die Frage: *warum* eigentlich die Wahrheit sagen? Was verpflichtet uns dazu? Und warum überhaupt Wahrheitsliebe als Tugend einstufen? Stell dir vor, du triffst einen Verrückten, der behauptet, er sei ein Fisch und wir alle seien Fische. Wirst du dich mit ihm streiten? Wirst du dich vor ihm ausziehen und ihm zeigen, daß du keine Flossen hast? Wirst du ihm ins Gesicht sagen, was du denkst? Na sag doch!«

Der Bruder schwieg und Eduard fuhr fort: »Wenn du ihm nichts als die reine Wahrheit sagst, nur das, was du tatsächlich von ihm hältst, läßt du dich auf ein ernsthaftes Gespräch mit einem Verrückten ein und wirst selbst verrückt. Und so ist es auch mit der Welt, die uns umgibt. Wenn ich ihr hartnäckig die Wahrheit ins Gesicht sagte, so würde das bedeuten, daß ich sie ernst nehme. Aber etwas so Unernstes ernst zu nehmen bedeutet, selbst unernst zu sein. Ich, Bruderherz, *muß* lügen, wenn ich all diese Verrückten nicht ernst nehmen und nicht einer von ihnen werden will.«

10. Es war Sonntagnachmittag, und das Liebespaar fuhr in die Stadt zurück; die beiden waren allein im Abteil (das Mädchen plapperte schon wieder fröhlich), und Eduard dachte daran, wie er sich früher darauf gefreut hatte, in der freiwilligen Alice das Ernste zu finden, das seine Verpflichtungen ihm nie verschaffen würden, und mit Bedauern machte er sich klar (der Zug ratterte idyllisch über die schlecht verschweißten Schienen), daß die Liebesgeschichte, die er mit Alice erlebt hatte, nichtig war, aus Zufälligkeiten und Irrtümern gewebt, ohne jeglichen Ernst oder Sinn; er hörte Alices Worte, er sah ihre Gesten (sie drückte seine Hand), und es fiel ihm ein, daß diese Gesten um ihre Bedeutung gebrachte Zeichen waren, Münzen ohne Wert, Gewichte aus Papier, daß er sie nicht höher einschätzen durfte als Gott das Gebet der nackten Direktorin; und plötzlich schien ihm, daß im Grunde genommen alle Menschen, die er an seinem neuen Arbeitsort getroffen hatte, nur zerflossene Linien auf Löschpapier waren, Wesen mit auswechselbaren Positionen, Wesen ohne feste Substanz; was aber schlimmer, noch viel schlimmer war (fiel ihm weiter ein): er selbst war auch nur ein Schatten all dieser Schattenmenschen, denn er hatte ja seine ganze Vernunft nur dazu verwendet, sich ihnen anzupassen, sie nachzuahmen, und selbst wenn er sich ihnen mit einem inneren Lachen, ohne Ernst angepaßt hatte, selbst wenn er versucht hatte, sich insgeheim auf diese Weise über sie lustig zu machen (und seine Anpassung so zu rechtfertigen), änderte das nichts an der Tatsache, denn auch eine boshafte Nachahmung bleibt eine Nachahmung, selbst ein Schatten, der sich lustig macht, bleibt ein Schatten, untergeordnet und abhängig, erbärmlich und nackt.

Das war schmachvoll, schrecklich schmachvoll. Der Zug ratterte idyllisch über die schlecht verschweißten Schienen (das Mädchen plapperte), und Eduard sagte: »Alice, bist du glücklich?«

»Ja«, sagte Alice.

»Ich bin verzweifelt«, sagte Eduard.

»Was, bist du verrückt?« sagte Alice.

»Das hätten wir nicht tun dürfen. Das hätte nicht geschehen dürfen.«

»Was ist in dich gefahren? Du hast es doch selbst gewollt!«

»Ja, ich habe es gewollt«, sagte Eduard, »aber das war mein größter Fehler, den Gott mir nie verzeihen wird. Es war eine Sünde, Alice.«

»Ich bitte dich, was ist mit dir los?« sagte das Mädchen ganz ruhig. »Du hast doch selbst immer gesagt, daß Gott vor allem die Liebe will.«

Als Eduard hörte, wie Alice sich im nachhinein seelenruhig seine theologischen Sophismen aneignete, mit denen er vor langer Zeit so erfolglos in den Kampf gezogen war, da packte ihn eine teuflische Wut: »Ich habe es gesagt, um dich auf die Probe zu stellen. Jetzt habe ich erkannt, wie treu du Gott sein kannst! Wer aber Gott verrät, verrät hundertmal leichter einen Menschen!«

Alice fand noch weitere schlagfertige Antworten, aber das hätte sie besser lassen sollen, weil sie Eduards rachsüchtige Wut nur noch mehr anfachte. Eduard redete und redete, und er redete so lange (zum Schluß gebrauchte er Wörter wie *Schweinerei* und *physischer Ekel*), bis er endlich aus diesem stillen und zärtlichen Gesicht Tränen, Schluchzen und Wimmern herausgepreßt hatte.

»Adieu«, sagte er am Bahnhof zu ihr und ließ sie weinend stehen. Erst Stunden später, zu Hause, als dieser sonderbare Zorn von ihm abgefallen war, wurde ihm in vollem Ausmaß klar, was er getan hatte; er stellte sich Alices Körper vor, der an diesem Morgen noch nackt vor ihm herumgehüpft war, und als er begriff, daß dieser schöne Körper für ihn verloren war, weil er selbst ihn freiwillig fortgejagt hatte, da schalt er sich einen Idioten und hätte sich am liebsten geohrfeigt.

Aber was geschehen war, war geschehen, und nichts ließ sich wiedergutmachen.

Übrigens müssen wir der Wahrheit zuliebe sagen, daß Eduard sich über der Vorstellung des verlorenen schönen Körpers zwar ziemlich grämte, diesen Verlust aber verhältnismäßig rasch verschmerzte. Wenn ihn vor einiger Zeit noch Liebesnot geplagt und sehnsüchtig gemacht hatte, so hatte es sich dabei um die vorübergehende Not eines gerade erst Zugezogenen gehandelt. Diese Not litt Eduard nun nicht mehr. Einmal in der Woche besuchte er die Direktorin (die Gewohnheit hatte seinen Körper von den Anfangsängsten befreit), und er war gewillt, sie so lange zu besuchen, bis seine Stellung an der Schule sich ganz geklärt hatte. Darüber hinaus versuchte er mit wachsendem Erfolg, andere Frauen und Mädchen zu angeln. Als Folge von beidem begann er die Momente, in denen er allein war, immer mehr zu schätzen und entwickelte eine Vorliebe für einsame Spaziergänge, die er manchmal (bitte, schenken Sie dem eine letzte Aufmerksamkeit) mit einem Kirchenbesuch verband.

Nein, seien Sie unbesorgt, Eduard hat nicht etwa angefangen, an Gott zu glauben. Meine Erzählung will sich auch nicht mit dem billigen Effekt eines so pompösen Paradoxes krönen. Aber obwohl Eduard fast sicher ist, daß es Gott nicht gibt, befaßt er sich doch ganz gern und nostalgisch mit der Vorstellung von Gott.

Gott, das ist das Wesentliche selbst, während Eduard (seit der Geschichte mit Alice und der Direktorin sind einige Jahre verstrichen) nie etwas Wesentliches gefunden hat, weder in seinen Liebesaffären noch seiner Lehrtätigkeit, noch in seinen eigenen Gedanken. Er ist zu klug, um zuzulassen, das Wesentliche im Unwesentlichen zu sehen, aber er ist zugleich zu schwach, um sich insgeheim nicht doch nach dem Wesentlichen zu sehnen.

Ach, meine Damen und Herren, traurig lebt der Mensch, wenn er nichts und niemanden ernst nehmen kann!

Und deshalb sehnt sich Eduard nach Gott, denn Gott allein ist von der zerstreuenden Pflicht befreit zu *erscheinen,* er darf einfach *sein,* und er allein (der Alleinige, Einzige und Nichtseiende) schafft das wesentliche Gegengewicht zu dieser unwesentlichen (doch um so mehr seienden) Welt.

Und so sitzt Eduard ab und zu in einer Kirche und schaut gedankenverloren zur Kuppel empor. In einem solchen Moment wollen wir uns von ihm verabschieden: es ist Nachmittag, die Kirche ist still und menschenleer. Eduard sitzt auf einer Holzbank und quält sich, weil er bedauert, daß es Gott nicht gibt. Und genau in diesem Augenblick wird sein Bedauern so groß, daß aus dessen Tiefe vor ihm plötzlich das wirkliche, *lebendige* Gesicht Gottes auftaucht! Sehen Sie! Ja! Eduard lächelt! Er lächelt, und es ist ein glückliches Lächeln . . .

Bitte, behalten Sie ihn mit diesem Lächeln in Ihrer Erinnerung.

INHALT

Lizenzausgabe für die Büchergilde Gutenberg,
Frankfurt am Main, Olten, Wien,
mit freundlicher Genehmigung des
Carl Hanser Verlages, München, Wien
© 1986 Carl Hanser Verlag, München, Wien
Herstellung Grit Fischer, Frankfurt am Main
Satz Dörlemann-Satz GmbH, Lemförde
Druck und Bindung Franz Spiegel Buch GmbH, Ulm-Jungingen
Printed in Germany 1987   ISBN 3 7632 3369 5